AF381313

Über die Autorin

Lisa Lenardi, Jahrgang 1964, studierte Kunst und Germanistik auf Lehramt und unterrichtete acht Jahre lang, bevor sie ein erneutes Studium im Bereich praxisorientiertes Management begann. Im Anschluss daran wechselte sie in den Vertrieb und kurz darauf ins Management. Nach vielen aufopferungsvollen Jahren brach sie mit neunundvierzig zusammen und wurde förmlich aus dem Leben gerissen. Doch keine Therapie schlug nachhaltig an. Erst als sie begann, ihre seelischen Schmerzen, Gedanken und Gefühle in Worte zu fassen, gelang es ihr, dem Leben zu vertrauen. Bis heute sind bereits zehn Werke ihrer Feder entsprungen, und weitere werden folgen.

Lisa Lenardi

Tote Kerzen

Baumanns fünfter Fall

Illustrationen Ines Asser

1

Seine Augen wanderten über die roten Schleifen, die er sorgfältig in einen Karton gelegt hatte. Er zog die langen Nitrilhandschuhe bis zu den Ellenbogen, nahm die erste Schleife aus dem Karton und strahlte. Großmutter hatte ihm gezeigt, wie man sie selbst bindet, und sie waren ihm gut gelungen. Er zog eine nach der anderen aus dem Karton, reihte sie nebeneinander und verspürte ein Kribbeln in der Magengegend. Lächelnd hob er das erste Paket hoch, setzte es auf die Samtfolie und umwickelte den braunen Karton. Ein Paket nach dem anderen wechselte seinen Platz vom Tisch hinunter zur vorbereiteten Folie auf dem Küchenboden.

Mitternacht. Alle Kartons waren weihnachtlich verpackt. Er lehnte sich zufrieden an den Küchentisch und strich eine Locke von der Stirn. Fünf Jahre Vorbereitung, fünf lange Jahre. Dieser Plan hatte ihn ausgelaugt. Doch der Stachel der Erinnerung trieb ihn immer wieder an, auch wenn der Schmerz ihm die Brust zerriss.

„Diese Geschenke werden euer Leben verändern, für immer", flüsterte er.

Nachdem der Wagen vorgefahren und der Kofferraum ausgekleidet war, trug er alle Pakete hinaus, schlug die Kofferraumklappe lautstark zu und blickte gen Himmel. Vereinzelnde Schneeflocken fielen auf sein Gesicht und zerschmolzen im Nichts, so wie die Last, die von seinen schmalen Schultern fiel.

Die kahlen Eichen hatten sich über Nacht in ein weißes Kleid gehüllt und ihre kargen Äste stachen in den grauen Morgenhimmel. Eine ungewöhnliche Stille lag über der weiten Flur und nur die feinen Spuren im Schnee zeugten von vermeintlichem Leben. Alte Steinmauern umsäumten den verbliebenen Rest einer vergangenen Zeit.
Ein seichtes Knarren drang aus dem Gebälk des alten Bauernhauses und unterbrach die morgendliche Stille. Rauchschwaden erwachten und bliesen ihren Atem aus der steinernen Esse. Fensterläden wurden aufgestoßen und verscheuchten die ersten Besucher im nahen Vogelhaus. Quietschend öffnete sich die Eingangstür und schweres Schuhwerk trat ins Freie. Schritt für Schritt zerstörte es die weiße Winterdecke des Gehweges hin zum alten Werkstattgebäude. Er sah zum Schnee, der das dünne Blechdach zu Boden drückte, griff nach dem Besen und befreite es von der schweren Last.
Ein außergewöhnlich süßer Duft schwebte durch den Raum und seine Gesichtsmuskulatur verzog sich zu einem süffisanten Lächeln.
Seit Langem hatte er die Werkstatt für seine Zwecke umgestaltet und wusste, dass er damit das Andenken seines Großvaters beschmutzte. Doch er hielt sie wei-

ter in Ehren, reinigte Wände, Böden, Fenster und reparierte sorgfältig das, was dem Zahn der Zeit bereits zum Opfer gefallen war.

Das Holz der alten Werkbank glänzte und noch einmal rieb er den Stofflappen über die Bohlen. Ein Strahlen umspielte seine schmalen Augen. Die Stunden des gestrigen Tages zogen an ihm vorbei, in denen er die Werkstatt zum Glänzen gebracht hatte.

Seine zierliche Rechte strich über das alte Eichenholz. „Nichts mehr zu sehen, Großvater", murmelte er, betrachtete die saubere Oberfläche und strich noch einmal mit der Hand über die polierten Bohlen. Als seine zarten Finger den Stahl des Schraubstocks berührten, zuckte er zusammen, drehte sich abrupt um und starrte auf die steinerne Wand. Sein Herz begann zu rasen, und er suchte ängstlich einen Fixpunkt. Seine Augen verfolgten den Riss im Putz und wanderten langsam hinunter zum Boden. Er drehte sich um, drückte die alte Holztür ins Freie und erschrak. Was war das? Es hämmerte in seinem Kopf. Er riss die Hände hoch und umklammerte sein schwarzes Haar. Das Geräusch wurde lauter und schien sich im ganzen Körper auszubreiten. Er schlug die geballten Fäuste mehrmals gegen die Stirn. Gedankenblitze schossen durch sein Gehirn und drängten den Schweiß aus allen Poren.

Immer wieder trommelten seine Fäuste auf die Stirn, bis ihm klar wurde, dass nicht das Knarren die Erinnerungen heraufbeschworen hatte, sondern die Kälte der Stahlklinke. Seine Augen wanderten zaghaft vom

Fußboden nach oben. Kälteschauer liefen ihm über den Rücken, und er wagte kaum zu atmen. Sein Puls raste.

„Verschwinde endlich aus meinem Kopf."
Immer wieder plagten ihn diese Erinnerungen und er sah in seine kalten, grünen Augen. Sein hasserfüllter Blick verfolgte ihn jede Nacht und er glaubte sogar, seinen widerlichen Schweiß zu riechen. Nein. Angeekelt schüttelte er sein schwarzes Haar, rannte hinaus und gab der Tür einen Tritt, dass sie lautstark ins Schloss krachte.

Das alte Bauernhaus seiner Großeltern war immer noch in morgendlichen Dunst gehüllt. Die Gespenster der Vergangenheit beflügelten seine Schritte. Schneller und schneller stampften die Stiefel den schmalen Weg entlang und zertraten das reine Weiß. Endlich erblickte er die rettende Türklinke, stieß die Holztür auf, ertastete den alten Drehschalter an der Wand und warf erleichtert die Tür hinter sich zu. Mit einer flüchtigen Handbewegung wischte er die Schweißperlen von der Stirn und sank auf die blauen Steinfliesen. Minutenlang verharrte er in dieser Position und betrachtete den Verlauf der Fugen. Doch seine Gedanken waren bereits in die Vergangenheit abgeschweift und wanderten zum Wohnort seiner Kindheit, hin zur Alten Försterei. Er erinnerte sich an die tausenden Botengänge und wie er zwischen Scheune und Försterei gependelt war. Mal wollte er Wein, mal Essen, alles für ihn und seine Gespielinnen. Aber sein Reich durfte er nie betreten. Einmal wagte er durch das kleine Fenster zu blicken und bezog eine Tracht Prügel von ihm, die er bis heute nicht vergessen hatte. Unwillkürlich hob er die rechte Hand und berührte seinen Hinterkopf. Die lockigen, schwarzen Haare bedeckten die Narbe, aber er konnte sie deutlich ertasten. Er schloss die Lider und sah seine kindlichen, zarten Füße, wie sie flink zur kleinen Dachkammer eilten. Nacht für Nacht hatte er von hier aus dem Sprossenfenster geblickt, sah dem Flackern der alten Stalllampe zu und versuchte zu erahnen, was sich dahinter abspielte. Heute wusste er es. Ekel überkam ihn, er schluckte, aber die Magensäure bahnte sich erbarmungslos den Weg ins Freie. Er sprang auf. Zu spät. Schnell zog er das kleine Holzschubfach der Flurgarderobe auf, in dem er das Schuhputzzeug aufbewahrte, riss einen alten Leinenlappen heraus, kniete sich nieder und beseitigte die Dämonen seiner Vergangenheit.

Schwankend lief er durch das Halbdunkel des langen Flures, vorbei an Großmutters Bauernmöbeln, die längst der Wand aufgereiht standen, strich im Vorbeigehen darüber und bog in die Küche ab. Zeit für einen Kaffee, dachte er, zog seine zartgrüne Tasse vom Bord und lächelte. Er sah die kleine Töpferscheibe, die sich schneller und schneller drehte, sah ihre tonverschmierten Hände und drückte die Tasse fest an seine Brust. Ein helles Lachen benetzte seine Erinnerungen. Mutter war so viel weicher und zärtlicher als er. Sie hatte ihn an Kunst und Kultur herangeführt und mit ihm diese Tasse getöpfert. Er löste die verkrampfte Hand vom Tassengriff, hielt sie dicht vor seine Augen und begann laut zu schluchzen: „Ach, Mutter. Was hat er uns nur angetan?"

Das Wasser kochte unaufhörlich in dem kleinen Aluminiumtopf, und sein verbeulter Boden begann zu hüpfen. Er zuckte zusammen, war aus seinen Tagträumen erwacht, atmete schwer, zog die Kaffeedose von der Anrichte und füllte einen Messbecher in seine Tasse. Der kleine Aluminiumtopf machte sich immer noch lautstark bemerkbar. Er zog ihn vom Herd und ließ das schäumende Wasser über das Kaffeepulver laufen. Der aufsteigende Duft verscheuchte seine traurigen Gedanken und er sog den Dampf tief in sich ein. Er liebte den Geruch frisch gebrühten Kaffees direkt in der Tasse, genau wie Mutter ihn getrunken hatte.

Der kleine Löffel umkreiste bereits das fünfte Mal den Tassenrand. Gedankenversunken blickte er in den Garten, sah hinüber zu den Mülltonnen und grinste breit. Vater und sein Filterkaffee, dachte er. Die Kaffeemaschine hatte er nach seinem Tod als Erstes entsorgt. Die Möbel und Andenken an seine Mutter zogen mit ihm nach Jork, in das alte Bauernhaus seiner Großeltern, im historischen Ortskern. Er liebte dieses Haus, das im Altländer-Fachwerkstil erbaut wurde, typisch für das Alte Land.

Seit dem plötzlichen Tod seiner Großmutter lebte er hier allein. Er erinnerte sich an die letzten Jahre mit ihr, lächelte und trank einen Schluck Kaffee. Großmutter war gütig und liebevoll, so wie Mutter, und

dennoch konnten sie sich gegen ihn nicht wehren, alle waren wie erstarrt in seiner Nähe. Er schüttelte seine schwarzen Locken, um die Gedanken an ihn zu verscheuchen. Doch es gelang ihm nicht, bis sein Blick die verschneite Werkstatt streifte. Ein eiskaltes Lächeln umspielte seine schmalen Lippen.
„Die Zeit deiner Tyrannei ist vorbei", flüsterte er.

Er hatte bis zum Abend die letzten Besorgungen getätigt und ins Haus getragen, saß erschöpft in Großmutters altem Ohrensessel und sah dem aufsteigenden Dampf zu, der kräuselnd aus seiner Kaffeetasse stieg.
Die funkelnden Flammen hatten den steinernen Kamin zum Leuchten gebracht. Die Holzscheite begannen zu glühen und das Feuer züngelte nach mehr. Er starrte in das warme Licht und trank bereits die dritte Tasse Kaffee. Nein, er wollte nicht schlafen. Die Albträume waren immer noch erdrückend, und gerade heute würde er sie nicht ertragen können. Zu viele Erinnerungen waren in ihm erwacht. Unzählige Dämonen kreisten in seinem Kopf, die er nur mit viel Kaffee besänftigen konnte.
Gerade heute war er allein, und es fiel ihm schwer, in die Nacht abzutauchen. Doch er sehnte sich nach einem tiefen, langen Schlaf, den er so dringend brauchte. Er seufzte und blickte verträumt in die Flammen.
Er war zum Fenster gegangen, lehnte an der Scheibe und blickte dem Sonnenuntergang entgegen. Das

weihnachtliche Rot, das sich hinter der Baumreihe abzeichnete, erinnerte ihn an die vergangenen, arbeitsreichen Nächte, und er begann zu lächeln.

„Rot, wie Blut", flüsterte er, hob schmunzelnd die Tasse zum Mund und blickte ins Leere.

Der Wunsch nach mehr Kaffee beflügelte seine Schritte Richtung Küche. Er goss erneut Wasser in den kleinen Aluminiumtopf und sein Blick streifte die alte Küchenuhr. Mitternacht.

„Es ist so weit", flüsterte er und verspürte erneut ein Kribbeln in der Magengegend. Fünf Jahre Planung, fünf lange Jahre. Aber sie waren es wert. Alles musste perfekt sein. Erst dann war seine Rache vollkommen. Er schloss die Augen und sah noch einmal die zehn Pakete vor sich.

„Rot wie Blut", flüsterte er, öffnete die Augen und starrte in die verschneite Landschaft.

„Advent, Advent, ein Lichtlein brennt." Sein eiskaltes Lachen benutzte die Fensterscheiben. „Schade, dass ich eure Gesichter sehen kann."

2

Baumann betrat summend das Büro. Seit Tagen schon ging ihm dieser Weihnachtssong nicht aus dem Kopf und er summte ihn in Dauerschleife. Er öffnete die Glastür zu seinem Büro und blieb abrupt stehen. Ein bekannter Geruch strömte ihm entgegen. Klaus blickte sich um.

„Wat is denn dat?" Er beugte sich zur Steckdose und zog den kleinen Weihnachtsstern heraus, der einen penetranten Zimtgeruch verströmte. Als er den Kopf wieder hob, wurde ihm übel und er stützte sich auf die rettende Schreibtischplatte. Du musst etwas trinken, dachte er, und lief langsam zu seinem Bürosessel.

Nach einem Glas Wasser schien es ihm besser zu gehen, goss nach und stellte die Flasche zurück in den Schrank hinter sich. Der Zimtgeruch hing immer noch in der Luft und Klaus rümpfte die Nase. Seine Schnurrbarthaare stachen in die Nasenlöcher und er musste niesen.

„Hast du dich etwa erkältet, Schatz?", fragte Vivi, die gerade das Büro betreten hatte.

Klaus schüttelte energisch den großen Kopf und seine Haare folgten.

„Schatz, wann gehst du endlich zum Friseur? Die schöne Weihnachtszeit steht vor der Tür und du siehst aus wie ein Hippie."

Baumann strahlte. „So jung? Dit is knorke."

Viviana verließ schnaubend das Büro. Noch aus der Ferne hörte er das Auftreten ihrer High Heels.

„Ick bin ein Berliner", flüsterte er grinsend. „Dat Berlinern gewöhnst du mir nich ab, auch wenn du dat nicht leiden kannst." Sein anfängliches Schmunzeln entwickelte sich zu einem breiten Grinsen, bis er sich nicht mehr halten konnte und laut zu lachen begann. Als ihm jedoch eine Haarsträhne in die Augen fiel, griff er zum Telefon und vereinbarte endlich einen Frisörtermin.

Nach dem ersten Kaffee hatte sich Viviana wieder beruhigt. Klaus nahm sie in den Arm und fragte: „Hast du diesen Duft für mein Büro gekauft?"

„Was meinst du?"

„So ein Duftdingsda für die Steckdose. Na, du weißt schon."

Vivianas Kopf bewegte sich hin und her, und ihre blonden Locken fingen an zu tanzen.

„Dat riecht immer noch nach Zimt, ekelhaft."

Sie hob die kleine Nase, schnüffelte und zuckte mit den Schultern. „Vielleicht das Reinigungsteam, wegen der Vorweihnachtszeit?" Dann stand sie auf und lief Richtung Tagungsraum, um das Morgenmeeting vorzubereiten. In der Eingangstür blieb sie abrupt stehen. Was war das? Zehn Pakete standen, weihnachtlich verpackt, mit riesigen roten Schleifen auf dem Konferenztisch.

Sie ging näher an die Pakete heran und streichelte das edle Weihnachtspapier. Samt, wie schön, dachte sie und drehte eine der Karten um, die an jedem Paket befestigt waren. Sie las: „An Klaus Baumann. Für einen unvergesslichen Advent." Neugierig geworden drehte sie alle Karten um, und tatsächlich waren diese Weihnachtspakete für das Team bestimmt. Klaus Baumann, Viviana Baumann, Petra Kramer, Karsten Kramer, Thomas Lachner, Haucke von Pistorius, Paul Tanner, Sven Müller, Lena Arnold und sie stutzte. „Martin Struve?" Der Kollege gehörte schon lange nicht mehr zum Team, auch wenn er gelegentlich aushalf, wenn Klaus ihn darum bat. Sie lief zu ihrem Mann, um sich Klarheit zu verschaffen, doch auch er wusste nicht, wer ihnen die Weihnachtpakete in den Tagungsraum gelegt hatte.

„Ich öffne meins. Vielleicht wissen wir dann mehr", rief sie im Weggehen und stöckelte davon.

Viviana saß vor den vier roten Kerzen und wunderte sich. Kein Brief. Kein Absender. Nur vier rote Kerzen. Sicher, sie waren schön, für jeden Advent mit einer goldenen Zahl nummeriert. Aber wer war der edle Spender?

Bis auf Martin Struve hatten alle Kollegen ihr Paket geöffnet und starrten auf die roten Kerzen. Niemand wusste, welchem Gönner sie diese Pakete zu verdanken hatten.

Klaus unterbrach das große Schweigen. „Eigentlich dürfen wir keine Geschenke annehmen. Dat wisst ihr ja. Aber da keiner weiß, von wem die Kerzen sind …" Er zuckte mit den Schultern. „Nehmt sie mit und jut is, Kollegen."

„Und Martins?", fragte Vivi.

„Das schicken wir ihm zu." Baumann grinste, denn seine Frau konnte nicht wissen, dass Martin sich bereits auf dem Weg zu ihnen befand.

Am anderen Morgen war Klaus wieder der Erste und stiefelte direkt auf sein Büro zu. Bereits vor der Tür roch er den Zimt. Er riss wutentbrannt die Glastür auf, bückte sich und riss den Duftstecker aus der Dose. Wieder überkam ihn ein plötzlicher Schwindel und er hielt sich am Besucherstuhl fest. Ekelhaft, dieser Geruch. Aber dass er darauf so reagierte, wunderte ihn. Er musste dringend mit dem Reinigungsteam reden.

„Baumann. Sag mal der kleinen Blonden, die soll dat lassen. … Na, dat mit dem Duftstecker in meinem Büro. … Wie, du weißt von nüscht?"

Klaus lehnte sich stöhnend nach hinten und starrte die Decke an. Von wem war der Stecker? Er zog ihn vom Schreibtisch und warf ihn dieses Mal nicht in den Papierkorb, sondern in einen Asservatenbeutel. So, der Zimt war verschlossene Geschichte.

Martins Überraschungsbesuch war bereits einige Tage her und an diesem Sonntagmorgen freuten sich alle Kollegen darauf, ihre erste Kerze anzuzünden. Klaus hatte sich vorgenommen, sein Paket der neuen Nachbarin zu schenken. Was sollten sie mit zweimal vier Adventskerzen? Kramers taten es ihm gleich und überreichten ihr Vierer-Set an die netten Nachbarn, die sich so liebevoll um Clara kümmerten, wenn die Pflegemutter ihrer kleinen Tochter mal wieder krank war. Das ältere Ehepaar hatte sich überschwänglich mit Kaffee und Kuchen bedankt.

Heute freute sich Klaus aber nicht nur auf den ersten Advent, sondern besonders auf seine Adoptivtochter, die seit dem Sommer an der Humboldt-Uni studierte. Sein alter Freund Achim hatte immer noch gute Beziehungen zum Dekan. Nicht, dass seine Tochter keinen Studienplatz ergattert hätte, aber so war es einfacher gewesen. Außerdem hatte er Kat ein Gästezimmer bei ihm im Grunewald angeboten. Das Haus sei groß genug und nach dem Tod seiner Frau freue er sich über Gesellschaft. Darüber waren Klaus und Vivi besonders froh, denn die Mieten, selbst Studierende, waren ins Astronomische gestiegen.

Kat warf sich Klaus in die Arme und küsste ihn überschwänglich. „Endlich!"

„Wat, hab ick dir so gefehlt?"

„Klar, Dicker." Sie klopfte ihm sanft auf den Bauch.

„Janz schön frech." Klaus schmunzelte.

„Ick darf dat, Papa!"

„Bitte nicht noch eine Berliner Pflanze in der Familie", rief Viviana von Weitem.

„Dit is doch knorke, Mama!" Kat grinste breit und schlang ihre langen Arme um ihre Adoptivmutter. Vivi drückte sie fest an sich und küsste versöhnlich ihre lockigen Haare. Doch Kat befreite sich und konnte ihre Aufregung kaum zurückhalten. „Ich habe eine Überraschung für euch."

Sie rannte zurück zum großen Koffer, der immer noch in der Diele stand, und zog ein schmales Paket heraus. „Oh, schade, ich hatte es so schön eingewickelt." Sie glättete die goldene Schleife und überreichte es beiden mit geschwollener Brust. Als Klaus und Vivi nicht reagierten, begann sie zu zappeln. „Öffnen! Jetzt!"

Langsam zog Klaus an der güldenen Schleife und reichte das Paket zu seiner Frau. „Dat mit den Knoten kannst du besser." Er grinste und Viviana krallte ihre langen Fingernägel bereits ins Band.

Es war geschafft und Kat zappelte immer noch. Das rote Papier fiel zu Boden und ein Pastellbild kam zum Vorschein. Vivianas blaue Augen begannen zu glänzen. „Oh, wie wunderschön! Hast du das gemalt, Süße?"

„Ja, für euch."

Klaus zog das Bild an sich und wiegte den Kopf. Dann betrachtete er es mit ausgestreckten Armen und schwieg. Kat hatte ihn beobachtet, stülpte enttäuscht ihre Lippen nach vorn und wartete immer noch auf eine Reaktion.

„Der Rahmen geht gar nicht. Dat kommt nicht zur Geltung. Die schönen Bäume und so. Da muss so ein Dingsda rum, na, wie heißt denn dat?"

Kat strahlte. „Ein Passepartout."

„Jenau. Und dann kommt es ins Schlafzimmer, über unser Bett."

Viviana nickte ihm zu. Ihr Mann hatte eben eine besondere Art, seine Freude zu zeigen, deswegen konnte sie sich die Frage nicht verkneifen: „Also gefällt es dir?“

„Dat ist super, nich nur solche Linien. Schöne Landschaft. Danke.“ Er blickte das Bild immer noch an und zog die Stirn in Falten. Die Mädels verfolgten seine suchenden Pupillen und warteten ab.

„So können wir dat aber nich aufhängen.“ Er grinste.

„Wieso?“ Kat sah ihn nachdenklich an.

„Dat is nich signiert.“

Die Künstlerin atmete lautstark aus, zog ruckartig den Fingercolt aus dem imaginären Halfter und zielte auf Baumann. „Du Schuft!“

Klaus lachte laut, riss die Arme hoch und rief: „Ick ergebe mich. Aber dat is dein erstes großes Bild. In zehn Jahren is dat Tausende Euros wert. Dann haben wir einen Notgroschen.“ Er zwinkerte seiner Frau zu, die gleich zu lachen begann.

„Klaus, du bist mal wieder unmöglich.“

„Aber liebenswert“, fügte Kat hinzu. „So, Papa, aber wenn ich das Bild signieren und deine Extrawünsche erfüllen soll, müssen wir zu BOESNER nach Glinde.“

„Wer is denn dat?“

„Nicht wer. Das ist ein Großhandel für Künstler. Wir brauchen doch einen größeren Rahmen und das Passepartout.“

Baumann grinste. „Überredet.“

Dieser Sonntag war magisch. Die kleine Familie saß vor dem Adventskranz und bewunderte mit glänzenden Augen das flackernde Licht der ersten Kerze.

„Und ihr habt echt alle dieses Paket bekommen?", fragte Kat.

Klaus und Vivi nickten im Duett.

„Ist mega nett, aber ihr wisst nicht von wem, richtig?"

Klaus hatte sein erstes Stollenstück verzehrt und wollte gerade antworten, als sein Handy klingelte.

„Baumann. Wer stört am ersten Advent unseren Familienfrieden?", fragte er und zwinkerte Kat zu. Doch plötzlich veränderten sich seine freundlichen Gesichtszüge zu einer verkniffenen Maske. Er blickte starr auf den Adventskranz und schwieg. Als er den Arm senkte, sah Vivi ihn besorgt an.

„Klaus, was ist los?"

Baumann starrte auf die Kerzen.

„Papa, du machst mir Angst."

Als Baumann das Mobile neben dem Weihnachtsstollen ablegte und immer noch schwieg, wurde Vivi energisch: „Klaus, wenn du jetzt nicht redest!"

Er warf sich schnaubend an die Couchlehne und zog sein Handy an sich. „Ick muss los. Ein Toter, besser ein Teil davon."

„Thomas hat doch Bereitschaft", sagte Vivi genervt.

„Genau. Es geht um Thomas."

„Nein!" Viviana war aufgesprungen.

Klaus riss die Hände hoch. „Er nich."

„Rede!" Vivis kleine Faust prallte auf seinen Bauch.

„Die Kerzen. Es steckt ein Finger drin", brummte er.

Vivi riss die Augen auf. „Ein Finger?"
„Ja. Thomas hat die erste Adventskerze vor circa zwei Stunden gezündet und sein Ziehsohn wollte sie gerade ausblasen, als er ihn entdeckt hat."
„Echt ein Finger, also von einem Menschen?" Kat schüttelte ihre braunen Locken und rümpfte die Sommersprossennase.
„Das müssen wir herausfinden, Kat. Wann haben wir eigentlich unsere erste Kerze entzündet?"
Kats Schrei durchbrach die Stille.
„Da, bei uns auch!"

3

Montagmittag. Das Flugzeug hatte den Sylter Flughafen vor zehn Minuten verlassen. Jetzt gehörte er also wieder zum Team. Martin freute sich, auch wenn der Anlass makaber war. Seine Hand trommelte unentwegt auf den kleinen Handkoffer und sein Blick wanderte zur goldenen Armbanduhr. Noch dreißig Minuten bis Hamburg. Heute hätte er die Uhr am liebsten vorgedreht.

Schauer liefen ihm über den Rücken, wenn er an die *toten Kerzen* in seinem Gepäck dachte.

Gedankenversunken blickte er über die vorbeiziehenden Wolken. Wieder so ein schräger Fall, dachte er. Sicher dreht Klaus gerade durch, und er schien recht zu behalten. Auf dem Display seines Handys erschien Baumanns Nummer.

„Moin, Klaus."

„Martin, wann bist du hier?"

Er spürte sofort Baumanns Anspannung in der Stimme. „Wir landen in zehn Minuten. Du holst mich doch ab, oder?"

„Mensch Martin. Ick bin schon am Flughafen und stehe mir hier die Beine in den Bauch!"

„Ja, ja, ich bin bald da. Bis gleich."

Als Martin die Eingangshalle betrat, rannte Klaus auf ihn zu und riss seinen Exkollegen an sich.

Als er immer noch an Baumanns Brust klebte, röchelte er: „Lass mich los, Klaus. Tot nütze ich euch gar nichts."

Klaus drückte ihn von sich und grinste. „Man, bin ick froh, dich zu sehen."

„Das glaube ich dir sofort."

„Is dat ne Scheiße, Martin. Erst einundzwanzig Briefe und jetzt zehn Pakete mit vier Kerzen. Dat sind summa summarum vierzig Finger. Geht dat nich mal einfacher?"

Martin klopfte Klaus auf die Schulter. „Aber du weißt doch, einfach kann jeder."

Baumanns Schnurrbart fing an zu wippen und er riss seinen Kollegen nochmals an sich. „Man, bin ick froh, dat du da bist."

„Du wiederholst dich. Aber ich freue mich auch. Lass uns fahren."

„Vivi, so schnell sehen wir uns wieder!", rief Martin ihr von Weitem zu.

Ruckartig drehte sie sich um, lief ihm entgegen und flog förmlich in seine Arme. Martin umarmte sie innig, länger als Baumann lieb war.

„Nu is aber jut", brummte er und zog den Neuankömmling hinter sich her in den Meetingraum. Er sah in sieben fragende Gesichter. Mit ihm, Vivi und Martin waren sie vollständig. Endlich konnten sie beginnen. Immerhin zeigte die Uhr bereits auf fünf. Baumann ließ sich schnaufend auf den Stuhl fallen.

„Hat jemand schon eine Erklärung für diesen makabren Scherz?"

Alle schwiegen.

„Na, dat geht ja gut los."

Paul Tanners Falte zwischen den Augenbrauen hatte sofort an Tiefe gewonnen. Er stand auf und stützte sich auf den Tisch. „Wir sind noch dabei, die einzelnen Gliedmaßen sauber von den Kerzen zu trennen."

Baumanns braune Augen tanzten unruhig durch den Raum. „Und?"

Pauls Blick verfinsterte sich. „Du fängst schon wieder an, Klaus!"

„Womit fang ick an?"

„Mit deiner unfreundlichen Art. Wir sind doch keine Windhunde. Wer schafft es als Erster über die Ziellinie oder so?"

„Wat hat dich denn jestochen?"

Paul schwieg und setzte sich wieder. Die Stille im Raum war unerträglich.

Martin stand auf und ließ seinen Blick in die Runde schweifen. „Kollegen, ihr habt den Fall der einundzwanzig Briefe geknackt und mir mein Leben zurückgegeben. Ihr seid die Besten. Wir schaffen das."

Ein Band des Lächelns zog sich um den Tisch. Ja, sie sind die Besten und das würden sie wieder beweisen.

Karsten Kramer begann: „Gott sei Dank, hatten unsere Nachbarn ihre Kerze bisher nicht entzündet. Sie waren am ersten Advent bei Freunden eingeladen. Ich habe mir unter dem Vorwand, dass es sich um eine Fehlcharge handelt, die Kerzen aushändigen lassen. Natürlich waren sie enttäuscht, aber wir haben versprochen, neue zu bringen." Er streichelte Petras Hand und zwinkerte ihr zu.

„Dat hätte mir auch geblüht, wenn ick es nicht vergessen hätte."

„Vergessen?", fragte Karsten nach.

„Ja, die Kerzen für die Nachbarin standen bis gestern noch bei uns im Flur." Er griff nach Vivianas Hand und zog einen Schmollmund. „Jetzt bist du froh, dass ick es vergessen habe, ne?"

Vivi nickte.

Paul hatte sich wieder beruhigt, stand auf und drückte seine Schultern gegen die Wand. „Die Kerzen sind definitiv aus derselben Charge Wachs hergestellt. Das kann ich euch schon sagen. Stopp. Die Kerzen von Martin muss ich noch untersuchen." Er drückte seinen Rücken erneut gegen die Wand, stöhnte auf und redete weiter. „Ich habe die meisten Finger bereits aus dem Wachs isoliert, liegen jetzt in der Pathologie. Kannst du schon etwas zu den Gliedmaßen sagen, Haucke?"

Der Pathologe schob seine Nickelbrille nach oben. „Vierzig Kerzen, also zehnmal vier. Ich will nicht unken, aber es sind sicher die Gliedmaßen von vier Menschen. Und alle sind unterschiedlichen Alters."

„Kinder?" Baumann war entsetzt aufgesprungen.

„Nein, vier Erwachsene, nach ersten Einschätzungen. Du wirst dich noch gedulden müssen."

Klaus sackte auf den Stuhl, holte tief Luft und entschied: „Wir machen Pause und lassen hier mal frische Hamburger Luft in den Raum."
Er blickte auf neun nickende Köpfe, sprang auf, klatschte in die Hände und fragte: „Jemand Lust auf Pizza und Bier?"
Sven lachte. „Endlich mal eine gute Idee!"
„Was sind denn das für neue Sitten?", fragte Martin mit weit aufgerissenen Augen.
„Neue", antwortete Klaus und lud alle ein.
Das Team saß kauend vor ihren Pizzen und Klaus prostete ihnen zu: „Ick weiß, ick bin ein sturer Hund und nicht immer gerecht. Bremst mich rechtzeitig, bevor ick mich verrenne. Also, Prost! Wir kriegen dat wieder hin."
Alle blickten ihn verwundert an. Der Chef schien es ernst zu meinen. Sogar Paul lächelte wieder.

Am anderen Tag saß Martin Struve bereits seit sechs in Baumanns Glasbüro. Der Zimtgeruch war verflogen und kein weiterer Stecker in Sicht. Aber ein Mitarbeiter der Poststelle hatte ihm ein Paket auf den Schreibtisch gelegt. Als er es öffnete, zog er seine Lieblingspralinen heraus, die mit einer großen, roten Schleife verziert waren. Er öffnete die beigefügte Karte.
„Einen süßen Dienstag, Herr Hauptkommissar", las Martin vor.

„Schon wieder Briefe", stöhnte Klaus, zog einen Asservatenbeutel aus der Schreibtischschublade und versenkte die Zeilen, nebst Briefumschlag.

„Klaus, das muss auch zur KTU. Die Schleife sieht so ähnlich aus, wie die der Pakete."

„Schon klar, Martin. Fingerabdrücke, Zusammensetzung der Pralinen, Schriftanalyse und so weiter. Ick hätte die sowieso nich gegessen, is doch klar wie Kloßbrühe. Meinst du, es will mich jemand ins Jenseits befördern?"

Martins Schultern zuckten mehrfach und er kraulte sich sein immer noch dichtes, lockiges Haar.

„Dit is wieder so ein scheiß Fall. Wat sollen die Geschenke? Und warum kriegst du auch eins? Haste damals wat ausgefressen?" Klaus grinste breit, doch Martins Blicke verrieten ihm, dass er bereits über etwas nachdachte. „Wat is, du Sylter Hering?"

Ein Sekundengrinsen flackerte in Struves Gesicht auf. Er war bereits aufgestanden, blickte auf Baumann herunter und sagte: „Lass uns alle Fälle ansehen, an denen wir damals gearbeitet haben, also vor meinem Schlaganfall." Er drehte sich zum Gehen, stoppte und ließ sich wieder fallen.

„Wat ist, du Sylter Hering? Haste Rücken?", spottete Baumann.

„Zeig mir bitte noch einmal den Brief", antwortete er mit ausgestreckter Hand.

Klaus stutzte, aber gehorchte. „Hier. Wat is damit?"

„Die Karten an den Geschenken waren alle mit rotem Feinliner per Hand geschrieben. Der A5-Brief ist ausgedruckt worden. Das könnte helfen."
„Wat? Es gibt doch Millionen Drucker."
„Bei jedem Druckbild hinterlässt ein Drucker seine ganz bestimmte Kennung auf dem Blatt."
„Dat habe ick noch nie gesehen."
„Das kannst du auch nicht, Klaus. Aber unsere Spezialisten können es. Paul Tanner wird dir das sicher gern erklären."
Gegen zehn saßen alle im Meetingraum, um erste Ergebnisse auszutauschen. Eine Gewissheit hatten sie. Die abgetrennten Finger gehörten zu vier Personen. Es handelte sich um die Gliedmaßen von Männern mittleren Alters. Jeder der vierzig Finger war in einer hitzebeständigen Aluminiumfolie verpackt und dann mit heißem Kerzenwachs übergossen worden. Eines war sicher. Diese Prozedur hatte jemandem Befriedigung verschafft. Es musste Wochen gedauert haben, diese vierzig Kerzen zu fertigen. Außerdem waren sie mit solch einer Akribie hergestellt, wie man sie nur bei industriell gefertigten findet.
Lena war bereits aufgesprungen, schaltete den großen Bildschirm an und betätigte die Tastatur ihres Laptops. Dann hielt sie inne. „Wir haben es hier mit einem außerordentlich brisanten Fall zu tun. Korrekt genommen, wissen wir nicht einmal, ob es sich um Mord handelt. Die Opfer können alle noch leben. Richtig?" Sie blickte zu Haucke, der nickte. „Also, dann brauchen wir einen Profiler."

Thomas Lachner hob den rechten Daumen. „Sehe ich auch so. Der tickt nicht richtig, und sicher war das nur der Anfang. Klaus, hol Pit dazu."
„Pit is Privatdetektiv und kein Psychoonkel."
„Aber vorher war er forensischer Psychologe. Und er soll ein Ass gewesen sein."
Klaus kratzte sich den Bart. „Nee. Pit will damit nichts mehr zu tun haben."
„Wieso?"
„Thomas, hör uf!", schrie er ihn an und wandte sich an Lena. „Deine Idee is gut, aber nich Pit."

Der Kaffee in den Tassen dampfte noch, als Martin in Baumanns Büro trat. „Hier, Klaus."
„Danke. Setzt dich." Klaus nahm ihm die Tasse ab und stöhnte.
„Was ist mit Pit? Rede mit mir, Klaus."
Baumann stand auf, schloss die Tür und ließ sich auf den Stuhl fallen. Er spürte das Pulsieren seiner Halsschlagader, senkte den Kopf und durchdachte seine ersten Worte. „Pit war wirklich klasse, bis zu diesem Tag." Baumann holte tief Luft, trank von seinem Kaffee und begann: „Pit war einer der besten Profiler, hat sich nich nur mit dem Täter und seinen Veranlagungen beschäftigt, wie dat üblich is."
„Sondern?", fragte Martin ungeduldig.
„Er konnte so ein genaues Persönlichkeitsprofil vom Mörder erstellen, dat wir mit seiner Hilfe allet aufgeklärt haben." Baumann senkte den Kopf.
„Was ist passiert, Klaus?"

„Ick will da nicht dran rühren. Pit hat dat ausgeblendet. Der is jetzt glücklich als Privatdetektiv.“
„Warum war er so gut? Was hat ihn ausgezeichnet?“
Baumann sprach weiter: „Die meisten Psychoonkels arbeiten mit den Eckdaten, die wir auch kennen, also personenbezogene Infos, wie körperliche und seelische Gesundheit und Veranlagung, Interessen, Verhaltensweisen und so. Daraus erstellen sie ein Persönlichkeitsprofil.“
„Und Pit?“
Baumann stöhnte. „Ick weiß nich, wie ick dir dat verklickern soll. Der is in die reingekrochen.“
„In wen?“
„In die Täter. In die Opfer. Der hat uns zu Tatorten geführt, auf die wir nie gekommen wären. Keine Ahnung, wat in seinem Kopf abging.“ Baumann lehnte sich an die harte Stuhllehne.
„Nun sag schon, was passiert ist“, flehte Martin.
Klaus rollte mit seinen großen Augen, stellte die Tasse ab und berichtete: „Wir hatten einen Fall, muss zehn Jahre her sein. Ein Medizinstudent hatte seine Mutter ermordet, brutal, mit sechzehn Messerstichen. Er war bereits als Junge in psychologischer Behandlung, nahm Medikamente dagegen.“
„Wogegen?“
„Depressionen. Die Ursache soll angeblich im persönlichen Umfeld gelegen haben. Pit hat sich mit dem Knaben lange beschäftigt und die Diagnosen der Ärzte bestätigt. Der Auslöser der tödlichen Attacke

gegen seine Mutter soll eine Überforderungssituation gewesen sein. Sein Studium und der Stress."

„Aber warum die Mutter, Klaus?"

„Sie hat an ihren Sohn hohe Ansprüche gestellt, wollte, dat er Medizin studiert. Pit sagte, dat sie die Messlatte viel zu hoch gehängt hat. Der Knabe hat den Druck nicht mehr ausgehalten. Er brauchte ein Ventil."

Martin nickte. „Dann war er also der Mörder?"

„Eben nich. Dat war ja der Scheiß. Der Junge wurde in die U-Haft überstellt und hat sich kurz darauf in seiner Zelle erhängt. Im Abschiedsbrief hat er seine Unschuld beteuert und wir haben weiter gegraben, bis wir den Schuldigen endlich hinter Gitter hatten."

„Oh, mein Gott."

„Jenau. Pit hat sofort alles hinjeschmissen, macht sich bis heute Vorwürfe, sich so geirrt zu haben. Dat kann ick ihm nich antun. Verstehst du dat, Martin?"

Er nickte und kraulte seine wilden Locken. Baumann starrte ihn an und wusste, dass er dabei war, einen Plan zu entwickeln. Ungeduldig fragte er nach: „Wat heckst du gerade aus?" Sein Zeigefinger tippte auf Martins Stirn.

„Lass mich mit Pit reden. Bitte."

Baumann wich zurück.

„Was soll schon passieren? Lass es mich versuchen."

„Jut, aber ick komm mit."

„Klaus, das ist keine gute Idee. Durch dich hat er gleich wieder die Brücke zu dem alten Fall. Vertraue mir. Ich kann das, ganz subtil."

„Janz, wat? Sprich Deutsch.“
Martin fing an, zu lachen. „Ganz behutsam.“
„Dann sag dat doch, du Fremdsprachenfetischist.“
Nachdem Klaus seinen Freund in Reinbek angerufen und ihn um Hilfe gebeten hatte, konnte Martin, ruhigen Gewissens, zu ihm fahren. Natürlich dachte Pit, dass sie seine Hilfe als Privatdetektiv in Anspruch nehmen wollten. Klaus ließ ihn in den Glauben.
Als Martin in die Goetheallee einbog, verspürte er ein unwohles Gefühl in der Magengegend. Er kannte Pit nur aus Baumanns Erzählungen. Wenn er dem Glauben schenkte, schien sein Kumpel ein umgänglicher Mensch zu sein. Er holte tief Luft, sprach sich innerlich Mut zu und drückte auf die Klingel am Eingangstor. Es summte. Martin drückte die kleine Pforte nach innen und lief dem schmalen Weg der Haustür entgegen. Pit stand oben auf der Treppe und winkte ihm zu. „Gleich gefunden?“
Martin nickte, reichte ihm die Hand und war froh über seine freundliche Begrüßung.
Nach dem ersten Schluck Kaffee fasste er Mut und kam gleich zum Punkt. „Klaus war damit nicht einverstanden, dass wir Ihre Dienste in Anspruch nehmen. Darum bin ich hier. Er traut sich nicht.“
Pit lachte laut auf. „Der alte Schlawiner. Dann muss es ein besonderer Auftrag sein, den ihr an mich herantragen wollt. Raus mit der Sprache. Worum geht es?“
„Um Ihren alten Job.“

Pit war aufgestanden, starrte an die gegenüberliegende Wand, drückte sein Kreuz nach hinten, dass es laut knackte und drehte sich wieder um. Martin sah ihn erwartungsvoll an, denn sein Gegenüber lächelte. Er war erleichtert und wartete ab.
„Wenn er den Schritt wagt, müsst ihr wirklich in Bedrängnis sein. Worum geht's?"
Martin wischte sich symbolisch den Schweiß von der Stirn und atmete laut aus. Pit klatschte in die Hände und fing an zu lachen.
„Was dachtet ihr denn? Dass ich dir den Kopf abreiße? Es ist zehn Jahre, zwei Monate und drei Tage her. Nicht, dass ich gezählt hätte."
Martin stand auf, reichte ihm die Hand. „Martin. Ist doch okay?"
„Klar. Pit. Einfach Pit."
Martin öffnete einige Dateien auf seinem Laptop und berichtete so detailgetreu wie möglich über seinen bisherigen Kenntnisstand. Selbst Pit, der bereits viele außergewöhnliche Fälle betreut hatte, wiegte verwundert den Kopf. Seine Pupillen waren erstarrt und es schien, als wäre er in eine andere Welt abgetaucht. Martin hatte seine Rede längst beendet und wartete ab. Pit tippte schweigend auf das Display, atmete tief ein und lehnte sich an die Sessellehne.
„Ich kann euch nicht helfen."
Martins Nasenflügel begannen sich zu weiten.
„Bleib ruhig. Ich habe eine viel bessere Idee."
„Welche?" Martin beugte sich zu ihm.
„Es gibt da einen Überflieger."

„Überflieger?"

„Der Sohn eines Reeders, mit dem ich schon ewig befreundet bin."

„Was ist mit dem?"

Pit grinste, fuhr sich mit den Fingern durch die lichten Haare und begann: „Benjamin Mortensen, hochintelligent, ABI, mit sechzehn, hat bereits mit zwanzig seinen Bachelor und mit zweiundzwanzig das Masterstudium der Psychologie mit summa cum laude abgeschlossen. Anschließend hat er das Studium der Kriminologie aufgenommen. Er langweilt sich zu Tode, wenn er kein Futter bekommt, ist wissbegierig wie kein anderer. So etwas habe ich bisher nicht erlebt. Zurzeit ist er im Masterstudiengang der Kriminologie in Hamburg und macht die Professoren verrückt." Pit fing an, zu lachen.

„Wieso verrückt? Wie meinst du das?"

„Stell dir einen Menschen vor, der glaubt alles zu wissen, jedem und allem widerspricht, dich in Grund und Boden diskutiert, argumentiert und …" Pit hob grinsend seinen Zeigefinger. „… meistens recht hat." Martin hielt sich die flachen Hände vors Gesicht, begann zu glucksen und plötzlich laut zu lachen.

„Was hast du?"

„Ich stelle mir gerade Baumann vor. Wenn der mit dem zusammenarbeiten muss, sitzt der nur auf der Tellermine."

Als das Lachen im Duett versiegt war, holte Martin tief Luft, ließ sie laut ausströmen und fragte: „Erstens, darf der für uns arbeiten? Zweitens, will er für

uns arbeiten und drittens, kann Klaus mit ihm arbeiten?“ Seine letzten Worte konnte er kaum über die Lippen bringen und prustete in die Handfläche.
Pit grinste. „Drittens wird eine Herausforderung.“

„Moin Karl. Ich fall gleich mit der Tür ins Haus. Wir benötigen deine Hilfe.“
„Erzähl, Pit.“
„Ich hätte da einen extra Job für deinen Sohn.“
„Extra klingt gut.“
„Die KRIPO benötigt seine Unterstützung.“
„Oha, meinst du, das ist eine gute Idee? Du kennst doch Ben, schwieriger Charakter.“
Pit lachte. „Ich weiß, aber er könnte ein echter Gewinn sein, in diesem brisanten Fall.“
„Worum geht es genau?“
„Tut mir leid, Karl, aber das darf ich dir nicht sagen.“
Pit vernahm ein leises Brummen am anderen Ende.
„Okay, ich rede mit ihm. Wenn er Ja sagt, tun mir deine Freunde von der KRIPO jetzt schon leid. Aber mit den Konsequenzen müsst ihr dann leben. Ich melde mich bei dir.“
Pit lachte. „Das ist mir klar. Danke.“

4

Mittwochmorgen. Martin und Pit saßen in Baumanns Büro und warteten auf ihn. Sie hatten ausgemacht, nicht näher auf Bens besonderen Charakter einzugehen, in der Hoffnung, dass Klaus sofort einwilligen würde.

„Moin, wenn ihr mich so früh ins Büro zitiert, habt ihr brisante Neuigkeiten. Also, raus mit der Bombe." Baumann fläzte sich in seinen neuen Bürosessel und blickte sie stirnrunzelnd an. Bombe war der richtige Ausdruck, dachte Pit, und räusperte sich. Martin hingegen hatte Mühe, ein Grinsen zu unterdrücken.

„Wat is, ihr Fische? Kiemen auf, sonst raus aus meinem Aquarium."

Pit riss die Hände hoch und begann: „Ich kann euch nicht helfen, aber ich weiß, wer."

„Wer?" , brummte Baumann ihn an.

„Ich habe dir doch des Öfteren von Karl Mortensen erzählt."

„Der Reeder?"

„Genau. Sein Sohn ist ein Überflieger."

„Überflieger?"

„Ja, hochintelligent, hat einen IQ von 190."

„Wat? Ick dachte, dat hört bei 150 auf?"

„Im Ernst, Klaus. Benjamin hat eine Gabe, Fakten zu kombinieren und Schlüsse daraus zu ziehen, wie kein anderer."

Baumanns braune Augen schienen die Tischplatte zwischen ihnen zu scannen. Er hob den Kopf. Sein Blick hatte sich verfinstert. „Dat ist Nonsens. Dat konntest du auch. Warum soll ick einen Fremden ins Team lassen?"
„Weil er besser ist, als ich es je war."
„Dat is möglich?"
„Auf jeden Fall."
„Wat macht der eigentlich beruflich?"
„Benjamin ist Student."
Klaus war aufgesprungen. „Bist du jetzt total verrückt? Wat sollen wir hier mit so einem Jungspund?"
Martin hatte bisher geschwiegen, stand auf und ging auf Baumann zu. „Klaus, erinnere dich an Lenas Worte. Wir haben keine Leichen, kaum Anhaltspunkte. Wir brauchen ihn."
Baumanns rechtes Ohrläppchen glühte, aber er quälte es immer noch zwischen Daumen und Zeigefinger. „Jut, aber ick will erst mehr über den Benjamin wissen. Erzähl." Er setzte sich wieder.
„Ben ist derzeit Student der Kriminologie an der Hamburger Uni. Masterstudiengang. Mit sechzehn hat er sein ABI abgeschlossen. Mit zwanzig seinen Bachelor und mit zweiundzwanzig das Masterstudium der Psychologie, alles mit Auszeichnung."
„Dat is ja wirklich ein Überflieger."
„Ja, Klaus, sagte ich doch."
„Und du meinst, der könnte uns helfen?"
„Das meine ich nicht, das weiß ich."
„Okay, wat kostet der? Du kennst unser Budget."

„Nichts."

Baumann verdrehte die Augen. „Verarschen kann ick mich alleine. Also, wo is der Haken?"

Pit sah flüchtig zu Martin, dann wieder zu Klaus, räusperte sich und überlegte, was er darauf antworten sollte. „Er langweilt sich."

Baumann riss die Augen auf und seine Stirn legte sich unweigerlich in kleine Falten.

„Er will kein Geld. Benjamin sieht das als Abwechslung, als Zeitvertreib."

„Zeitvertreib? Is der krank?"

Pit sah aus den Augenwinkeln Martins Grinsen. Jetzt durfte er nichts Falsches sagen. Dann hatten sie verloren.

„Klaus, er ist hochintelligent. Hier ein Beispiel. Benjamin ist Schnellleser."

„Wat?"

„Klaus, lass mich aussprechen. Also, Benjamin liest ca. 1500 Wörter in der Minute, ohne das Textverständnis einzuschränken. Ein durchschnittlicher Leser schafft gerade mal 250 Worte pro Minute."

„Dat is ja …" Baumann zählte seine Finger. „…dat sechsfache."

„Genau, und du brauchst für diese einfache Rechenaufgabe sogar deine Finger."

Baumann ballte die Fäuste. „Ick hau' dir gleich uff'n Kopp, bis de Läuse piepen."

„Schon gut. Und? Soll ich ihm Bescheid geben?"

„Ja."

Oberkommissar Thomas Lachner hatte sich mit allen Paketen und Asservaten im Meetingraum eingeschlossen. Seit sechs Uhr umkreiste er den Beratungstisch. Mal zog er einen Karton zu sich, mal drehte er das Schleifenband in seinen Händen und dann wieder schienen einige Kerzenreste sein Interesse zu wecken. Und sein Gedankenkarussell drehte sich immer noch.

Auch Baumann hatte nicht schlafen können. Dieser Fall stellte sie vor besondere Herausforderungen. Nur darum hatte er dem Neuankömmling zugestimmt. Außer Martin wusste niemand im Team von Benjamin Mortensen. Das war gut so, denn er musste ihn zunächst allein unter die Lupe nehmen.

Seit fünf Minuten stand Klaus hinter der großen Glasfront des Meetingraumes. Er übte sich in Geduld und versuchte herauszufinden, was Thomas da tat. Gedankenversunken hatte er nicht bemerkt, dass seine Frau hinter ihm stand.

„Schatz", flüsterte Vivi ihm zu. „Komm. Ich mache uns einen Tee." Sie zog behutsam seine rechte Hand vom Ohr und lief mit ihm Richtung Küche. Minuten später saßen sie bei heißem Bratapfeltee in Baumanns Büro.

„Ich muss mit Paul Tanner reden." Thomas stand im Türrahmen.

„Scheiße!" Klaus war aufgesprungen und hüpfte auf einem Bein. Der Inhalt der Teetasse hatte sich auf sein linkes Hosenbein ergossen.

Vivi rannte hinaus und stand binnen Sekunden wieder in Baumanns Büro. „Hier, Klaus."

„Danke", brummte er und tupfte das Handtuch auf den feuchten Stoff.

„Sorry, Klaus, wollte dir keinen Schreck einjagen." Thomas reichte ihm die Hand.

„Allet in Butta. Lass uns fahren. Ick hab auch Fragen an ihn. Den Rest erzählst du mir während der Fahrt." Baumann warf das nasse Handtuch auf den Besuchertisch seines Büros, griff seine Wolljacke und zog Thomas hinter sich her. Vivianas grimmige Blicke sah er nicht, als sie das Tuch vom Tisch zog.

Paul starrte auf die Asservate, die Thomas Lachner wieder mitgebracht hatte. „Was ist mit den Kerzen?"

„Du meinst mit dem Rest?" Thomas grinste.

„Tja, wie sollten wir sonst die einzelnen Gliedmaßen aus den Kerzen befreien?"

Thomas hob die Hände. „War nur ein Scherz. Du bist in letzter Zeit immer so empfindlich. Ärger im Paradies?"

„Blödsinn. Welches Paradies? Aber wenn irgendwas schiefläuft, fragt ihr zuerst bei mir nach. Das nervt." Seine Blicke wanderten zu Baumann.

Thomas verstand. „Ich sehe das anders. Du bist neben dem Pathologen der wichtigste Baustein in unseren Fällen. Also, zu der Kerze hier. Mir ist aufgefallen, dass dieses Teilstück am unteren Rand etwas heller ist. Frage. „Welche Kerzen waren welcher Person zugeordnet?"

„Ich habe die Asservatentüten, wie immer, gekennzeichnet und unter Bemerkungen noch einiges hinzugefügt." Er wies auf den großen, weißen Aufkleber. Thomas zog einen der Beutel zu sich. Sicherstellungsnummer, Bezeichnung der Sache, Fallnummer, Verwahrnummer. Unter Bemerkungen hatte Paul die Zugehörigkeit zu anderen Asservaten angegeben und auf Zusammenhänge hingewiesen.

„Alle Kerzen, die ich auseinandergenommen habe, sind den Kartons zugeordnet, jeder Karton einem Besitzer. Hier." Er wies auf seine Notizen am unteren Ende des Aufklebers und warf seine langen Haare über die schmalen Schultern.

Klaus brummte, hob die Hand und fragte: „Hast du schon den Liebesbrief an mich analysiert?"

Paul grinste. „Habe ich heute fertiggestellt, liegt in der Fallakte. Das ist aber nur ein Anhaltspunkt. Es ist ein HP Colorlaserdrucker. Den leistet sich in der Regel keine Privatperson. Die Verbrauchsmaterialien sind schweineteuer."

Baumann nickte und fragte nach: „Nur interessehalber, wie kriegst du dat raus?"

„Durch gewisse Punkte wird auf jeder gedruckten Seite ein Wasserzeichen gesetzt. Die gelben Punkte haben einen Durchmesser von weniger als einem Zehntel Millimeter. Ihre bestimmte Anordnung enthält unter anderem die Seriennummer des Gerätes. Dieser Maschinen-Identifikationscode versteckt sich mehrfach auf der Seite. Ich brauchte also nur ein

Stück der Seite hochauflösend zu scannen und zu vergrößern."

„Also kennen wir jetzt sogar dat Modell?"

„Ja, es ist ein Multifunktionsgerät, HP Color Laser Jet Pro MFP M479fdw."

„Und wir haben die Seriennummer?"

„Ja, warte." Paul öffnete die digitale Akte auf seinem Pad. „CNB3M7R0CB."

„Dat können wir doch zurückverfolgen, oder?"

„Nicht zwingend. Wir kennen jetzt das Land, den Vertriebskanal und den Käufer, also nur den Erstbesitzer."

„Jut, morgen früh. Acht Uhr. Tschüss."

„Was war denn das, für ein Abgang?", flüsterte Paul, drehte seine langen Haare zu einem Knoten und widmete sich wieder seiner Arbeit.

Benjamin Mortensen stand im Großbüro des Kommissariats und blickte kopfschüttelnd auf die Magnettafel. Lena hatte den unangekündigten Gast zwar hereingelassen, der angeblich mit ihrem Chef verabredet war, rief jedoch zweifelnd Baumann an, der Entwarnung gab und sich für seine Verspätung entschuldigte.

Als sie das Telefon wieder ablegte, verschob der Besucher gerade einige Fotos und Notizen und sie überlegte einzugreifen. Stattdessen studierte sie intensiv seine Erscheinung. Er war mindestens einen Meter neunzig groß und kaum fünfundzwanzig, schätzte sie. Seine sportliche, elegante Kleidung schrie förmlich nach internationalem Design. Der Dress musste ein Vermögen gekostet haben. Sie ging zu Lachners Schreibtisch hinüber, um ihn von der Seite betrachten zu können. Markante Gesichtszüge, dunkelbraune, wellige Haare, gepflegter Dreitagebart und stechend blaue Augen.

Er hatte sie schon lange bemerkt und drehte sich ruckartig um. „Ist der Scann meiner Person jetzt abgeschlossen?"

Sie erschrak und lief wortlos zu ihrem Arbeitsplatz. Baumann stieß die Tür auf und brüllte im Gehen: „Entschuldigung!" Kurz vor Benjamin Mortensen stoppte er, sah auf seine behandschuhte Rechte und stutzte. Der Gast verstand, zog den Latexhandschuh gekonnt über die Finger, holte ein Taschentuch aus seinem grauen Kurzmantel, beseitigte das Talkumpuder und reichte ihm endlich die Hand.

„Ben Mortensen. Herr Hauptkommissar Baumann?"

„Jenau. Mitkommen." Klaus lief weiter in sein Aquarium, riss die Tür auf, wies auf den Stuhl vor seinem Schreibtisch und verschwand hinter demselben. Ben zog den Stuhl einen Meter vom Schreibtisch, knöpfte seinen Mantel auf und bequemte sich endlich Platz zu nehmen. Klaus hatte das Prozedere beobachtet und wartete ab.

„So, was kann ich für Sie tun, Herr Baumann?", fragte er süffisant lächelnd.

Was ist denn das für ein selbstgefälliger Knabe, dachte Klaus, scannte seine Körperhaltung und ließ sich mit seiner Antwort Zeit. Umso erschrockener war er, als der Gast aufstand und im Begriff war zu gehen.

„Keine Geduld, junger Mann?"

„Herr Hauptkommissar, Geduld hat etwas mit Zeit zu tun, die Ihre Opfer vielleicht nicht mehr haben, sollten sie noch leben. Richtig?"

„Schon gut. Setzen Sie sich. Hier ist die Fallakte."

Mortensen starrte kopfschüttelnd auf den Ordner und blickte stöhnend auf. „Man hat mir bereits mitgeteilt, dass Sie im letzten Jahrhundert hängengeblieben sind. Ich lebe im einundzwanzigsten Jahrhundert, und so würde ich auch gern agieren. Wenn Sie die Fakten digital vorrätig haben, können wir unsere Zusammenarbeit gern beginnen, ansonsten melden Sie sich, wenn Sie so weit sind."

Martin hatte das Gespräch vor der Tür belauscht und stieß im richtigen Augenblick die Tür auf. „Moin." Er streckte Ben die Hand entgegen, stellte sich vor und hatte das Schlimmste verhindert. Dann wandte er sich an Baumann, der ihn zähneknirschend anfunkelte. „Du hast Herrn Mortensen deine Papierakte geben wollen? Mensch, Klaus. Wir haben doch alles digital. Moment." Er rannte hinaus und kam mit seinem Pad wieder. „Bitte. Ich habe die Fallakte bereits für Sie geöffnet. Verschaffen Sie sich gern einen ersten Überblick."

Ben zog das Pad an sich und schob schweigend eine Seite nach der anderen von rechts nach links. „So, ich

muss die Asservate sehen und bitte mit dem zuständigen Pathologen sprechen."
Baumann holte tief Luft. Doch bevor hier ein Wirbelsturm ausbrechen würde, schob Martin den Berater aus dem Büro. Baumann blies die angestaute Luft in den Raum und warf sich in den Bürosessel. „Da brat mir ener 'nen Storch, wenn dat jut jeht."

Baumann hatte Hauckes heilige Hallen betreten und das Gespräch zwischen ihm und Mortensen bereits einige Minuten durch die Scheiben beobachtet. Und dennoch wurde er nicht schlau daraus. Warum zuckte Haucke ständig mit den Schultern? Dem musste er auf den Grund gehen, trat ein und begrüßte beide, freundlicher als sonst.
„Wie können wir Ihnen helfen, Herr Hauptkommissar? Was bedrückt Sie?", fragte Ben.
„Nüscht. Allet in Butta."
„Wie bitte? Ich verstehe Sie nicht."
Haucke fing an, zu lachen, und übersetzte.
„Aha, verstehe, Sie sind Berliner. Dann werde ich mich in Kürze mit dem Vokabular beschäftigen. Aber Sie können Ihre Schultern jetzt fallen lassen. Entspannen Sie sich. Sie müssen keine Verteidigungsstellung einnehmen."
Mist, dachte Klaus. Eigentlich hätte ihm klar sein müssen, dass er ihn analysiert. Resigniert fiel er auf den nächsten Stuhl und stöhnte laut: „Haucke, ab jetzt stehen wir unter ständiger analytischer Beobachtung. Worüber habt ihr eigentlich gesprochen?"

Haucke lächelte. „Das habe ich schon bemerkt. Herrn Mortensen kann man nichts vormachen. Wir haben über die Zuordnung der Asservate gesprochen."

„Und? Erzähl."

Doch bevor Haucke antworten konnte, berührte Ben seine Schulter, zeigte auf Klaus und sagte: „Sehen Sie, Herr Pistorius. Die aufgerissenen Augen und der geöffnete Mund signalisieren uns Erwartung und die Bereitschaft, Informationen aufzunehmen."

Klaus hätte ihm sein selbstgerechtes Grinsen am liebsten aus dem Gesicht geschlagen, aber er biss sich auf die Zunge und schwieg. Ben drehte sich wieder zu den Asservaten und sprach mit erhobenem Zeigefinger weiter. „So, zum Fall. Ich hatte bereits ein Telefongespräch mit Herrn Tanner. Augenscheinlich sind alle braunen Faltkartons gleich, fünfzehn mal fünfzehn mal fünfzehn Zentimeter."

Paul Tanner stürzte in den Raum. „*Packein*. Ich meine die Herstellerfirma der Pakete."

Ben rollte mit den Augen, nickte und sprach weiter: „Danke. So, augenscheinlich sind alle Geschenke gleich, Karton, Einwickelpapier mit samtiger Oberfläche, die rote Schleife, das dazugehörige Band, der Füllstoff in den Paketen, das Klebeband und die Kerzen selbst."

„Aber?" Klaus' Finger trommelten auf die Tischplatte.

Ben grinste. „Nichts ist gleich."

„Wie, nüscht?" Klaus riss die Augen auf.

Paul setzte sich neben ihn und löste auf. „Die Kartons sind alle gleich groß und aus einer Charge, haben aber alle kleine Produktionsfehler. Daher vermute ich, dass sie billig waren, zweite Wahl.“
„Richtig. Danke, Herr Tanner.“ Ben reichte ihm die Hand. „Mein Name hat sich herumgesprochen?“
„Ja, Herr Mortensen. Jetzt kenne ich auch das Gesicht dazu. Sie werden uns in diesem Fall beraten. Freut mich.“
„Mich auch, Herr Tanner.“
„Das Klebeband ist vom selben Fabrikat, aber nicht von einer Rolle“, sprach Paul weiter. „Außerdem haben wir unter dem Klebeband deines Kartons, Klaus, den Rest eines blauen Nitrilhandschuhs gefunden.“
„Meines? Warum mein Karton?“
Paul zuckte mit den Schultern. Vielleicht war es der zehnte Karton und er wurde oberflächlich.“
„Das ist reine Spekulation“, mischte Ben sich ein. „Für diese Vermutung benötigen wir mehr Fakten. Aber berichten Sie weiter. Ihre Abteilung hat in der Kürze der Zeit hervorragende Arbeit geleistet, scheint mir.“
Pauls Lippen öffneten sich und die Mundwinkel zogen sich leicht nach oben.
„Mein Kompliment ist also bei Ihnen angekommen. Das freut mich.“
Pauls Gesichtszüge erstarrten.
„Okay, hier ein kleiner Ausflug in das Thema Körpersprache. So, ich habe Herrn Tanner gelobt und so-

fort bemerkt, dass dieses Kompliment von ihm positiv aufgenommen wurde. Wenn jemand die Lippen öffnet und nicht redet, ist das die erste Bewegung, die mir anzeigt, derjenige möchte etwas aufnehmen. Schmeckt ihm die Information, ziehen sich seine Mundwinkel nach oben. Stellen Sie sich eine Schale vor. Das Gehörte soll nicht verloren gehen. In dem Fall, mein Lob. Zusätzlich hat Paul seine Zunge über die Zähne gestrichen, um die letzten Reste meines Kompliments einzusammeln. Wie zuvor erwähnt, es darf nichts verloren gehen."

Paul wurde rot.

„Das muss Ihnen doch nicht peinlich sein. Mein Lob ist ehrlich gemeint. Also dürfen Sie sich auch darüber freuen."

„Schon gut, stehe einfach nicht gern im Mittelpunkt, und Lob bekommt man hier nicht." Er schielte zu Baumann. „Aber wenn wir schon bei dem Thema sind. Das heißt im umgekehrten Sinne, wenn Sie mich kritisiert hätten, würden meine Mundwinkel nach unten hängen, richtig?"

„Genau, wenn uns etwas nicht schmeckt, ziehen wir die Mundwinkel herab, damit die schlechte Information wieder herausfließen kann. So, als wenn ich auf eine bittere Mandel beiße. Das ist der gleiche Gesichtsausdruck."

Baumann war aufgesprungen. „Stopp. Weiter im Fall. Schulung ist eine klasse Idee, aber nicht jetzt."

Ben bewegte seinen Kopf Richtung Baumann. „Dann sollten wir auch noch eine Schulung zum Thema Mitarbeiter-Motivation und Führung anhängen, Herr Hauptkommissar."

Haucke griff vorsorglich Baumanns Oberarm und drückte kräftig zu. Klaus verstand, setzte ein künstliches Lächeln auf und schwieg. Paul referierte weiter. Es hatte sich herausgestellt, dass alle Samtpapiere zwar die gleiche Größe haben, drei von ihnen jedoch mit einer anderen Schere zurechtgeschnitten worden waren. Dieses Schneidewerkzeug schien eindeutig nicht so scharf zu sein, denn die Ränder des Papiers waren leicht ausgefranst. Nachdem die Kollegen der KTU alle gebundenen Schleifen analysiert, auseinandergenommen und den Draht entfernt hatten, mit dem sie an den gekreuzten Bändern der Pakete befestigt waren, wurden die Unterschiede sichtbar. Es ergaben sich nicht zehn gleich lange rote Bänder. Zwei Enden wiesen Klebereste auf, wie am Ende einer Schleifenrolle. Also musste der Täter mehr als zwei davon verbraucht haben. Das Gleiche galt für die Bänder, die über Kreuz um die Pakete geschlungen waren. Jedes Band hatte eine Länge von einem Meter vierzig. Auch hier waren einige Enden von Klebereste gekennzeichnet. Wie viele Rollen verbraucht wurden, konnte Paul bisher nicht sagen. Er hatte die Marke noch nicht herausgefunden. Danach können sie erst nach der Lauflänge des Schleifenbandes recherchieren.

Baumann lauschte seinem Kollegen, aber sein Groll gegen Mortensen wuchs. Er schien Ahnung zu haben. Aber er hasste seine arrogante Art. Der Typ ist dermaßen von sich überzeugt, dass es ihn anekelte. Wir machen uns auch alle Gedanken zu diesem Fall, aber der präsentiert sich, als wäre er Gott persönlich. Haucke war aufgefallen, dass Klaus nicht bei der Sache war und grinste. Seine Augen wanderten zu Ben, und es war nicht zu übersehen, dass er seit Langem Baumanns Mimik und Gestik studierte. Er schien sich sichtlich zu amüsieren.

„Jetzt zum Kerzenwachs", fuhr Paul fort. „Also, nachdem Haucke und ich die vierzig Gliedmaßen freigelegt hatten, habe ich versucht, jede Kerze wieder zusammenzufügen. Dabei ist mir aufgefallen, dass einige Kerzen am unteren Rand nicht richtig ausgegossen waren. Daher der helle Rand, den Thomas bemerkt hat."

Herr Allwissend nickte zustimmend.

„Demnach hat er unterschiedliche Formen verwendet oder die Temperatur des Wachses war nicht konstant, was die Fließfähigkeit beeinflusst. Ich tippe eher auf die benutzten Formen, denn die Stellen ähneln sich bei genau zehn Kerzen."

Baumann war aufgestanden, drückte sein Kreuz nach hinten, dass es knackte und sagte: „Also hat er nur vier Formen benutzt, ne?"

„Genau, Klaus. Aber die Zahlen waren nur aufgeklebt. Mehr kann ich dazu noch nicht sagen."

„Allet klar. Danke, Paul. Jetzt du." Er drehte sich zu Haucke.

Seine Nickelbrille war fast auf die Nasenspitze heruntergerutscht und er stieß sie mit dem Zeigefinger nach oben. „Einige Finger haben, trotz der hitzebeständigen Folie, leichte Brandwunden."

„Zur Folie kann ich noch nichts sagen. Wir sind dran", rief Paul dazwischen.

Baumann nickte und blickte zu Ben. „Noch Fragen?" Doch der lächelte nur süffisant und schwieg.

Haucke sprach weiter: „Aber einen Anhaltspunkt haben wir schon."

„Raus damit."

„Immer mit der Ruhe, Klaus. Also, ich habe die *DNA* von vier Männern isoliert. Einer ist im System. Peter Jensen. Er wurde zu fünf Jahren Haft verurteilt. Er hat seinen sechsjährigen Stiefsohn fast zu Tode geschlagen. Der Junge ist jetzt auf dem rechten Ohr taub, aber psychisch verstört. Jensen wurde nach drei Jahren, wegen guter Führung und positiver Prognose, aus der Haft entlassen."

Baumann rannte zur Tür. „Dat is knorke. Lena is gerade an den Vermisstenfällen dran. Dat hilft."

„So ist er", sagte Haucke schmunzelnd und redete weiter: „Interessant sind aber die Fingernägel der einzelnen Opfer. Diese hier weisen eine ***Pilzerkrankung*** auf."

Haucke zog die Asservatentüte an sich und nahm einen Finger heraus. „Eindeutige Pilzerkrankung. Das sieht man an den gelblichen Verfärbungen."

„Es könnte auch eine bakterielle Entzündung gewesen sein", mischte Ben sich ein. „Haben Sie schon eine Kultur angelegt?"

„Ja." Klugscheißer, dachte Haucke genervt. „Weiter hiermit. Alle Nägel dieses Opfers weisen Querrillen auf."

„Wachstumsstörung", unterbrach Ben wieder.

Haucke nahm einen tiefen Atemzug, legte eine Schweigeminute ein und sprach weiter: „Das kann von einem fieberhaften Infekt hervorgerufen worden sein."

Ben nickte heftig. Haucke zog eine weitere Asservatentüte an sich.

„Diese Nägel splittern stark und sind ausgetrocknet. Die Ursache liegt häufig in der wiederkehrenden Benutzung von alkoholhaltigen Lösungsmitteln, wie Ethanol", führte er weiter aus.

„So, hervorragender Anhaltspunkt. Es könnte sich um einen Handwerker handeln", lenkte Ben ein.

Haucke nickte. „Genau. Zusammenfassend können wir sagen, dass wir ein Opfer über die DNA kennen, Peter Jensen. Opfer Nummer zwei hat ausgetrocknete Nägel, wie von Lösungsmitteln, könnte ein Handwerker sein, Opfer Nummer drei hat Querrillen auf den Nägeln, die meiner Meinung nach auf eine lange fieberhafte Infektionskrankheit hinweisen. Daher wahrscheinlich die Wachstumsstörungen, wie Herr Mortensen bereits einwarf, und Opfer Nummer vier hat wahrscheinlich eine Pilzerkrankung. Mehr wissen wir, wenn ich die Kultur ausgewertet habe.

Wenn wir mit der Blutanalyse durch sind, kann ich Ihnen noch mehr sagen. Ansonsten war`s das von mir." Er blickte zu Ben, der nachdenklich in den Raum starrte.

„Danke, Herr Dr. Pistorius. Ich will gar nicht auf die einzelnen Opfer eingehen. Dazu kommen wir später. Denn für gewöhnlich findet man die Täter, indem man die Opfer besser kennenlernt. Eins ist sicher. Wir haben es eindeutig mit einem Frusttäter zu tun. Er spielt ein Spiel, will nicht als Verlierer dastehen, der er eigentlich ist. Sicher war er nie gut genug für seine Familie, seine Umwelt. Darum weiß er, dass er nicht gewinnen kann. Aber darum geht es ihm gar nicht. Für ihn ist nennenswerter, dass die anderen nicht gewinnen, dass *wir* nicht gewinnen."

„Warum die Pakete?", fragte Paul nach.

„Er zwingt uns sein Spiel auf, in dem er bereits gewonnen hat."

„Das Spiel beginnt doch erst." Pauls Nasenflügel begannen zu vibrieren.

Ben hob gebieterisch die rechte Hand. „Nein. Seine Sichtweise ist eine andere. Er rollt sein Spiel von hinten auf."

„Von hinten?", fragten beide im Duett.

„So. Er hat vier Menschen ermordet. Er ist der sichere Sieger. Die Medaille kann ihn niemand mehr nehmen, nicht einmal wir."

5

Baumann musste den Kopf auslüften. Das Auto stand bereits unterm Carport und er schlenderte zu Fuß Richtung Bäcker. Grinsend lief er an einem roten Mülleimer vorbei. Er hatte sie vom ersten Tag an ins Herz geschlossen und sammelte alle Sprüche, auch wenn die Kollegen ihn damit aufzogen. „Moin, mein Hübscher. Der Spruch is Asbach. Denk dir mal wat Neuet aus", sagte er belustigt, klopfte dem Roten auf die Haube und schlenderte weiter. Sein Telefon unterbrach den Monolog.

„Moin, Karsten, wat gibt's?"

„Moin, Klaus. Petra und ich fragen uns, ob wir wegen des aktuellen Falls unseren Urlaub absagen müssen. Das wäre schade, auch für unsere Kleine."

Klaus war stehen geblieben, starrte auf die grauen Pflastersteine und kratzte sein unrasiertes Kinn.

„Hm, jute Frage, Karsten. Daran habe ick noch gar nicht gedacht. Hm."

„Und was heißt das jetzt, Klaus? Du weißt, wir fliegen in drei Tagen nach England zu meinen Eltern. Die freuen sich auf ihre Enkeltochter."

„Klasse. Dann mach dat doch."

„Also nehmen wir unseren Urlaub und unsere Überstunden, wie besprochen. Richtig?"

„Mensch, Karsten. Dat is doch klar. Hast du gedacht, ick streiche euch jetzt den Urlaub? Kennste mich oder kennste mich?“
„Ich kenne dich.“
„Na, siehst du. Dann nehmt doch für morgen noch den Rest eurer Überstunden, und wir sehen uns wieder im neuen Jahr. Wat hältst du davon?“
„Dein Ernst?“
„Klar. Allet Paletti.“
„Danke, Chef.“
„Na dann, ab in den Urlaub.“
Grinsend wanderte er den altbekannten Weg Richtung Bäcker, und noch immer spürte er die Hundeleine in seiner Rechten, auch wenn Fiete schon lange im Hundehimmel war. Er drückte eine Träne zurück, schritt zügig voran, in der Hoffnung noch seine Bestellung aufgeben zu können.

Viviana und Kat wanderten zur gleichen Zeit über den Hamburger Weihnachtsmarkt am Rathaus. Der zweite Advent war zum Greifen nah. Eigentlich sollte Viviana bester Stimmung sein. Aber dieser Fall verdarb ihr jegliche Freude. Selbst die kleinen Laternen, die ringsherum ihr warmes Licht verbreiteten, sah sie nur in einem düsteren Grau. Auch das ständige Summen ihrer Tochter stimmte sie nicht fröhlich.
„Oh Tannenbaum, oh Tannenbaum. Sing mit“, forderte Kat sie auf.
„Ach, Mäuschen, ich muss ständig an diese abgetrennten Finger denken.“ Sie schüttelte sich.

„Mama." Kat streichelte ihre rote Wange. „Papa Klaus kriegt das raus. Oh, das reimt sich." Lachend wiederholte sie: „Papa Klaus kriegt das raus."

Jetzt musste auch Viviana lachen, drückte sie fest an sich und zog sie zum Punschstand.

Sie wanderten gerade die Kunstgasse entlang, als Kat ihre Mutter am Arm festhielt. „Sieh mal. Das wäre doch eine geniale Alternative."

„Was meinst du, Mäuschen?"

„Diese elektrischen Kerzen."

Viviana trat näher an den Stand und berührte das flackernde Licht.

„Das sind echte Wachskerzen, aber mit batteriebetriebenem Licht", erklärte die ältere Dame mit Nicolaus Mütze. „Und der Docht aus Kunststoff dreht sich. Dadurch flackert das kleine Tuch und erzeugt die Ähnlichkeit einer natürlichen Flamme."

„Schön" hauchte Vivi.

„Finde ich auch. Lass uns vier mitnehmen. Bitte." Kat zog sie am Arm und stampfte mit den Stiefeln mehrfach auf den Boden.

„Bist du achtzehn oder acht?"

„Acht", sagte sie schmunzelnd.

Die Weihnachtsmützenfrau lächelte, drehte die Kerze um und erklärte: „Die Kerzen haben alle einen Timer. Wenn sie den kleinen Schalter nur bis zur Mitte ziehen, haben sie Dauerlicht, wenn Sie ihn bis ans Ende ziehen, wird das Licht immer ab dieser Uhrzeit für sechs Stunden leuchten. Also zum Beispiel von sechzehn Uhr bis um zweiundzwanzig Uhr. An allen Folgetagen startet es dann automatisch."

„Das ist doch prima, Mama."

„Ist ja gut, Mäuschen, wir nehmen vier. Die dunkelroten bitte."

Kat strahlte, als wenn jemand das Licht in ihren Augen angeknipst hätte, zog den Beutel vom Stand und klammerte sich fest an Vivis Arm.

„Jetzt bauen wir uns ein Adventsgesteck aus der großen Schale, die auf dem Wohnzimmerschrank steht. Tannengrün haben wir im Garten, und ich hole noch einige Hagebutten vom Rosenstrauch neben dem Hauseingang. In der Mitte platzieren wir die neuen Kerzen und stellen gleich den Timer ein. Super."

Vivianas Herz war angefüllt mit Liebe, wenn sie ihr glückliches Kind neben sich sah. Seitdem sie eine kleine Familie geworden waren, blühte Kat Tag für Tag auf. Vivi drückte sie fester an sich.

„Aber, Mama, du weinst ja."

„Vor Freude, mein Liebling. Nur, vor Freude."

Klaus saß Zeitung lesend am Küchentisch und sah stirnrunzelnd auf die Uhr des Backofens. Seine Bäckerbestellung hatte er abgegeben und wartete ungeduldig auf die Frauen, die ihn scheinbar vergessen hatten. Sein Magen hing bereits in den Kniekehlen. Lautes Knurren untermalte das Gefühl. Er warf die Bergedorfer frustriert auf den Küchentisch, stand auf und trottete zum Fenster.

„Au, Vivaldi. Lass dat! Wieso beißt du in mein Bein? Dein Fressnapf is doch voll. Ick sollte dich beißen." Schon wieder knurrte sein Magen. „Haste dat gehört? Dat is Hunger. Geh zu deiner Schwester spielen." Dann nahm er den Kater auf den Arm und brachte ihn streichelnd in die Diele. Auf dem Rückweg in die Küche lief er am Kalender vorbei und las: „Gemüseauflauf." Ach ja, eigentlich wollte Kat heute kochen. Ein Steak wäre ihm lieber, aber Klaus wollte ihr die Freude nicht verderben. Noch einmal blickte er zur Anzeige. Neunzehn Uhr. Er zog sich die Liste des Bestellservice vom Küchenregal.

„Na, Vivaldi, wat meinst du? Pizza oder Pizza?" Der Kater sah ihn schläfrig an und kuschelte sich dichter an seine Schwester. „Erst beißt du mir ins Bein und jetzt willst du nüscht mehr von mir wissen. Du bist mir einer." Klaus blickte zum blanken Fressnapf und grinste. Vivaldi hatte alles aufgefressen. Kein Wunder, dass er jetzt schläfrig war. Baumann ging wieder in die Küche und ließ sich enttäuscht auf einen der Stühle fallen.

„Papa, wir sind wieder da."

„Dann wird dat nüscht mit Pizza", murmelte er und steckte die Liste zügig ins Regal zurück.

„Entschuldige Schatz, du hast sicher schon Hunger?" Vivi tätschelte seinen Bauch und fügte hinzu: „Na ja, du hast ja was zum Zusetzen."

„Wat soll dat heißen?"

„Entschuldige, sollte nur Spaß sein."

„Spaß? Aus deinem Mund klingt dat wie eine Drohung. Soll ick im Advent fasten oder besser noch Weihnachten?"

„Papa, reg dich nicht auf. Ich habe das Gemüse schon geschnitten. Der Rest geht schnell."

„Wie schnell?"

„Hast du so einen Hunger?"

„Frag dat deine Mutter. Seit sechs Monaten muss ick Teilfasten oder wie dat heißt. Frühstück fällt aus, Mittag gibt es Eiweißbrot, wenn ick Glück habe, ansonsten nur Salat. Abends kriege ick dann endlich wat Warmes auf den Teller. Und dann kommst du mit Gemüseauflauf um de Ecke. Dat hält der härteste Kerl nich aus."

Vivi kniff die Augen zusammen und schwieg. Kat streichelte seinen Arm und küsste ihn auf die Wange.

„Ich habe noch Würstchen, Käse und Eier im Kühlschrank gesehen. Aus meinem Gemüse zaubere ich schnell einen Salat. Was hältst du von Raclette?"

Baumann riss die Arme hoch. „Sind dat diese Zwergenpfannen?"

Kat nickte.

„Dat is doch Zeitlupenessen!"

Klaus rannte in die Diele, zog seine Jacke vom Ständer und verließ das Haus. Nach zehn Minuten begann er zu frieren und wollte gerade in den Hofredder abbiegen. Unwillkürlich blickte er nach unten und blieb abrupt stehen. „Sonne Scheiße." Er sah grinsend auf die Birkenstock-Sandalen und lief weiter. An den Glascontainern auf der linken Seite des

Hofredder erinnerte er sich daran, dass sich die Gläser im Keller bereits stapelten und er sie dringend entsorgen musste. Er zog sein Handy aus der Hosentasche und schrieb eine Notiz.

Klaus lief bereits auf dem Wischhoff und sah von Weitem die Ampelkreuzung an der Hauptstraße. Von dort aus waren es nur noch drei Minuten bis zu seiner Lieblingspizzeria Luca.

Als Leonardo ihn eintreten sah, verzog sich sein Mund zu einem breiten Grinsen. Baumann sah hinunter auf seine Fußbekleidung.

„Klaus. Benvenuto. Wo warst du die letzten Wochen?", fragte Leonardo ihn mit ausgestreckten Armen.

„Keine Zeit."

„Für eine gute italienische Essen hat man immer Zeit. Komm mit, Commissario"

Klaus zuckte mit den Schultern, lief hinter Leonardo her und erschrak. „Pit? Wat machst du denn hier?"

„Essen, und du?" Er zeigte belustigt auf Baumanns Schuhe.

Klaus hob lachend die rechte Faust und setzte sich ihm gegenüber. „Schon bestellt?"

Pit schüttelte den Kopf.

„Vorspeise? Antipasto Spezial?", fragte Klaus sein Gegenüber.

„Gute Idee. Hast du großen Hunger? Ich ja."

„Ick hab Knast. Leonardo soll hinne machen, sonst beiß ick ihn ins Bein." Er grinste bei dem Gedanken an den Kater.

„Alles klar, Klaus. Ich nehme auf jeden Fall danach eine Pizza Hawaii."

„Wird dir dat nich langweilig? Solange ick dich kenne, isst du Pizza Hawaii."

„Nö. Ich liebe sie."

Baumann schüttelte den großen Kopf und blickte suchend auf die Speisekarte. Eines war sicher. Er wollte Fleisch. Seine Pupillen blieben am argentinischen Rinderfilet hängen. Die Entscheidung war getroffen. Leonardo brachte den zwischenzeitlich bestellten Rotwein und das Wasser, zückte sein Tablet und wartete auf die Bestellung. Klaus wählte zu seinem Rinderfilet die Cognac-Pfeffersauce, verzichtete auf den Spinat und forderte sich mehr Rosmarinkartoffeln. Pit hingegen bestellte mehr Käse auf seiner Pizza Hawaii.

„Macht nüscht, wenn es schnell geht. Ick habe Knast, Leonardo." Baumann zwinkerte ihm zu und der kleine Italiener sprintete zur Küche.

Nachdem sie angestoßen und den ersten Schluck Barbera de Asti getrunken hatten, hakte Pit nach. „Wieso bist du in deinen Hauslatschen hier? Wirst du vergesslich?"

Klaus erzählte in Kurzform, was vorgefallen war und lenkte das Thema gleich auf den aktuellen Fall. „Der Auftritt heute von Mortensen war Kino reif. Der Typ scheint clever zu sein. Aber der bringt mich zur Weißglut."

„Du hast mich um Hilfe gebeten. Jetzt müsst ihr auch mit seinen Macken leben."

Klaus riss die Hände hoch. „Schon jut."

Um zweiundzwanzig Uhr saßen die Freunde, gesättigt und gut gelaunt, immer noch beieinander und diskutierten über die *toten Kerzen*.

„Jeder Mörder macht Fehler. Man muss sie nur entdecken, Klaus. Was ihr jetzt braucht, ist Geduld, auch wenn das für dich ein Fremdwort ist. Du kannst Ben vertrauen. Er ist ein schräger Charakter, aber ein ausgezeichneter Denker."

Baumann verdrehte die Augen, trank den letzten Schluck Rotwein und schlug vor zu gehen.

Pit grinste, blickte aus dem Fenster und wies auf die Schneeflocken. „Dein Ernst? Gehen? Soll ich dich nicht besser fahren?"

Klaus verschluckte sich, riss die Serviette vor den Mund und begann zu lachen. Dann nuschelte er irgendetwas in den Stoff und nickte dabei.

„Aha. Übersetzt heißt das Ja, richtig?"

Das Nicken wurde heftiger, bis er endlich die Serviette vom Mund nahm: „Ja."

Freitagmorgen. Klaus hatte seine Arme hinter dem Genick verschränkt und blickte stur an die weiße Decke seines Büros. Doch er sah nur Fragezeichen durch den Raum schweben. Noch während er den imaginären Symbolen in seinem Kopf folgte, betrat Ben den Raum.

„Moin, Herr Hauptkommissar. Ich komme gerade von einer Unterredung mit Herrn Pistorius und möchte neue Erkenntnisse mit Ihnen teilen. Bereit?"

Klaus war aufgestanden, knallte die Hacken zusammen und hob die rechte Hand zackig an die ergraute Schläfe. „Immer bereit!" Er folgte schmunzelnd Bens wirren Blick und löste auf. „Dat war der Gruß der Pioniere in der DDR. Sagt Ihnen nüscht, wa?"

„Natürlich. Deutsche Demokratische Republik, gegründet am 7. Oktober 1949 aus der damaligen sowjetischen Besatzungszone. Eine friedliche Revolution der Bürger beendete die Diktatur, sodass am 3. Oktober beide deutsche Staaten wieder vereint wurden." Er holte Luft.

„Stopp. Schon klar, Sie wissen allet. Zum Fall. Welche neuen Erkenntnisse?"

„So, die Finger eines Opfers weisen eine extreme Zellschädigung auf."

„Und?"

„Das Gewebe war eindeutig extremer Kälte ausgesetzt. An der Schnittstelle eines Daumens hat Herr Dr. Pistorius freie Blutzellen nachgewiesen. Das bedeutet, dass das Opfer noch lebte, als es eingefroren und ihm die Finger abgetrennt wurden."

„Wer war eingefroren?"

„Peter Jensen."

„Dazu kann ich gleich mehr sagen. Wollen wir?" Lena stand im Türrahmen und wies Richtung Meetingraum. Die Männer folgten ihr.

„Ich weiß, dass ich das als Kriminalkommissarin nicht äußern dürfte, aber dieses Schwein hat es verdient." Lena öffnete die Datei und wies auf das Bild.

„Ach, du Scheiße", entfuhr es Klaus.

Ben starrte auf den Bildschirm und schluckte. Sein Adamsapfel folgte. Auch Lena hatte Mühe, den misshandelten Jungen weiter anzusehen, blätterte weiter in der Strafakte und las vor: „Peter Jensen hat über mehrere Jahre seinem Stiefsohn Maik durch brutale Misshandlungen unzählige Brüche und schwere innere Verletzungen zugefügt. Die Übergriffe eskalierten, als der Junge gerade fünf Jahre alt war. Er hatte ihn so schwer verprügelt, dass er als akuter Notfall ins Krankenhaus eingeliefert werden musste. Nach stundenlangen Operationen überlebte der Junge schwer geschädigt." Lena hatte inzwischen Tränen in den Augen und unterbrach. „Das sollte reichen", sagte sie schluchzend und drehte sich zum Fenster. Ben trat hinter sie und reichte ihr ein Taschentuch, das er galant aus seinem Blazer zog.

„Danke. Es packt mich immer noch. Eigentlich sollte ich nach so vielen Jahren abgebrühter sein."

„Dat bist du eben nicht und dat is gut so", sagte Klaus, seine Hand auf ihrer Schulter.

„So ist es", fügte Ben hinzu, räusperte sich, ging zurück zum Notebook und öffnete eine weitere Datei. „Entlassungsbericht vom 09. Oktober 2022. Ich sehe hier zunächst nichts Außergewöhnliches."

Lena nickte. „Ich weiß, aber eines ist eigenartig. Der Wachhabende hat ihn am 10. Oktober um 9 Uhr aus dem Tor gelassen und gesehen, wie er in ein wartendes Taxi stieg. Danach verliert sich die Spur. Der einzige Mensch, der ihn vermisst hat, war sein Bewährungshelfer, bei dem er sich melden sollte."

Baumanns Brustkorb hob sich. „Der hätte beim kleinsten Verstoß die restlichen zwei Jahre absitzen müssen. Und da hakt keiner von der Justiz nach, nich mal sein Bewährungshelfer?"

Lenas Achselzucken war die einzige Antwort.

„Kontaktieren wir die Ex-Frau", warf Ben ein, und seine Augen ruhten immer noch auf den erröteten Wangen der schönen Kommissarin. Klaus waren seine Blicke nicht entgangen. Er räusperte sich. „Genau, die muss doch eine Stinkwut haben, dat dieses Schwein wieder auf freiem Fuß is. Lena, wir brauchen alle Hintergrundinformationen, Adresse, ist sie wieder verheiratet und so weiter. Wenn sie Angst um sich und ihren Jungen hatte …" Baumann beendete den Satz mit einem stummen Kopfwiegen, als Martin auf sie zukamen und unaufhörlich auf eine Karte tippte.

„Was hast du da?", fragte Lena.

Baumanns Hals streckte sich. „Also, ick würde es Grundriss nennen? Und du, Martin?"

„Ich auch", antwortete er grinsend.

Lena verdrehte die braunen Augen. „Habt ihr heute Morgen einen Clown gefrühstückt?"

Beide nickten vergnügt und Martin löste endlich auf. „Nachdem alle Aufzeichnungen der Überwachungskameras nichts ergeben haben, fragen wir uns, wie die Pakete unbemerkt hier hineingekommen sind. Es gibt noch diese zwei Eingänge für Anlieferungen. Da sind keine Kameras."

„Aber bald. Dafür werde ick persönlich sorgen."

Baumanns Augenbrauen stießen aneinander.

„Die Pakete sind klein", warf Ben in den Raum.

„Heißt?", fragte Lena.

„Vielleicht sind sie auf anderem Wege hineingelangt."

„Auf welchem?", wollte sie wissen.

Ben pausierte kurz, bevor er antwortete: „Drohnen sind mittlerweile ein adäquates Transportmittel für kleine Lieferungen bis etwa 25 Kilogramm. Amazon hat bereits im Jahre 2016 ihr Model, das mit Licht-, Tiefen- und Akustiksensoren sowie Kameras und Infrarot ausgestattet ist, patentieren lassen. Bereits im vergangenen Jahr wurden 100 Pakete geliefert, allerdings viel weniger, als das Unternehmen sich vorgenommen hatte. Es gibt anscheinend Probleme im Zusammenspiel mit der allgemeinen Luftfahrt."

Martin kraulte seine Locken. „Aber, die hätten die Kameras doch aufgenommen."

„Nein", rief Thomas, der gerade hereingestürmt kam. Es gibt Lücken, überwiegend in den oberen Stockwerken. „Moin, zusammen", schob er nach.

Alle Blicke richteten sich auf ihn und er antwortete den fragenden Augenpaaren: „Die meisten unserer Überwachungskameras sind Richtung Boden gerichtet, und es gibt wegen der Form des Gebäudes einige Korridore, die nicht ausgeleuchtet und überwacht werden können. Hier."

Er lief zu Lenas Laptop und öffnete eine Video-Datei.

„Stimmt, auch bei uns, hier oben. Trotzdem ist mir

nicht klar, wie die Pakete hier hereingekommen sind", sagte Lena verwundert.

Klaus schmunzelte und war froh, dass er Thomas mit dieser Aufgabe betraut hatte. Er war einer seiner Besten und wenn er sich einmal festgebissen hatte, gab es kein Zurück mehr.

„Die Fenster im Meetingraum. Klaus, kann das sein?" Lena stieß ihn an.

„Wat is damit?"

„Kann es sein, dass die Fenster abends aufstehen? Dann wäre es möglich, dass eine Drohne die Pakete für uns gebracht hat."

„Meistens sind die nur gekippt, oder?" Er blickte zu Viviana, die gerade ein Tablett mit Getränken in den Raum jonglierte.

„Manchmal waren sie auch offen und mit einem Keil versehen, damit sie nicht zuschlagen können."

Lenas Haare sausten über ihre Schulter. „Wann?"

Vivi setzte das schwere Tablett auf den Tisch und blickte gen Decke. „Warte. Das letzte Mal habe ich es vergangene Woche bemerkt. Da hatten wir die Pakete jedoch schon."

Klaus war schon wieder abgeschweift und bewunderte die neue Hochsteckfrisur seiner Frau. Die Ohrringe, die er ihr kürzlich geschenkt hatte, kamen so noch besser zur Geltung und korrespondierten hervorragend mit ihren blauen Augen.

„Klaus." Lena stampfte mit dem Fuß auf, wie ein bockiges Kind. „Was ist denn heute mit dir los?"

„Äh, ja, Fenster."

Lena zog kopfschüttelnd eine Tasse vom Tablett und goss sich Kaffee ein. Sie zögerte, reichte sie Klaus und sagte: „Ich glaube, du brauchst die erste Tasse, sonst schläfst du uns noch ein."

Baumann grinste und griff zu, drehte sich zu Thomas und sagte: „Gute Arbeit, Kollege. Danke." Dann zog er einen Stuhl heran, setzte sich und sprach weiter: „Eine kurze Zwischeninfo habe ick noch. Karsten und Petra sind ab heute im Urlaub und ick habe ihnen auch genehmigt, dat sie alle Überstunden abbummeln können. Darum sehen wir sie erst im neuen Jahr wieder. Wir werden dat Kind schon allein schaukeln, ne? Dann kann die kleine Familie ihren ersten Urlaub genießen."

Ein zustimmendes Summen ging durch den Raum.

„Gut, also sind wir mit Herrn Mortensen jetzt neun. Thomas, Lena, Viviana und ich, Martin, Paul, Haucke und der Neue."

Lenas Faust raste auf den Tisch. „Der Neue ist seit zwei Jahren im Team und hat einen Namen, Sven Müller." Ihre braunen Augen funkelten ihn böse an.

Baumann hatte sich zurückgelehnt und atmete schwer.

„Klaus, Lena hat recht. Sven geht dir mehr und mehr aus dem Weg und hat dich selbst schon darauf angesprochen. Dein Spruch mag anfangs spaßig gewesen sein, jetzt ist er es nicht mehr", sagte Thomas.

Baumann schob den Stuhl nach hinten, lief in sein Büro und zog das Diensthandy an sich. „Moin, Sven.

Hast du nachher kurz Zeit für mich? … Jut, bis später." Als er zurück in den Meetingraum kam, starrten ihn alle an. „Ick habe mich gerade mit Sven verabredet."

„Sehr gut", sagte Lena. „Aber um auf deine Aufzählung zurückzukommen. Wir werden nur acht sein. Sven muss ab morgen ins Krankenhaus, immer noch wegen des Beins. Die Metallschienen müssen raus. Es soll jetzt etwas anderes eingesetzt werden. Vielleicht ist er dann zukünftig endlich schmerzfrei."

„Hoffentlich. Der arme Kerl. So, nu aber weiter im Text. Thomas hat seine Ergebnisse schon auf den Tisch gelegt. Lena, wat hast du noch zur Ex-Frau rausgefunden?"

„Selbstmord, gleich nach der Verhaftung ihres Mannes 2019."

„Und wieder können wir ne Theorie zu Grabe tragen", stöhnte Klaus. „Aber wo ist der kleine Maik?"

„In einer Einrichtung, in der Opfer von Gewalttaten untergebracht sind, eine spezielle Stätte für geschädigte Kinder."

„Armer Junge", flüsterte Ben, senkte seinen Kopf und starrte den Boden an.

Lena sah ihn verwundert an un dachte, wie kann so ein Nervbolzen doch so gefühlvoll sein?

Das morgendliche Meeting war bereits seit Stunden Geschichte und jeder widmete sich der Aufgabe, die Klaus ihnen zugewiesen hatte.

Das Whiteboard gähnte vor Leere. Oberkommissar Thomas Lachner stand regungslos davor, hielt den Kopf schräg und hob ständig ein Bein wie ein Graureiher. Lena wartete darauf, dass er mit den Flügeln schlagen würde, steuerte direkt auf ihn zu und fragte grinsend: „Hilft das?"
„Nich wirklich."
Ben kam auf sie zu. „Vielleicht kann uns Ihr Kollege in der KTU weiterhelfen. Er rief mich an. Es gibt neue forensische Erkenntnisse."
Lachner nickte zustimmend, als seine Hose zu brummen begann. Er riss das Handy heraus, las die Nachricht und sagte im Hinausgehen: „Das muss warten. SMS von Haucke. Ein Leichenfund im Stadtpark. Mitarbeiter von der Stadtreinigung haben ihn gefunden. Dem Opfer fehlen alle Finger."

Der Hamburger Stadtpark versank immer noch im Dunkel der Nacht. Aber Paul hatte bereits einige Arbeitsleuchten aufgestellt und kniete neben einem gelben Nummernsatz, aus dem er schon fünf Schilder benutzt hatte. Die Sechs steckte er gerade auf einen Standfuß und ging zu dem tiefen Reifenabdruck hinüber, um diesen zu markieren. Die schwarz-gelben Absperr-Warnbänder flatterten im frischen Hamburger Wind. Sie kamen der Fundstelle näher und erschraken. Die Leiche lag auf einer Parkbank vor dem Rosengarten. Seine Rechte steckte in einem schwarzen Wollhandschuh und war mit Handschellen an einer Querstrebe der Bank gekettet. Die Linke bot nackt

den Blick auf die Verstümmelung. Lena sog die Nachtluft tief in die Lungen und hielt den Atem an. Ein Brennen breitete sich in ihrer Brust aus. Sie schluckte, besann sich und fragte Haucke: „Er sieht Peter Jensen sehr ähnlich. Ist er das?"
„Vermutlich."
Thomas war nähergekommen und blieb abrupt stehen. „Was soll denn das? In so einem Sträflingskostüm bin ich mal zum Fasching gegangen. Und was soll das mit dem Handschuh auf dem Boden?"
„Frag das Herrn Mortensen", antwortete Lena. Thomas drehte sich suchend zu Ben, der immer noch hinter dem Absperrband stand. Trotz der kaum erleuchteten Umgebung konnte Thomas seine umher flitzenden Augäpfel sehen. Irgendetwas schien ihn zu beunruhigen. Er beließ es jedoch bei seiner Beobachtung und drehte sich wieder zu Lena, die gerade vor der Leiche kniete.
„Der tropft ja. Ist der gefroren, Haucke?" , fragte sie.
„Das war er mit Sicherheit."
Lena schüttelte ihr langes Haar. „Eine Leiche erst einzufrieren, um sie dann hier zu entsorgen, ist schon abartig." Sie zuckte zusammen, als Ben plötzlich neben ihr stand und sich räusperte.
„Wir haben es hier mit unterschiedlichen Persönlichkeitstypen zu tun, ein Killer, der eine Leiche einfriert, ist ein Bewahrer. Er braucht ein Souvenir. Derjenige, der eine Leiche entsorgt, will nicht an das Verbrechen erinnert werden. Extremer ist der Typ, der beides in

sich vereint, der scheinbare Bewahrer. Er selbst verkleidet sich als Mittel zum Zweck. Er genießt sein Verbrechen, spielt sein Spiel, demütigt uns."

Lena begann zu zittern und hakte sich unwillkürlich bei ihm ein. Als er auf ihre Hand blickte, erschrak sie und lief zu Klaus. Paul kniete neben ihm und sicherte immer noch forensische Beweise.

Ben hatte sich bereits über die Leiche gebeugt, als Thomas sich zu ihm gesellte. „Was soll die Kostümierung und warum ist nur ein Handschuh ausgezogen?", fragte er.

„Er liegt hier als Mahnung an unserem Justizsystem. Jensen wurde frühzeitig entlassen. Bedenken Sie, ein Kinderschänder, wegen guter Führung. Das ist eine Darstellung für sein Opfer und er sieht es als Affront gegen sich selbst."

„Gegen sich selbst?" Thomas starrte ihn an.

Mortensen wiegte den Kopf, betrachtete den schwarzen Wollhandschuh auf dem Boden und schwieg.

Haucke begutachtete gerade die Hände des Toten, blickte kurz hoch und sagte brummig: „Tja, eigentlich hat der Mensch 206 Knochen."

„Eigentlich", antwortete Ben. „Der hat nur noch 178. Alle Finger und beide Daumen fehlen", unterbrach er den Pathologen.

Haucke wiegte seinen Kopf auf die linke und rechte Seite, dass es laut knackte. „Stimmt. Aber das war nicht die Todesursache. Schauen Sie." Er drehte den toten Körper auf die rechte Seite und wies auf die Wunde im Genick. „Ich denke, er wurde erschlagen.

Mehr nach der Autopsie. Wir sollten ihn schnell ins Institut bringen. Der Verwesungsprozess hat bereits eingesetzt. Mal sehen, was wir noch retten können. Morgen früh weiß ich mehr."
Thomas stand immer noch auf Antwort wartend neben Mortensen und räusperte sich. „Und, warum ein Affront gegen sich selbst? Werden Sie deutlicher."
Ben steckte seine Hände tiefer in den Manteltaschen und drückte den Speichel hinunter. Erinnerungen bahnten sich den Weg ins Heute. Er riss die Augen auf und antwortete: „Er überträgt die Schmerzen des Kindes auf sich. Ein Schlag ins Gesicht. Diese Darstellung ist seine Antwort. Aber interessant sind auch die Handschuhe. Jensen war Linkshänder, hat sein Opfer also mit der Linken geschlagen. Darum offeriert er uns diese Hand nackt.
„Also ist die Tötung eine Genugtuung für ihn?"
„Jensen hat ihn herausgefordert. Er hat geantwortet."

Lena hatte sich bereit erklärt, den Kollegen der Spurensicherung zu helfen. Es fehlte mal wieder an Personal. Darum hatte sie inzwischen unzählige Fotos geschossen und den Bereich um den Fundort bereits abgelichtet. Mittlerweile war sie über einhundert Meter von den Kollegen entfernt und schoss noch einige Fotos von den Zuwegungen und der Umgebung. Sie verfolgte die Reifenspuren. Die Räder hatten sich tief in den Boden eingegraben, denn der Winter ließ immer noch auf sich warten. Schade, dass der erste Schnee nicht liegengeblieben war, dachte sie.

Die Kollegen hatten ihre Utensilien bereits eingepackt und mahnten zum Aufbruch. Sie sah erschrocken auf, als sie die blutroten Rücklichter des Leichenwagens blendeten. Schauer liefen ihr über den Rücken, wenn sie an den Toten dachte.

„Lena, was stehst du da wie angewurzelt?"

Sie zuckte zusammen, hob die Hand, nickte den Kollegen zu und schlenderte ihnen entgegen. Thomas lief auf sie zu. „Wir wollen noch auf dem Weihnachtsmarkt Glühwein trinken. Kommst du mit?"

„Ja!", rief sie, schloss die Linse der Kamera und vergrub ihren Kopf zwischen den Schultern.

Das Licht des vollen Mondes hatte die Wege nur spärlich beleuchtet, und die feinen Zweige der Bäume neigten sich, als hätten sie schwer zu tragen. Der kurze Anflug des Winters hatte Hamburg wieder verlassen, aber die Wege des Stadtparks glitzerten vom herabfallenden Frost. Die Kronen der Bäume lagen im Halbdunkel und auch der seichte Schein des Mondes konnte ihnen kein Leben einhauchen.

Bei näherem Hinsehen erkannte Lena einige abgestorbene Äste, die fast zu Boden hingen. Es schien, als trügen die Bäume Trauer.

Das schmale Dach des pathologischen Instituts verschwand im Rot der Abendsonne, als drei eingehüllte Personen auf den Eingang zuschritten. Thomas griff nach der Türklinke, wurde jedoch vom schrillen Ton seines Handys abgehalten. „Paul, was ist? Wir sind erst angekommen. Ich melde mich später? … Was?"

Als er das Telefon in seine Manteltasche rutschen ließ, sah er noch blasser aus als sonst.

Lena riss ihn am Arm. „Was ist los?"

„Klaus ist in Gefahr. Die Pralinen, die auf seinem Schreibtisch lagen, waren vergiftet."

„Womit?", fragte Ben nach.

„Tollkirsche, hohe Konzentration. Paul sagt, das Gift wurde mit einer hauchdünnen Nadel in die Pralinen injiziert."

Ben räusperte sich. „Das Gift der Tollkirsche enthält Atropin. Es führt zu Herzrasen und schließlich zum Tod. Wenn die Konzentration so hoch war, hätte er das nicht überlebt. Wir müssen umdenken."

„Umdenken?", fragten Thomas und Lena im Duett.

„Lassen Sie uns das später besprechen. Wollen wir?" Ben zeigte auf die Eingangstür.

„Moin. Oh, gleich zu dritt? Ihr seid wohl mächtig unter Druck, was?" Hauckes Gesicht verzog sich zu einem breiten Grinsen.

„Nicht witzig", raunte Lena. Ihre Sorge um Klaus hatte sie aus dem emotionalen Gleichgewicht gerissen und ihre Gedanken rasten durchs Gehirn wie ein Bienenschwarm in Dauerschleife. Sie stand unbeteiligt neben den Männern und starrte den Boden an. Erst als Ben sie sanft an die Schulter fasste, blickte sie auf und versuchte ein Lächeln.

„Alles in Ordnung, Lena?", fragte Thomas.

Sie hob die Hand und wollte antworten, ließ sie aber gleich wieder fallen und sagte beiläufig: „Ja."

„Okay, dann hier weiter", sagte der Pathologe und zeigte auf die zertrümmerte Halswirbelsäule des Opfers. „Hier. Das war ein punktueller Schlag auf C4 und C5. Das Rückenmark wurde sofort durchtrennt."
„Spinaler Schock und sofortiger Herz-Kreislauf-Stillstand. Exitus", unterbrach ihn Ben unsanft.
Hauckes flache Hand raste mit so einer Geschwindigkeit auf die Stahlplatte, dass der Kopf des Toten zur Seite kippte. Lena schrie auf.
„Es reicht, Herr Mortensen. Mischen Sie sich nicht ständig in mein Fachgebiet, oder haben Sie neben Ihrem abgeschlossenen Studium als Psychologe jetzt auch einen Doktor im Fachbereich Pathologie?"
Hauckes Brille war ihm auf die Nasenspitze gerutscht und die Schweißperlen auf seiner hohen Stirn waren nicht zu übersehen.
Bens stahlblauer Blick ruhte auf dem Fensterkreuz, bevor er den angesammelten Speichel herunterschluckte und tiefenentspannt antwortete: „Jeder Mensch, der uns begegnet ist, entweder ein Test, eine Strafe oder ein Geschenk. Suchen Sie sich etwas aus."
Die Luft begann zu knistern, und bevor die Pathologie zu explodieren drohte, schlenderte Ben Richtung Ausgang.
Baumanns Telefonleitung war seit zwanzig Minuten blockiert und Haucke redete immer noch auf ihn ein.
„Halt doch mal deinen Sabbel. Ick rede mit ihm. Lass uns heute Abend eine Molle zischen, haben wir lange nich gemacht ...Jut, reg dich ab." Klaus warf sich

stöhnend in den Bürosessel, als Ben an die Scheibe seines Aquariums klopfte.

„Na, der kommt mir gerade richtig", fluchte er und winkte ihn herein.

„Moin, Herr Hauptkommissar, wir müssen reden. Ich brauche eine Minute."

„Ick hab auch zwei."

„Wollen Sie mich immer noch als Berater in diesem Fall hinzuziehen?"

Baumanns Augenbrauen stießen aneinander. Er nickte und wartete gespannt ab.

„Dann brauche ich ab sofort freie Hand in meinen Überlegungen." Bens Stimme hatte an Schärfe gewonnen.

„Wie meinen Sie dat?"

Mortensen atmete laut aus und schien ruhiger zu werden. Er setzte sich und antwortete: „Es ist und war nicht meine Absicht, weder Herrn Dr. Pistorius noch einem anderen Teammitglied Vorschriften zu machen oder sie zu belehren."

„Sondern?" Klaus beugte sich über den Schreibtisch.

„Ich denke laut. Besser gesagt, der Wortschwall an Informationen, der sich auf Stichwort in meinem Gehirn entwickelt, muss ins Freie."

Baumann starrte ihn an.

„Stellen Sie sich vor, dass alles, was Sie sprechen, sofort als Schriftsatz vor Ihnen liegt. Sie lieben Ihre Papierakten, zumal Sie beim Lesen besser kombinieren und Schlüsse ziehen können, richtig?"

„Dat stimmt", sagte Baumann mit einem verblüfften Gesichtsausdruck.

„So geht es mir, nur dass ich es optisch betrachte und dann meine Schlüsse daraus ziehe."

„Verstehe. Dat klären wir noch einmal in der Runde."

Martin hatte sich angeboten, zu fahren.

„Wir können bedenkenlos mehr als eine Molle zischen", trällerte Klaus froh gelaunt in den Hörer.

„Das kann ich heute gebrauchen. Steht dein Angebot noch?", fragte Haucke.

„Klar, kannst du bei uns pennen, mein Freund. Also, bis gleich vor der Pizzeria Luca. Dein Auto kannste heute Abend dort stehen lassen."

Martin hatte sich die Schlüssel des Dienstwagens bereits vom Tisch gezogen und mahnte zur Eile. Klaus trällerte: „Alle Jahre wieder …"

„Komm endlich. Haucke ist schon losgefahren."

„Ick komm ja schon."

Als Martin sich hinter das Steuer setzte, fiel er in den Sitz. „So kannst du fahren?" Martin fummelte an dem Knopf, um sich nach oben zu beamen. Doch seine Augen suchten weiterhin verzweifelt den Boden ab.

„Wat is denn jetzt noch, Martin?"

Doch der zeigte nur murrend auf seine Beine, die meilenweit von den Pedalen entfernt waren. Baumann griff nach unten, drückte einen Knopf und der Sitz bewegte sich nach vorn. „Besser?"

Martin nickte, stellte den Rückspiegel ein und blickte in den seitlichen. Klaus ahnte bereits, worauf er sich eingelassen hatte, und verdrehte die Augen. Als Martin begann die Adresse des Restaurants in sein Handy zu tippen, riss Klaus es ihm aus der Hand und brummte: „Fahr los, quer durch den Stadtpark. Ick bin dein NAVI."

Martin blickte ihn entsetzt an und startete endlich den Wagen. Kurz darauf näherten sie sich der Hindenburgstraße, Richtung Ring zwei, als Martin den Fuß vom Gaspedal nahm. „Klaus, wollen wir nicht besser über den Ring zwei fahren?"

„Bist du verrückt? Um diese Uhrzeit? Gib Gas. Wir fahren durch den Stadtpark."

Martin fuhr stumm weiter. Allerdings konnte von Gas geben nicht die Rede sein. Baumann versuchte sich mit dem Blick aus dem Fenster Ablenkung zu verschaffen. Sein Mobil läutete. „Haucke, mein Freund. Wo bist du?"

„Ich trinke schon mein erstes Bierchen. Wo bleibt ihr?"

„Dat kann noch dauern. Ick hätte Martin nich ans Steuer lassen sollen. Der fährt wie ein Rentner."

Der Fahrer funkelte ihn grimmig an.

„Wieso? Der ist doch Rentner."

„Stimmt, aber wenn Martin noch langsamer fährt, komm ick heute nich mehr zu meiner Molle."

„Wo seid ihr denn?"

Klaus sah dem vorbeischleichenden Straßenschild hinterher. „Wir sind noch auf der B5 und haben gerade die Sievekingsallee überquert."

„Oha, das kann noch dauern."

Baumann brummte in den Hörer. „Bis später."

In Billstedt war die B5 wie leer gefegt, doch Martin fuhr immer noch mit angezogener Handbremse. Baumanns Geduldsfaden riss. „Mensch, Martin. Wenn du noch langsamer fährst, zeige ich dich an wegen Falschparken."
Er ignorierte Klaus und blieb seinem Fahrstil treu. Nach einer Stunde bogen sie endlich auf den Parkplatz. Martin stieg aus, reichte Klaus den Autoschlüssel und sagte: „Wer so schlaue Sprüche von sich gibt, kann auch allein nach Hause fahren. Ich gehe zu Fuß zu Viviana und freue mich auf einen abwechslungsreichen Abend. Tschüss." Baumann hielt ihn am Arm fest. „Kannste gar keinen Spaß mehr ab? Komm jetzt. Ick lade dich ein, du Multimillionär."
Martins Gesichtszüge entspannten sich und er folgte ihm Richtung Eingang. Als Leonardo seinen Stammgast sah, stürzte er auf ihn zu. „Commissario, schön Sie zu sehen. Ich glaube, Freund wartet schon."
Baumann Augen wanderten suchend durch das Lokal, das heute wieder gut besucht war. Endlich entdeckte er Haucke, winkte ihm zu und zog Martin hinter sich her.
Die drei hatten geschlemmt und Leonardo brachte gerade die dritte Runde Grappa für Haucke und Klaus. Martin genoss alkoholfreien Martini und amüsierte sich über den nicht endenden Wortschwall seiner Kollegen.
„Ick muss in die Keramikabteilung", lallte Klaus, stand auf und fiel auf den Stuhl zurück. Haucke brach in lautes Lachen aus, zog sich am Tisch hoch

und wankte langsam zu ihm hinüber. „Komm, mein Freund. Wir gehen zusammen." Er zog Baumann in den Stand, und beide torkelten Richtung WC.
Hauckes Nickelbrille war verdächtig nah auf die Nasenspitze gerutscht, als er schwankend vor dem Pissoir stand. Baumann grinste. Als sein Freund nach verrichtetem Geschäft dann begann sein gutes Stück zu malträtieren, konnte er nicht mehr an sich halten. „Wenn du ihn weiter schüttelst, hat er ein Schleudertrauma." Das feuchte Lachen des Pathologen spritzte gegen die Fliesen. Er konnte seine Hand gerade noch vom Hosenschlitz lösen, um sich abzustützen. Doch für seine Brille kam jede Rettung zu spät. Sie lag bereits auf dem Duftstein im Pissoir.
Martin trank bereits den dritten alkoholfreien Martini, als die beiden Ausflügler endlich zum Tisch geschwankt kamen und sich lachend auf ihre Stühle fallen ließen.
Am anderen Morgen schob sich dicke Luft durch die Diele, als Klaus mit nackten Füßen Richtung Küche trottete. Er umschiffte Vivaldi, der sofort versuchte, auf seinen linken Fuß zu springen, beugte sich zu ihm für eine Streicheleinheit und stand endlich im Türrahmen. Vivianas finstere Blicke verhießen nichts Gutes. Behutsam tätschelte er ihren Arm und fragte in reinem Hochdeutsch: „Waren wir laut gestern Abend, Schatz?"
Sie rollte ihre wunderschönen blauen Augen, küsste ihn auf die Nasenspitze und sagte schmunzelnd: „Eher lustig, du bist auf den Küchenboden gefallen."

Klaus kratzte sich am Hinterkopf und blickte verdutzt auf den Boden. Auch ein sanftes Klopfen auf sein dichtes Haupthaar half nicht. Der Bildschirm in seinem Kopf blieb schwarz.

„Du wirst nicht der einzige mit Filmriss sein, mein Lieber", sagte sie schmunzelnd und konzentrierte sich wieder aufs Gurkenschneiden.

„Wieso? Martin hat doch gar nichts getrunken."

Viviana grinste auf den Gemüseteller. „In der Gaststätte nicht. Dafür hat er deinen Lieblingswhiskey gekillt." Vivis Messer zeigte Richtung Wohnzimmer. Klaus drehte sich ruckartig um, rannte los und stoppte vor der weißen Vitrine. Sein Aufschrei war bis in die obere Etage zu hören. Kurz darauf vernahm man die ersten Geräusche und schwerfällige Schritte. Stöhnend wagte Martin den Treppenabstieg, umrundete die Katzen, die putzmunter umhertollten und erschrak. Klaus hielt ihm eine leere Flasche entgegen.

„Habe ich die etwa ausgetrunken?"

„Nicht witzig, Martin. Ick gönn mir mal einen am Wochenende und du säufst die ganze Flasche leer." Klaus hielt demonstrativ das Etikett dichter vor sein Gesicht, dass Martin fast die Kröte auf der Abbildung küsste. Er wich zurück, nahm ihm die Flasche ab und sagte: „Ich kaufe dir eine neue. Reg dich ab. In Wandsbek ist doch der klasse Laden, du weißt schon. Da fahren wir beide hin, und du darfst dir noch eine zweite Flasche aussuchen. Ich habe ohnehin ein schlechtes Gewissen, dass ihr mich immer verköstigt und mir Logis bietet."

„Das machen wir gern", rief Vivi aus der Küche und zog die heißen Brötchen aus dem Backofen.

„Moin zusammen, habt ihr auch so einen Schädel?" Haucke blieb in der Diele stehen, reckte sich ausgiebig und schob die heruntergerutschte Brille auf den Nasenrücken. Er beäugte das drollige Spiel der Katzen, beugte sich zu ihnen hinunter und hob das Katzenmädchen Luna auf seinen nackten Arm, beäugte ihre weißen Stiefel und streichelte sanft über ihr weiches Fell. „Die ist aber verschmust."

„Ja, sie hat ein völlig anderes Wesen als ihr Bruder", rief Viviana aus der Küche.

Haucke setzte die Katzendame wieder auf den Fliesenboden, streckte seine Hand Richtung Vivaldi und kraulte ihn zwischen den Ohren. Der Kater begann augenblicklich zu schnurren. Haucke hob ihn stöhnend auf seinen Arm und fing an zu lachen. „Oha, Vivaldi!"

„Wat hat dich denn jestochen?", rief Klaus.

Haucke kam lachend näher, wiegte den Kater hin und her, hoch und runter und wieder hin und her.

„Hör uf, dem wird ja schwindlig!", brüllte Klaus.

Hauckes Lachen verstummte. „Vivaldi hat aber kräftig zugelegt. Wie viel frisst der Kater?"

Baumann hob drohend die Faust und atmete schwer.

„Also, wie viel Kraftfutter frisst der dicke Kater?", wiederholte Haucke seine Frage.

Baumann kam schnaubend auf ihn zu. „Sechs Dosen auf einhundert Kilometer."

6

Sonnabendfrüh im Kommissariat. Ben stand mit verhaltenem Atem vor der Magnettafel und ließ die angehefteten forensischen Beweise nicht aus den Augen. Es schien fast, als verfolgte er eine Spur. Lena stand angelehnt im Türrahmen. Verdammt, der Jüngling ist wirklich eine Erscheinung, dachte sie. Die engen blauen Designerjeans schmiegten sich an seinen knackigen Po, dass ihr schwindlig wurde. Was für eine Erscheinung, dachte sie. Der Typ brachte sie förmlich aus dem Gleichgewicht. Sie entschied, sich endlich bemerkbar zu machen und sprach ihn an: „Moin, Herr Kollege."

Ben wirbelte herum. „Moin, Frau Arnold."

„Lena, wenn du magst?" Sie hielt ihm ihre Hand entgegen und erschrak innerlich.

„Ben", erwiderte er mit einem so verzaubernden Lächeln, dass sie sich schnell der Tafel zuwandte. Die Rettung nahte. Baumann stampfte lautstark in den Raum, brachte ein Moin heraus, lief weiter in sein Aquarium und klatschte seine Papierakte auf den Tisch. Ben folgte ihm und fragte: „Warum so deprimiert, Herr Hauptkommissar. Wir kommen doch gut voran."

Baumann klopfte auf sein rechtes Ohr. „Ick muss erst mal überprüfen, ob mein Gehör auf Sendung is. Habe ick wat verpasst? Wieso kommen wir gut voran?"

Ben hob abwehrend die Hände. „Ich gebe Ihnen nähere Informationen, wenn alle hier sind. Schön, dass wir gemeinsam den Sonnabend nutzen, um unsere Erkenntnisse zusammenzufassen. So, das ist auch dringend nötig."
Baumann ging brummend weiter Richtung Meetingraum, in dem die Kollegen bereits warteten, bis auf Martin und Haucke.
„Wer saufen kann, kann auch pünktlich zur Arbeit erscheinen", blaffte er den verspäteten Ankömmlingen entgegen. Als er jedoch die Mitbringsel sah, die sie auf den Meetingtisch legten, war er besänftigt, hob die Hände und entschuldigte sich.
„Muffins und Franzbrötchen für alle. Wir dachten, dass ein wenig Nervenfutter guttun würde", sagte Haucke.
Ein freudiges Raunen ging durch die Runde. Nur Ben räusperte sich, blieb jedoch stumm. Lena hatte ihn beobachtet, setzte sich neben ihn und flüsterte: „Manchmal gewinnt man das Rennen, indem man aufhört zu laufen, Herr Psychologe. Ich weiß, dass wir mit Spinat, komplexen Kohlenhydraten, Avocado, Nüssen und so weiter unseren Nerven besseres Futter gegeben hätten. Aber in manchen Situationen, so wie dieser, behält man sein Wissen besser für sich." Sie zwinkerte ihm zu und rief in die Runde: „Dann brauchen wir nur noch Tee und Kaffee."
„Ich bin schon da. Bedient euch bitte selbst." Viviana hievte das schwere Tablett auf den Tisch, ließ sich schnaufend auf den Stuhl fallen, holte tief Luft und

sagte schnaubend: „Ich habe mit unserem Reinigungsteam gesprochen. Alle Damen kippen die Fenster. Warum sie sperrangelweit offen standen, weiß keiner von ihnen."

„Entweder lügt eine oder jemand anderes hat das Fenster geöffnet", gab Thomas zu bedenken.

„Dat werden wir noch herausfinden. Denn Herr Mortensen glaubt, dass wir gut vorankommen, und will uns das näher erklären. Bitte."

„Danke, Herr Hauptkommissar. Ich möchte aber dem Pathologen nicht vorgreifen. Darum schlage ich vor, dass erst Herr Dr. Pistorius seine neuesten Erkenntnisse mit uns teilt."

„Danke. Die Reihenfolge finde ich angemessen, zumal die Ausführungen von Herrn Mortensen darauf fußen. Also, das Schicksal des Toten kann ich durch meinen Abschlussbericht besiegeln. Ich konnte aus der klaffenden Wunde mehrere kleine Partikel und einige größere Splitter bergen, die sich als Komposite-Reste herausstellten. In unserem Fall ein Verbundstoff aus kleinsten Keramik-, Glas- und Quarzpartikeln."

„Aber was war das dann für eine Tatwaffe, mit der er zugeschlagen hat?", fragte Thomas weiter nach.

„Es war ein Baseballschläger." Er blickte zu Paul Tanner. „Ich glaube, jetzt bist du dran."

Paul hob dankend die Hand.

„Ich habe die Marke herausgefunden. Es ist ein Mercedes unter den Schlägern, ein sechshundert Euro teures Exemplar der Marke BECKETT."

„Also suchen wir einen Profi, einen Baseballspieler?",
fragte Lena.

„Nicht unbedingt. Ich tippe eher auf einen Fan."
Lena verdrehte ihre braunen Augen: „Das muss ein
Fanatiker sein. So ein ausgefallenes Modell muss man
sich leisten können."

„Wat meinst du, wat eine Karte im Stadion kostet,
wenn der HSV spielt? Da sind die sechshundert
Penunsen nix dagegen", warf Klaus lachend ein. „Na
ja, jetzt nich mehr. Die spielen ja nur noch im Sand-
kasten der zweiten Liga."

„Stimmt", sagte Paul lachend. „Aber nun zurück
zum Schläger. Er war signiert."

„Signiert?" Lachners Stirnfalten mehrten sich.

„Ja. Ich habe alle kleinen Splitter zusammengesetzt.
Es ist eindeutig ein Schläger, der von Ken Griffey Jr.
signiert wurde."

„Muss ick den kennen?", platzte es aus Klaus heraus.
Paul löste auf: „Ken Griffey Jr. spielte über einundzwanzig Jahre in der Major League Baseball. In den
Neunzigern gehörte er zu den erfolgreichsten Spie-
lern."

Klaus drehte sich zu Ben. „Was sagen Sie dazu?"

„So, ich sehe das in einem größeren Kontext." Sein
rechter Zeigefinger tippte unentwegt auf den Tisch.
Alle Augen waren auf ihn gerichtet. Er liebte diese
Anspannung und begann endlich, seine Überlegungen zu teilen. „Ein Fan würde diesen wertvollen Be-
sitz niemals als Tatwaffe einsetzen, höchstens im Af-
fekt. Aber das hier ist keine Affekttat. Das hier ist

planvoll vorbereitet. Ich glaube eher, dass unser Täter diesen Schläger bewusst ausgewählt hat. Ich habe die medizinischen Unterlagen des kleinen Mike noch einmal studiert. Sein Stiefvater hat ihn unter anderem mit einem Baseballschläger gefoltert. Er will uns weiterhin provozieren. Er spielt gern mit seinem Essen, bevor er es isst."

„Wie meinst du das?", fragte Lena unverhofft, und Thomas flüsterte ihr zu: „Du hast ihn eben geduzt." Sie hob nur abwehren die Linke und wartete gespannt auf Bens Antwort.

„Danke, Lena. Das ist eine berechtigte Frage. So, fangen wir zunächst mit Herrn Baumann an."

„Ick bin schwer verdaulich."

Martin und Haucke begannen leise zu kichern.

„Das Essen ist doch nicht wörtlich gemeint. Er tötet nicht gleich."

„Dat beruhigt mich ungemein."

Jetzt wurde aus dem Kichern lautes Glucksen, bis Haucke sich nicht mehr halten konnte und laut lachend über den Tisch prustete. „Sorry."

Bens sprödes Lachen unterbrach die lustige Runde, und Lena lief ein Schauer über den Rücken. Mortensen warf einen verstohlenen Blick auf seine Armbanduhr und fragte mit gespielter Höflichkeit: „Ich habe die kleine Komödie genauso genossen wie Sie. Wir treten auf der Stelle, doch die Zeit tut es nicht, und der Serienmörder auch nicht."

Totenstille lag plötzlich über dem Raum.

„So, unserem Täter ist sein Spiel viel wichtiger. Genau das macht der Nervenkitzel für ihn aus, und er ist nicht dumm. Ihm war klar, dass ein Hauptkommissar die Pralinen nicht essen würde, ohne sie untersuchen zu lassen. Das war eine Warnung. Er spielt mit Ihnen, Herr Baumann.“
Klaus starrte ihn Kopfnickend an und verschränkte seine Arme vor der Brust. Er konnte es nicht fassen. Der Junge schien eine Bereicherung zu sein. Also hörte er ihm weiter aufmerksam zu.
„Alles begann mit den Duftsteckern“, fuhr Ben fort.
„Stimmt“, warf Baumann ein und rutschte auf seinem Stuhl hin und her.
„Das war sein erster Spielzug. Nur woher wusste derjenige, dass Sie den Geruch von Zimt nicht mögen?“
Baumann schluckte.
„Bleiben Sie ruhig, Herr Hauptkommissar.“
„Ick bin ruhig.“
„Herr Baumann. Sie haben permanent die Arme verschränkt, eine klassische Selbstberuhigungshaltung, um die Notsignale zu neutralisieren, die ihr limbisches System meldet. Also hören sie endlich auf, so zu tun, als wenn ihnen das nichts ausmacht.“
Baumanns Mundwinkel zogen sich gen Boden.
„Ich wäre auch beunruhigt“, fügte Ben beschwichtigend hinzu und blickte in fragende Gesichter.
Haucke räusperte sich und klärte auf: „Das limbische System ist der Teil des Gehirns, der für die Steuerung

unterschiedlicher Funktionen verantwortlich ist. Unter anderem Gedächtnis, Lernen und Emotionen."

„Danke, Herr Doktor", sagte Ben mit einem undefinierbaren Gesichtsausdruck. „Zurück zu seinem Spiel. Für uns sind die Duftstecker sein erster Schritt, eigentlich spielt er sein Spiel aber rückwärts."

„Warum rückwärts?", wollte Lena wissen.

„Ganz einfach. Für ihn hat das Spiel mit den Vorbereitungen der Morde begonnen. Die sind bereits geschehen. Das erste Opfer hat er uns präsentiert. Es werden alle anderen folgen. Ganz sicher."

Lena stimmte ihm zu, zog aber noch andere Schlüsse in Erwägung. Ben sah sie forschend an und als seine blauen Pupillen ihre streiften, senkte sie ihren Blick zur Kaffeetasse.

„So, er spielt also mit uns. Erstens die Duftstecker, zweitens die Pakete mit den kleinen Gliedmaßen seiner vier Opfer, drittens die vergifteten Pralinen für Herrn Baumann, viertens präsentiert er uns eines der Opfer. Er wird mutiger, glaubt ein schlaues Kerlchen zu sein. Und genau das ist sein Fehler."

„Wie meinst du das, Ben?", hakte Lena ein.

„Duzen die sich?", flüsterte Vivi ihrem Mann zu. Doch Klaus zuckte nur mit den Schultern.

Ben hatte während seines Vortrags den Tisch einmal umrundet und war wieder bei Lena angekommen. Sie spürte ein innerliches Klopfen in ihrer Brust und versuchte, sich mit einem Schluck des kalten Kaffees abzulenken. Als er vor ihr stand, nahm seine Nähe ihr fast den Atem.

„Auf deine Frage zurückzukommen, Lena. Der Typ hat eine verhängnisvolle Schwäche, Überheblichkeit. Er ist ein Angeber und Spieler. Außerdem hat er ein morbides Bedürfnis nach Bestätigung. Und darum werden wir ihn aufspüren."
Haucke begann mit der Faust auf die Tischplatte zu klopfen und rief Ben zu: „Danke Herr Mortensen."
Nach und nach reihten sich alle Fäuste der Beteiligten in das Klopfen ein.
„Danke." Ben hob stoppend die Hände. „So, zurück zu seiner Schwäche, die sich schon einmal gezeigt hat, nämlich in dem Schläger. Jetzt haben wir Dank KTU und Rechtsmedizin eine Spur. Doch eine Frage stellt sich noch."
Baumann drehte sich ruckartig um. „Welche?"
„Warum Weihnachten? Was verbindet er mit der Weihnachtszeit? Ich tippe auf ein Ereignis in seinem Leben, das der Auslöser seiner Taten ist."
„Sie meinen zum Beispiel ein traumatisches Erlebnis?", fragte Thomas Lachner.
„Exakt. Allein schon, wie er seine Opfer ausgesucht hat. Es scheint, als wenn er nach ganz speziellen moralischen Richtlinien handelt."
Lachners Nasenspitze zuckte. „Richtlinien?"
„Ja, denn es war keine moralische Entscheidung. Psychopathen haben kein Gewissen."
„Aber wir kennen erst ein Opfer. Die anderen könnten noch leben."
Lena drehte sich eine Haarsträhne um den rechten Zeigefinger.

„Nein. Unser Täter plant, abzurechnen. Er tötet strikt nach einer Liste und verarbeitet so dieses traumatische Ereignis, von dem ich glaube, dass es der Auslöser seiner Serie ist."

„Angenommen, wenn er Jensen nach dessen Entlassung im Oktober 2022 getötet hat, und er sein erstes Opfer war, kann der Auslöser aber nicht Weihnachten 2022 gewesen sein."

„Exakt. Also stellen sich zwei Fragen. Entweder hat der Auslöser nicht direkt mit dem Fest zu tun."

„Oder Jensen ist gar nicht sein erstes Opfer." , beendete Lena Bens Satz. „Vielleicht verbindet er mit Weihnachten eine bestimmte Emotion?"

„Nein. Psychopathen können nicht fühlen. Aber sie sind in der Lage, gewisse Glaubenssysteme zu entwickeln. Das sind die Gefühls-Strukturen, an denen sie sich orientieren. Der Psychopath ist von seinen Gefühlen losgelöst. Signifikant ist, dass er planvoll vorgeht, also nie explosiv handeln würde."

Baumann hob die Linke. „Jut. Dat lassen wir erst mal sacken. Danke, Herr Mortensen. Bitte fassen Sie dat für unsere Akte zusammen."

Lena räusperte sich. „Okay. Kollegen, ich habe die Fotos gesichtet. In der Nähe des Fundortes unseres Opfers hat ein Obdachloser seinen Schlafplatz. Man kann deutlich seine Utensilien sehen, Decken und so weiter. Außerdem scheint er einen Hund zu haben. Dort liegt ein Fressnapf. Seht ihr? Das beabsichtige ich mir genauer anzusehen. Vielleicht hat er etwas beobachtet."

„Jut, aber du gehst nich allein. Außerdem ist es früh dunkel. Thomas, du gehst mit", wies Baumann an. Lachner massierte seinen Nacken und Ben reagierte sofort. „Was bereitet Ihnen Unbehagen? Hatten Sie heute bereits etwas vor? Ich kann Lena begleiten." Bens Blicke schweiften kurz zu Baumann, dessen Nicken Zustimmung signalisierte und Thomas sagte lächelnd: „Danke."

„Lena, wollen wir?" Ben erhob sich und suchte den offenen Augenkontakt. Als sie seinem direkten Blick auswich, wusste er es, fasste sie sanft ans Handgelenk und fragte: „Oder möchtest du mit einem deiner Kollegen fahren?"

„Nein, ich war nur gedanklich auf Abwegen. Sorry", log sie, stand auf und entzog ihm die Hand. Warum lügt sie, dachte Ben. Also doch. Ein Lächeln umspielte seine vollen Lippen und seine Augen befanden sich bereits im Zustand seliger Vorfreude, als sie Richtung Ausgang liefen. Am Auto angekommen, öffnete er die Beifahrertür seines Porsches, schloss sie leicht und umrundete schnell den Wagen.

„Ist dir gar nicht kalt?", fragte Lena unverhofft.

Er zog die Augenbrauen zusammen und schien nicht zu verstehen.

„Deine Jacke. Du hast nur dein Jackett an. Dein Kurzmantel hängt noch im Büro."

„Oh, ja, Moment." Er stieß die Fahrertür auf und rannte Richtung Glaseingang. Oben angekommen lief er suchend durch die Räume. Wo hatte er den Mantel abgelegt? An der Garderobe hing er nicht. Als er am Meetingraum vorbeilief, hörte er seinen Namen. Thomas Lachner und Dr. Pistorius unterhielten sich. Er verharrte.

„Mortensen ist immer wie aus dem Ei gepellt und sein Aftershave riecht man schon von Weitem. Ich tippe darauf, dass er vom anderen Ufer ist."

Ben verdrehte schmunzelnd die Augen, trat in den Raum und sagte: „Ich bin hetero."

Thomas zuckte zusammen und seine blasse Haut nahm eine frische Farbe an. Doch er reagierte schnell und fragte verschmitzt: „Wie sehr?"

Mortensen grinste. „Ich könnte es erfunden haben." Dann lief er an den verstummten Männern vorbei, zog seinen Mantel vom Stuhl und eilte hinaus. Unten angekommen riss er die Fahrertür auf, huschte grinsend in den Porsche und startete den Wagen. Lenas überraschten Gesichtsausdruck sah er nicht.

„Warum feigst du so offensichtlich?", fragte sie.

Ben Mortensen schüttelte den Kopf, doch das Erlebte klebte in seinem Gedächtnis wie Zuckerwatte.

„Hey, erzähl schon."

„Deine Kollegen glauben, dass ich homosexuell bin."

Sie zwinkerte ihm zu und fragte: „Und, bist du?"

Der Porsche hielt. Bens Kopf kippte zur Seite und er verdrehte die Augen.

„Ja. Ich verstehe, du kannst jetzt weiterfahren."

Der Porsche fuhr an. Lena warf sich in den Sportsitz und flüsterte: „War eh klar."

Ben trat wieder auf die Bremse. „Was war eh klar?"

„Du und schwul." Sie schüttelte ihr langes Haar.

„Ist das so offensichtlich? Ah, du meinst meine Blicke." Er zwinkerte ihr zu und fuhr endlich weiter.
Die Hindenburgstraße glich einer blechernen Schlange. Die Pkws schoben sich im Sekundentakt Richtung Jahnring und Lena bereute es, nicht zu Fuß gegangen zu sein. Sie blickte auf ihre Armbanduhr. Sechzehn Uhr und schon dunkel.
„So unruhig, Frau Kollegin. Hast du noch etwas Dringendes vor?", fragte sie der Autofahrer.
„Nein, aber ich hasse Stau."
„Wir können die Zeit auch sinnvoll nutzen." Er schmunzelte. „Frage mich etwas, egal was."
„Hm, warum wolltest du Psychologie studieren?"
Er atmete laut übers Lederlenkrad und sah sie an.
„Rollenspiele habe ich schon als Kind gelernt, tauchte früh in die Sprache der Erwachsenen ein, wie sie sich und anderen die heile Welt vorgaukeln. Ich verstand schnell die Macht der Worte. Sie öffnen jedes Schloss, aber verletzen tiefer als jede Klinge. Ich begegne in unseren Kreisen ständig Menschen, die sich für besonders nennenswert halten. Immer müssen sie im Mittelpunkt stehen. Dabei geht es nicht darum. Wir sollten nicht Berge erklimmen, damit die Welt uns sieht, sondern wir die Welt sehen können."
„Wow", entwich es Lena.
Der Porsche fuhr gerade an und sie hatten es nach dem fünften Anlauf bei Grün über den Jahnring geschafft. Aber auch auf der Otto-Wels-Straße, die sich quer durch den Stadtpark zog, reihten sich die Autos aneinander. Lena stöhnte. „Okay, jetzt deine Frage."

Auf seinen Wangen bildeten sich kleine Grübchen, die so gar nicht zu seinem Dreitagebart passten.

„Nun los, trau dich", forderte sie.

„Darf ich mir die Frage aufheben, Lena?"

„Okay", sagte sie verwundert.

„Sieh mal." Bens Hand zeigte Richtung Planetarium.

Jetzt will er aber von sich ablenken, dachte sie.

Er stieß sie an. „Sieh doch."

Lena drehte sich nach rechts. „Was ist denn das?" Sie beugte sich dichter an die Scheibe. „Fahr hier rauf."

„Auf keinen Fall. Das ist ein Fußgängerüberweg."

„Und ich bin Bulle. Fahr!", herrschte sie ihn an.

Er fuhr, und selbst das Hupen einiger Autofahrer konnte ihn nicht mehr bremsen.

„Moment." Sie legte ihre Hand auf seinen Oberschenkel. „Die Bank." Sie riss die Tür auf und lief los. Als sie näherkam, erkannte sie den Schlafplatz eines Obdachlosen. Doch es war ein anderer Schlafsack. Enttäuscht lief sie zum Porsche. „Sorry, Ben. Er war es nicht, hatte auch keinen Hund. Aber diese riesigen drei Kerzen irritieren mich. Die sehe ich das erste Mal im Stadtpark. Außerdem ist die Stadtkasse leer. Adventsschmuck in dieser Größenordnung kostet." Sie rieb Daumen und Zeigefinger mehrfach aneinander.

„Aber sie sind wunderschön." Bens Augen glänzten.

Lena legte die Dienstbrille ab und ließ ihre Blicke noch einmal hinüber zum Planetarium gleiten, das vom Schein der Kerzen in ein surreales Licht getaucht wurde.

7

Zweiter Advent. Die große, weihnachtlich geschmückte Schale mit den vier roten Kerzen strahlte bereits von Weitem. Auf Bitten von Kat hatten sie sogar einen künstlichen Weihnachtsbaum gekauft und festlich hergerichtet. Die güldenen und roten Kugeln blinkten im Lichterglanz unzähliger Lämpchen.

Viviana ließ sich trotz des brisanten Falls die Weihnachtsstimmung nicht vermiesen und werkelte gut gelaunt in der Küche. Aus dem Radio klangen Weihnachtslieder in die obere Etage, und ein starker Duft brasilianischen Kaffees erfüllte die Luft, den Klaus so liebte. Doch heute schien selbst das nicht an seinem Schlaf zu rütteln. Er war erst gegen morgen in einen Tiefschlaf gefallen, denn seit Tagen quälte ihn sein prall gefüllter Sack voller Albträume.

Klaus begann zu zucken, stöhnte auf und wechselte ruckartig die Schlafseite. Eine Stimme schien ihn zu rufen. Er schreckte hoch, wirbelte nach rechts, riss die Fingerpistole hoch und richtete sie auf den Mann. „Nein!" Er legte seine Rechte schützend auf die Herzseite, starrte auf die Spiegeltür des Kleiderschrankes und atmete schwer. Es war nur sein verdammtes Spiegelbild. Mühsam versuchte er das Geträumte zusammenzusetzen und saß kopfschüttelnd auf der Bettkante.

Vivi kam hereingestürmt. „Schatz, was ist los? Hast du wieder schlecht geträumt?"
Sein mächtiger Kopf erhob sich und Viviana sah Tränen in seinen Augen.
„Liebling, was ist mit dir? Das geht jetzt bereits seit einer Woche."
„Ich weiß", stöhnte Klaus, erhob sich und streichelte ihr im Vorbeigehen den Arm. Schlaftrunken trottete er die Treppe hinunter, und es dauerte nur Sekunden, bis Vivaldi ihn entdeckt hatte. Kurz darauf klopfte seine schwarze Tatze unentwegt an den leeren Napf. Doch Klaus stellte sich taub. Er musste immer noch an Hauckes Frage denken. Vivaldis Forderung nach milden Gaben wurde lauter. Klaus beugte sich zu ihm, streichelte sein weiches Fell und flüsterte: „Ab heute gibt es nur noch eine Dose und keine Leckerlis mehr. Onkel Haucke hat recht, du bist zu dick, mein Lieber. Schau deine Schwester an. Die is drahtig und gesund. Wenn du so weiter frisst, wird dat nix mit Altwerden."
„Papa, mit wem redest du?" Kat kam verschlafen aus ihrem Zimmer und rieb sich die Augen.
„Mit dem dicken Kater."
Kat lachte. „Mama hat schon gesagt, dass sie ihn auf Diät setzt."
Baumann beugte sich zu dem schwarzen Teufelchen.
„Haste gehört? Dat war eine Drohung. Ick hab dat schon hinter mir, is kein Spaziergang, mein Lieber."
Er richtete sich wieder auf und zwinkerte seiner Adoptivtochter zu.

„Paps, wieso stehst du hier eigentlich noch im Schlafanzug? Es ist doch schon sieben. Musst du gar nicht
zur Arbeit?"

Klaus riss die Augen auf, klatschte die flache Hand
an seine Stirn und rannte so schnell ihn seine nackten
Füße trugen die Treppe hinauf. Nach zehn Stufen
stoppte er seinen morgendlichen Sprint, drehte sich
um und lief auf Kat zu. Doch sie war schneller und
rannte ins Wohnzimmer. Klaus hinterher. Nachdem
sie mehrmals den großen Esstisch umrundet hatten,
fielen beide auf die geräumige Eckcouch.

„Du Luder" brachte Klaus gerade noch hervor.

„Reingefallen", trällerte Kat beschwingt.

„Wer ist reingefallen, und auf was?", fragte Viviana,
die eben das Zimmer betrat.

„Ich habe Paps ausgetrickst."

„Womit?"

„Dat Luder hat mich gefragt, ob ich heute gar nicht
arbeiten will, und warum ich noch im Schlafanzug
bin? Man, habe ich mich erschrocken."

Kat boxte ihn in die Seite. Dann können wir heute
noch zu BOESNER nach Glinde fahren, ne? Ich brauche noch Aquarellpinsel und du schuldest mir immer
noch den größeren Rahmen und das Passepartout für
mein signiertes Bild." Sie küsste ihn auf die Wange
und ihre braunen Locken fielen in sein unrasiertes
Gesicht.

Klaus schielte sie an. „Ick falle nich noch mal auf dich
rein, du Luder."

„Wieso reinfallen? Du hast es doch versprochen." Kat stülpte ihre Lippen nach vorn.

„Da kannst du schmollen, wie du willst. Heute ist Sonntag, der zweite Advent. Dat müssen wir auf Morgenabend verschieben."

Montagmorgen. Baumann hatte in der vergangenen Nacht wieder kaum geschlafen. Gedankenversunken saß er bereits seit fünf Uhr in seinem Aquarium und zermarterte sich das Gehirn. „Du spielst also mit uns. Na, warte, mein Lieber. Dat Spiel gewinne ick", flüsterte Klaus vor sich hin.

„Alles klar, Herr Hauptkommissar?" Ben blickte auf den Sitzenden herab, nippte an seinem Morgenkaffee und setzte sich.

„Wat hat Sie denn so früh aus dem Bett getrieben, Herr Mortensen?"

„Der frühe Vogel. Und Sie? Was bedrückt Sie?"

„Nüscht. Allet in Butta."

„Aber, Herr Hauptkommissar, nicht schwindeln. Ihre hängenden Schultern und die eingezogene Brust sagen mir aber etwas ganz anderes."

„Wat denn, du Schlauberger?"

„Ihre Körperhaltung zeigt einen Mangel an Vitalität und eine gewisse Passivität. Aber warum?

„Ick muss ständig an Ihre Worte denken, dat da noch drei Tote auf uns warten, und Heiligabend rückt immer näher. Dat erste Jahr Weihnachten mit unserer Adoptivtochter, und wir haben uns so darauf gefreut."

„Das schaffen wir. Und außerdem haben wir schon sein Opfer Nummer zwei."
Baumann sprang auf. „Wat? Und dat sagen Sie mir erst jetzt!"
„Er ist tot. Bleiben Sie ruhig. Ich wollte sie gerade abholen. Der Leichenfund ist dieses Mal auf einem Spielplatz."
„Ach du Scheiße. Kommen Sie. Wir müssen."
Klaus riss seinen schwarzen Kurzmantel vom Haken und zog Ben mit aus der Tür. Ihm gelang es gerade noch, die Tasse auf dem Besuchertisch abzustellen. Dann zog er im Vorbeieilen seine Jacke von der Stuhllehne und folgte ihm.
„Sonne Kacke!" Klaus starrte über den Parkplatz.
„Worüber ärgern Sie sich, Herr Baumann?" Ben schmunzelte in Erwartung der Tatsache, die er bereits kannte.
„Ick habe kein Auto."
„Kein Problem. Dann nehmen wir meins." Ben zog den Schlüssel hervor, ließ den Porsche kurz aufblinken und wies auf den schwarzen Flitzer.
„War ja klar", brummte Klaus und lief los.
Ben war stehen geblieben und sah ihm kopfschüttelnd hinterher.
„Wat is? Soll ick doch ein Taxi rufen?", rief Klaus von Weitem und zerrte bereits an der Beifahrertür. Er ließ sich in den Ledersitz fallen und schrie auf. Ben kam mit großen, aktiven Schritten auf ihn zu, stieg ein und fragte: „Warum dieser Aufschrei, Herr Baumann?"

„Mein Rücken. Ick habe nicht gewusst, dat man in diesem Auto gleich ins Untergeschoss fällt."
„Das ist ein Porsche. Sportwagen liegen grundsätzlich tiefer."
„Schon klar, aber ick fahre so ungern mit meinem Arsch einen Zentimeter über dem Straßenbelag. Egal. Fahren Sie."

Ben hielt vorschriftsmäßig am Straßenrand vor dem Spielplatz an der Berner Au. Baumanns Mundwinkel zogen sich nach unten und er blies die Luft lautstark gegen das Cockpit. Ben verstand, startete den Wagen und fuhr näher an den Spielplatz.
Kurz darauf stampfte Klaus wutschnaubend voran. Als er Martin, Thomas und Haucke am Fundort sah, atmete er tief durch und lief mit weit ausholenden Schritten auf sie zu. Beim Anblick der Leiche verflog seine anfängliche Wut, und er reichte den beiden die Rechte.
„Moin, wat wisst ihr schon?"
Mit einer leichten Drehung wiesen Thomas und Martin auf Haucke, der vor der sitzenden Leiche kniete und deren Füße begutachtete. Ben schlenderte auf die kleine Gruppe zu, grüßte mit einem beiläufigen Moin und lief weiter zum Leichenfund. Einen Meter davor blieb er stehen und fixierte das sitzende Opfer.
„Moin Herr Doktor. Wieder eingefroren, richtig?"
„Moin. Richtig. Aber der ist noch tiefgefroren. Der Typ muss ein Kühlhaus besitzen, wenn er ihn in Sitzhaltung eingefroren hat."

Bens Gedanken waren bereits auf Reisen. Kühlhaus. Gute Anmerkung, dachte er und wurde unsanft von Baumann angerempelt.

„Oh, Tschuldigung", sagte er beiläufig, begrüßte Haucke und blickte auf die männliche Leiche. Sein Blick erstarrte und seine braunen Pupillen verharrten auf dem Opfer, das mit weißen Wollhandschuhen, weißer Wollmütze und weißem Wollschal so unschuldig wirkte wie ein schlafendes Kind.

„Er straft ihn ab. Sehen Sie die offene Beinhaltung", sagte Ben, das Opfer nicht aus den Augen lassend.

„Wie meinen Sie das genau?", fragte Haucke.

„Bei einer Frau wäre es eher eine einladende Geste, aber bei ihm ..." Ben pausierte. „Aber bei einem Mann ist es eher Imponiergehabe. So, er zeigt uns, wie potent er ist. Unser Täter stellt genau das zur Schau."

„Und wat genau?" Klaus starrte auf den offenen Schritt des Toten.

Ben trat näher an Klaus heran und sagte leise: „Schauen Sie sich dieses Bild genau an. Der Oberkörper des Mannes ist in unschuldigem Weiß gekleidet, Mütze, Handschuhe, Schal. Sobald unser Blick aber in den Bereich unter seinem Hosenbund gleitet, sehen wir einen anderen Menschen. Die biologische Signalwirkung ist unverkennbar, wie ein männlicher Code."

„Code?" Baumanns Augenbrauen stießen heftig aneinander.

„Sexuell. Er stellt seine Potenz zur Schau."

Haucke hatte konzentriert zugehört und sein Nicken wurde immer heftiger. Er hob die Hand. „Ich kann das nur unterstreichen. Seht mal." Er öffnete die kurze Jacke des Mannes, und erst jetzt wurden sie der offenen Hose gewahr.

„Ich bin zwar kein Profiler, Herr Mortensen, aber Schlüsse kann ich auch ziehen." Er atmete laut aus, so dass sich eine kleine Kondenswolke bildete, und sprach weiter: „Der Mann war ein Pädophiler."

Ben nickte. „So, genau. Das unschuldige Weiß symbolisiert die Kinder. Die gespreizten Beine und seine offene Hose, die Tat."

„Dann ist er vielleicht aktenkundig. Kannst du schon mehr sagen, Haucke?" Klaus stampfte auf der Stelle und ärgerte sich, dass er heute Morgen Halbschuhe angezogen hatte.

„Außer, dass er eingefroren war, noch nicht. Aber wenn ich ihn nicht zügig mitnehme, haben wir ein Problem."

„Wieso, Haucke?"

Ben war schneller und antwortete: „Er hat definitiv noch gelebt, als er eingefroren wurde. Sicher war er betäubt, sonst würde man Spuren an ihm finden. Sehen Sie die violett rote Blässe in seinem Gesicht. Bei einem Toten gebe es diese Verfärbungen nicht."

Haucke nickte mit zusammengekniffenen Augen. „Genau, er hätte sich befreien wollen."

„Wie grausam", flüsterte Baumann.

Haucke hob die Hand. „Ja, aber er kann bewusstlos gewesen sein. Beweise müssen aber sofort dokumentiert werden, sonst könnte es zu spät sein."
Baumanns Augenbrauen schoben sich zusammen. „Warum? Der Erste war doch auch gefroren."
Ben lächelte und nickte Haucke zu. Der erklärte: „Der war fast völlig aufgetaut, der Verwesungsprozess hatte bereits begonnen und außerdem hatten wir ihn im System. Hier handelt es sich jedoch um eine tiefgefrorene Leiche. Der Verwesungsprozess hat noch nicht begonnen. Wir haben Glück. Heute liegen die Außentemperaturen unter dem Gefrierpunkt. Ich muss ihn ungefähr 48 Stunden kontrolliert auftauen, wenn wir noch Beweise sichern wollen."
„Wat heißt kontrolliert?" Baumanns Füße stampften unentwegt auf den gefrorenen Boden.
Hauckes Kollegen rollten die Trage heran und er verdrehte genervt die Augen. „Wir müssen ihn bei etwa drei Grad Celsius langsam auftauen. Und jetzt nerve mich nicht. Wir müssen schnell los. Du kannst mir später Löcher in den Bauch fragen."
Baumann lief bis zum Wagen hinterher und fragte weiter: „Wartet ihr dann, bis er komplett aufgetaut ist?"
„Klaus, du nervst. Nein. Als Erstes können wir Röntgenaufnahmen machen, dann untersuchen wir immer nur den Körperteil, das gerade aufgetaut ist. Der Rest wird ein Geduldsspiel. Frage mich besser morgen."

„Jut. Übrigens, wo sind eigentlich die Jungs von der SPUSI?“

Haucke hatte bereits die Autotür in der Hand und rief ihm zu: „Karsten ist schon weg, ist mit Paul im Labor.“

„Wer is Karsten, wieder ein neuer?“, rief Klaus ihm lautstark hinterher.

„Ja, ist auch besser so. Sven ist doch nach seiner OP wieder auf Reha. Lass uns morgen alles auswerten, was wir schon haben. Mach jetzt keinen Druck, Klaus, und lass uns arbeiten.“

Als Baumann wieder auf Ben zuging, starrte der grübelnd ins Dunkel und hatte seinen Mantelkragen fest um den Hals gedrückt. Seine dunklen Haare waren von den frostigen Außentemperaturen mit einem glitzernden Winterkleid überzogen.

„Herr Hauptkommissar. Ich denke, dass uns die Orte auch einen nennenswerten Anhaltspunkt liefern könnten“, rief er ihm entgegen. „Das erste Opfer legt er in den Stadtpark, das zweite auf einen Spielplatz. Zwei Leichen, zwei unterschiedliche Stadtteile. Der Spielplatz liegt in Wandsbek-Farmsen, der Stadtpark in Winterhude. Gibt es eigentlich eine Statistik, wie oft bereits im jeweiligen Stadtteil gemordet wurde, Herr Baumann?“

Klaus stampfte immer noch seine Halbschuhe auf den gefrorenen Boden und brummte ihn an: „Dat kann ick Ihnen genau sagen, Herr Mortensen.“ Er unterdrückte den Clown in sich und sagte grinsend: „Wie immer. Nur einmal.“

Ben ignorierte seine Antwort, setzte ein Lächeln auf und fragte: „Soll ich Sie wieder mitnehmen?"
Baumann nickte, drehte sich um und lief schweigend zu Martin und Thomas, die in ein reges Gespräch vertieft waren. Als er näherkam, blickte Thomas ihn abgekühlt an. „Hast du dir dieses pädophile Schwein genauer angesehen?", fragte er ihn.
Klaus schüttelte den großen Kopf. „Widerwärtig."
Martin räusperte sich, und seine dunkelblonden Locken, die aus seiner Pudelmütze lugten, tanzten auf seiner Stirn. „Ja, Klaus. Irgendwie kann ich unseren Mörder aber verstehen. Er bestraft die Täter, im Namen der Opfer, auch wenn Selbstjustiz natürlich keine Lösung ist."
„Dat stimmt. Aber nu will ick los." Er blickte zu Ben, der sich soeben zu ihnen gesellt hatte. Er verstand und drehte sich zum Gehen, als Thomas sagte: „Wir sollten endlich die Presse informieren. Wir können dringend Zeugen gebrauchen für diese Schweinerei, die der hier abzieht."
Ben stoppte seinen Lauf. „Auf keinen Fall."
Alle Blicke richteten sich auf ihn.
„Warum nicht?", fragte Thomas mit zusammengekniffenen Augen.
„Weil er genau das erreichen will."
„Wat will der erreichen?" Baumanns Halbschuhe traten auf der Stelle.
Seine größte Schwachstelle ist sein Ego. Mit einer Pressemitteilung füttern wir es, denn genau darauf zielt er ab. Er giert nach Bestätigung, nach Beifall."

„Aber dat Schwein weiß doch sowieso, dat wir hinter ihm her sind", sagte Baumann stampfend.

„So, Herr Baumann. Das ist aber nicht der Punkt."

„Wat denn?"

„Es geht nicht darum, dass wir es wissen, sondern dass die Welt es weiß, was er für ein toller Kerl ist."

„Pha, toller Kerl", murmelte Martin.

Ben ignorierte den Einwurf. „Wenn wir nichts dahingehend unternehmen, werden wir seinen Stolz verletzen, ihn kränken. Er hat nicht nur Spaß an der Sache, er inszeniert eine Schau, und das macht er nicht nur für uns. Nein, die ganze Welt soll von seinen Heldentaten erfahren."

„Jetzt will er auch noch dafür gelobt werden?", fragte Thomas, schwer atmend.

„Für einen Psychopathen ist das Morden nur eine Handlung. Die Spannung liegt in der Vorbereitung, in der Planung. Die Opfer im Vorfeld zu beobachten, in ihre gewohnte Umgebung und ihr privates Umfeld einzutauchen, macht für ihn den Reiz aus. Es erregt ihn, in ihr Leben einzudringen, zu wissen, dass er Ihnen all das nehmen kann. Also beleuchten wir das Umfeld der beiden Opfer. Er muss sie beobachtet haben. Ergo ist er auch jemandem aufgefallen. Erstens. Hat er Peter Jensen im Gefängnis besucht und kannte er ihn vorher? Zweitens. Woher kannte er diesen Toten? Kreuzen sich die Leben der Opfer, gibt es eine Schnittmenge."

„Sehr gut. Ihr nehmt Kontakt zum Knast auf. Besuchsprotokolle und so weiter. Wer der is wissen wir nich. Ick muss auf die Obduktion warten."

Auf dem Weg zum Porsche liefen beide schweigend nebeneinander, Baumann immer zwei Schritte voraus. Bens Blicke wanderten hinunter zu seinen Schuhen. Er schmunzelte, was Klaus nicht entgangen war.

„Sie hoffen auf einen baldigen Frühling, Herr Hauptkommissar?"

„Schon klar, dat du dich darüber amüsierst. Mach lieber deine Scheese uf, du Flitzpiepe."

Ben schmunzelte immer noch, jetzt aber über Baumanns Berliner Dialekt, den er herauskehrte, wenn er sauer oder aufgeregt war. Er drückte auf den Zündschlüssel und Klaus riss die Beifahrertür auf. Mortensens Augen waren zwar auf die Fahrbahn gerichtet, dennoch waren ihm Baumanns Gesten nicht entgangen.

„Was nervt Sie so, dass Sie keine Ruhe finden, Herr Baumann?"

„Woher wissen Sie, dat ick keine Ruhe finde?"

Ben schwieg.

„Ick kann nich schlafen, habe Albträume. Ick bin kurz vor einem Nervenzusammenbruch."

„Das sagt man nicht mehr, Herr Hauptkommissar. Das heißt jetzt akute Psychose."

„Dat is mir doch scheißegal, wie dat bei euch Psychoonkeln heißt. Fakt is, ick drehe gleich durch. Ick träume ständig von dem Toten. Dat is grauenvoll."

„Das glaube ich Ihnen, aber es hat auch etwas Gutes."

„Wat soll daran jut sein?"

Ben hob seine geballte Rechte. „Stellen Sie sich vor, meine Faust ist der Tote, von dem Sie geträumt und dessen Bild Sie real gesehen haben. Es war für Sie so entsetzlich grausam, dass Sie es vergessen und verdrängen wollen. Aber Ihre Erinnerung verändert nur die Form des Gesehenen. Ihr Unterbewusstsein macht die Dinge wieder sichtbar. Doch meistens sehen Sie mehr als beim ersten Mal. Es sind Einzelheiten, die Sie beim ersten Hinsehen nicht wahrgenommen haben. Also sehen Sie diese Träume als Chance, nicht als Bedrohung."

Baumanns große Augen begannen zu kreisen. „Dat heißt?"

„So, Sie kennen jetzt die Hintergründe, wissen, dass Ihnen Ihr Unterbewusstsein hilft, besser zu verstehen und die Wahrheit wirklich zu sehen. Wir können das gern zu einem anderen Zeitpunkt vertiefen. Darf ich Ihnen helfen?"

„Wie?"

„Es gibt sehr einfache Techniken und Methoden. Nach Feierabend?"

„Dat Wort kenne ick nich."

„Das ist schade, aber mein Angebot steht. Denn erst, wenn es Ihnen gut geht, wird es auch den Menschen in Ihrem direkten Umfeld gut gehen können."

„Jut, probieren wir es."

Lenas Augen wanderten Zeile für Zeile über die geöffnete Datei auf dem Bildschirm. Entschlossen scrollte sie weiter. „Ha, ich wusste es." Ihr Zeigefinger hob sich nachdrücklich und sie lächelte siegessicher. Zufrieden rollte sie mit ihrem Bürostuhl nach hinten, sprang auf, verschränkte ihre Arme hinter dem Genick und grinste breit. Ihre Augen waren immer noch auf den Bildschirm gerichtet, und doch spürte sie eine eigenartige Ruhe hinter sich. Klaus und Ben standen dicht hinter ihr. Baumanns Blicke schweiften zu Mortensen, dessen Augen an Lena hafteten wie Post-its. Als sie sich ruckartig umdrehte, fiel ihr auf, dass Ben sie mit verschwommenem Blick ansah. Bisher hatte sie nicht darauf reagiert, doch seine Augen brannten sich gerade durch ihre Jeans. Sie ging einen Schritt auf den Schönling zu und fragte mit amouröser Stimme: „Baggerst du mich gerade an, Ben?"

Sein Adamsapfel bewegte sich nach unten, bevor die Lippen sich leicht öffneten. Nach einer Schrecksekunde sagte er leise: „Natürlich nicht."

„Du lügst, ohne rot zu werden. Ich kann doch schon ihre Schaufel sehen."

Baumann verfiel in lautes Lachen, hielt sich den Bauch und prustete heraus: „Unser Intelligenzbolzen is sprachlos. Dat ick dat noch erlebe."

Ben verließ wortlos die Bühne.

„Jetzt hast du dat Jüngelchen verärgert", sagte Klaus belustigt und verzog das Gesicht zu einer Grimasse.

„Hör auf. Ich werde ihn zurückholen und mich bei ihm entschuldigen. Wir brauchen ihn." Lenas lange Beine verschwanden schneller, als Baumann lieb war.

Also stiefelte er weiter in sein Büro. Kurz darauf kamen sie zu zweit zurück und Lena wies sofort auf die geöffnete Akte. „So, machen wir weiter. Ich habe eine neue Spur."

Ben scannte schweigend den Bildschirm und Lena wies auf einen Abschnitt. „Hier, die Vermisstenanzeige, die seine Frau im vergangenen Jahr aufgegeben hat. Aber seine Fingerabdrücke sind deswegen im System. Schaut mal." Ihr Zeigefinger deutete auf eine zurückgenommene Anzeige vor einem Jahr wegen sexueller Übergriffe.

„Jan Seebacher, vierzig Jahre alt, Lehrer, verheiratet, einen Sohn", las Ben ab. „Aber warum wurde die Anzeige zurückgezogen?"

Lena scrollte weiter. „Hier. Das Kind der Nachbarin habe sich das angeblich nur ausgedacht."

„Typisch" entwich es ihm.

„Wie meinst du das?"

„So, sexueller Missbrauch beruht immer auf der Macht der Erwachsenen, aber auch auf dem Vertrauen, das Kinder ihnen entgegenbringen. Durch solche Übergriffe wird das Vertrauen zerstört, dass Kinder in die Welt der Erwachsenen haben. Aber sie sind meist nicht in der Lage zuzugeben, dass sie sexuell missbraucht wurden. Sie fühlen sich oft sogar schuldig, glauben, dass sie selbst zu dieser Situation beigetragen haben. Wenn ein Kind den Mut aufbringt zu sagen, dass es missbraucht wurde, lügt es nicht. Doch sie finden meistens in der Welt der Erwachsenen kein Gehör. Die Eltern können oder wollen es nicht glauben, denken meist, dass ihr Kind übertreibt.“

Lenas Blick war gesenkt und sie flüsterte: „Wie schrecklich.“

„Ja, Lena. Deshalb sprechen die meisten Opfer erst über ihre Hölle, wenn sie erwachsen sind.“

Lena schüttelte vehement den Kopf und ihre braunen Locken folgten. Doch sie konnte die Bilder, die sich in ihrem Gehirn aufgebaut hatten, nicht loswerden. Plötzlich sprang sie auf, riss Ben fast vom Stuhl, rannte in die Küche und schloss die Tür. Ben sah ihr fragend hinterher, schraubte sich langsam vom Sitz und folgte ihr. Als er die Türklinke zur Küche berührte, war ihr Schluchzen deutlich hörbar. Er wartete ab, lehnte sich an die Wand und besann sich auf seine Fähigkeiten. Wie konnte er sie am nachhaltigsten beruhigen? Langsam drückte er die Klinke nach unten, schob die Tür Zentimeter für Zentimeter nach innen und sah in ihre verweinten Augen. Sie schluchzte immer noch.

„Darf ich näherkommen?“

Lena nickte. Als er vor ihr stand, sah er auf ihre verkrampften Hände. Sie rang nach Luft und sie lehnte erstarrt am Küchenbord.

„Lena, sieh mich bitte an.“

Ihr verschwommener Blick hob sich.

„Lena, du hast eine Panikattacke. Ich werde dir jetzt helfen. Vertraust du mir?“

Sie nickte.

„Gut. Ich werde dir jetzt ungerade Zahlen vorsprechen. Merke sie dir und sprich sie nach. Alles klar?" Sie blinzelte ihm zu.

„Sieben, drei, fünf, eins."

Sie zog die Luft tief durch die Nasenlöcher und wiederholte: „Sieben, drei, fünf, eins."

Ben lächelte. „Sehr gut. Jetzt wiederhole neun, sieben, fünf, drei."

„Neun, sieben, fünf, drei."

Er wiederholte die Prozedur, bis ihre verkrampften Hände sich lösten und das Zittern verflog.

„Wie geht es dir, Lena?"

„Viel besser. Du bist ein Schatz. Danke." Sie schlang ihre langen Arme um seinen Körper und drückte fester zu als ihr bewusst war.

„Schon gut. Aber jetzt würde ich gern wieder durchatmen", röchelte er.

„Oh, sorry", sagte sie lächelnd und gab ihn wieder frei. „Danke, noch einmal. Das tat gut."

„Gerne. Ich verstehe, dass du ängstlich verstimmt bist. Dieses Thema birgt viel Stresspotential und wird noch einige Opfer von uns abverlangen. Ziehe dich gern in eine Umgebung zurück, die dir guttut. Das kann jeder verstehen, und wenn nicht, dann werde ich dafür sorgen." Er war näher an sie herangetreten, berührte sanft die Oberfläche ihrer Hand und lächelte ihr zu.

„Danke, Ben." Sie schlang abermals ihre schmalen Arme um seinen Hals und vergrub den Kopf an seinem Schlüsselbein. Verständnisvoll legte er seinen rechten Arm um ihre Taille und ließ sie ruhen. Er genoss ihre Nähe und war froh, dass sie nicht ahnte, wie angespannt er selber war. Dieses Thema berührte ihn mehr als er sich eingestehen konnte. Minuten vergingen, bis sich Lena von ihm löste, dankende Blicke mit ihm tauschte und sich die letzten Tränen von den rosigen Wangen wischte.

„Fühlst du dich in der Lage, dieses beschissene Thema weiter zu besprechen? Entschuldige, aber das musste jetzt sein."

„Beschissen, beschissen, beschissen", sagte sie und es war wie ein Befreiungsschlag.

Dienstagmorgen. Viviana hatte es sich nicht nehmen lassen, das Büro festlich zu schmücken. Sie verteilte Tannengrün und elektrische Kerzen. Auf jedem der vielen Schreibtische stand ein Kranz, den sie zusätzlich mit Zimt und Äpfeln geschmückt hatte. Selbst Besucher wurden weihnachtlich empfangen, denn der kleine künstliche Tannenbaum, der ehemals ihre Wohnung schmückte, strahlte nun hier im Eingangsbereich. Sie hatte ihn in traditionellem Dunkelrot und Gold geschmückt, und so blinkten alle Räume des Kommissariats in einem weihnachtlichen Glanz.

„Oh, darum bist du heute so früh aus dem Bett gefallen. Ick habe dich vermisst. Kat schläft immer noch wie ein Murmeltier. Ick habe mich aus dem Haus geschlichen. Hast du gefrühstückt?"

Sie schüttelte ihre blonden Locken.

„Du hast ja recht. Frühstücken allein is doof." Klaus hob die Bäckertüte hoch, grinste breit und gab ihr einen Schmatzer. Dann flüsterte er ihr ins Ohr: „Hast du schön gemacht."
Ihre pinken Lippen formten sich zu einem strahlenden Lächeln, und sie flüsterte zurück: „Danke. Ich will alle überraschen, wenn sie ins Büro kommen."
„Dat ist dir gelungen, Schatz."
Als Baumann sein Glasbüro betrat, fiel sein Blick sofort auf das riesige Marzipanbrot. Nicht schon wieder, dachte er und rief Vivi zu: „Ist das Brot von dir?"
„Welches Brot?"
Klaus atmete schwer und begann zu zittern. Er versuchte zu schlucken, doch sein Mund war staubtrocken. Schweißperlen besiedelten seine Stirn. Er hörte Vivianas High Heels und hielt den Atem an.
„Schatz, was ist denn? Das war doch nur ein Scherz. Natürlich ist das von mir. Ich wollte dir eine Freude machen." Sie riss die rechte Hand vor den Mund. „Oh, du hast gedacht … Oh, das tut mir leid. Entschuldige. Ich wollte dich nicht erschrecken."
Der Vormittag des zweiten Wochentages war noch jung und Baumanns Finger trommelten ungeduldig auf die Schreibtischplatte. Die Zeiger der Wanduhr schienen eingeschlafen zu sein und er sprang auf, um sich den vierten Kaffee zu holen. Doch Viviana stand wie ein Türstopper im Rahmen und hielt ihm eine Tasse Fencheltee unter die Nase.
„Ach, nö, nich dat Zeug."
„Doch. Setz dich."

Widerspruch war zwecklos, das wusste er. Also nahm er die Tasse und starrte in den Tee.

„Jetzt trink, Schatz. Haucke wird sich schon melden, wenn er so weit ist." Vivi stand wartend vor ihm. Also ignorierte er den verhassten Geruch, nippte am Tee und schluckte ihn mit hochgezogener Nase herunter.

„Na, bitte, geht doch."

Als er das klappernde Geräusch ihrer High Heels hörte, lehnte er sich entspannt nach hinten, schob die Tasse weit von sich und starrte auf sein Telefon.

„Klaus."

Er schreckte hoch. „Lena, wat is?"

„Haucke und Paul möchten uns sehen. Treff in der Pathologie. Komm."

Das musste sie ihm nicht zweimal sagen. In Sekunden stand Baumann bemantelt im Großraumbüro. Mit aktiven Schritten lief er zur Tür und mahnte alle zur Eile.

Die Kühle des Raumes untermalte die eisige Stimmung. Auch wenn es ein Opfer war, das auf dem blechernen Tisch lag, das Mitleid der Anwesenden hielt sich in Grenzen. Der Pathologe hatte ein Asservat zu dem Toten gestellt und wies auf die einzelnen Fingernägel. Die Untersuchungen hatten ergeben, dass Jan Seebacher an einer bakteriellen Entzündung der Fingernägel gelitten hat. Die Krankheit war bereits so weit fortgeschritten, dass die Nägel begannen, sich zu heben.

„Todesursache war eindeutig eine Vergiftung mit Bleiacetat, einem Nervengift. Auch diesem Opfer wurden noch vor Todeseintritt alle Finger mit demselben Werkzeug abgetrennt. Danach wurden der tote Körper und die abgetrennten Gliedmaßen eingefroren."

„Wisst ihr schon, mit welchem Werkzeug?" Thomas Lachners spitze Nase schwebte über der verstümmelten Hand.

Paul öffnete seinen Koffer und legte eine große Gartenschere auf den polierten Stahltisch. Das Scheppern zerriss die Stille und hallte an den kargen Wänden empor. Baumann sah ihn düster an. Er verstand. „Sorry."

„Damit hat der kranke Typ also die Finger gekappt?" Paul nickte. „Ich habe vierzehn ähnliche Modelle getestet. Diese Bypass-Getriebeschere der Marke ist es. Das Wundmuster passt genau, auch bei allen anderen Fingern. Er hat immer ein und dieselbe Schere verwendet."

„Die is klasse, schneidet Äste bis fünf Zentimeter wie nüscht. Rads Bads ist der Ast durch." Klaus grinste. Die Anwesenden nicht.

„Die Frage ist jetzt, ob diese Schere neu war oder schon vorher für den eigentlichen Gebrauch im Einsatz, wie Herr Baumann das soeben signifikant einleuchtend beschrieben hat." Bens blaue Pupillen wanderten ungeduldig von Paul zur Schere und zurück.

„Die Frage beantworte ich Ihnen gern, Herr Mortensen, wenn Sie mir die Schere bringen", spottete Paul und warf seinen Pferdeschwanz über die linke Schulter. „Meine ist neu und soweit ich weiß, hat Haucke keine Spuren von pflanzlichem Material in den Wundrändern gefunden."

„So, darauf muss ich also noch warten. Nun gut. Weiter zu unserem Täter. Wie ich bereits erwähnte, spielt er mit seinem Essen, bevor er tötet. Er genießt es."

„Das heißt, er hat beide Opfer gekannt, oder kann er sie wahllos ausgesucht haben? Vielleicht hat er Zugang zu polizeilichen Akten?", fragte Thomas.

„Nein. Es gibt eine Schnittstelle, woher er sie kennt, und er hat ein signifikant feines Gespür für die Opfer, die er auswählt. Zumal er selbst eines war."

„Du meinst, er könnte als Kind auch missbraucht worden sein?", fragte Lena.

„Ganz sicher sogar. Wobei Missbrauch nicht immer sexueller Natur sein muss. Gewalt gegen Kinder meint sowohl psychische als auch körperliche Misshandlungen, wie abwerten, drohen, Liebesentzug, Angstmachen, Erniedrigungen und das Schlagen mit Händen und Gegenständen, auch Schütteln, Beißen, Verbrühen, Vergiften usw."

Lena drehte sich angewidert ab.

„Sorry, Lena. Ich wollte nur die Frage für deine Kollegen ausführlich beantworten."

„Schon gut", sagte sie beiläufig.

„Also könnte unser Täter auch geschlagen worden sein?", fragte Martin und kraulte nachdenklich seine Haare.

„Ja, oder er wurde vernachlässigt. Auch das hinterlässt Spuren in der psychischen Entwicklung eines Kindes", vervollständigte Ben seine Ausführungen.

„Beispielsweise Nahrungsentzug?", hakte Lena nach.

„Ja. Grundsätzlich geht es um das Entziehen der Grundbedürfnisse, wie eine sichere Unterbringung, Ernährung, Bildung, Gesundheit und natürlich emotionale Bedürfnisse nach Nähe und Geborgenheit."

„Das heißt, Ben, wir suchen einen frustrierten Psychopathen?" Lena sah ihn durchdringend an.

„So, du hast es auf den Punkt gebracht."

8

Der Hauptkommissar lief im Meetingraum vor den großen Fenstern auf und ab. Außer Lena waren alle anwesend.

„Wo is Klette?" Baumann schnaubte.

„Wer ist Klette?", wandte sich Ben flüsternd an seinen Nachbarn.

Oberkommissar Lachner schmunzelte. Seine spitze Nase zuckte vergnügt, ehe er antwortete: „Baumanns Spitzname für Lena. Wenn sie ein Thema in ihren Krallen hat, schüttelt sie nichts und niemand ab."

Ben huschte ein Lächeln über das gebräunte Gesicht. Diese Frau wurde ihm immer sympathischer.

Die Tür des Meetingraumes wurde aufgestoßen und Lena blickte in entsetzte Gesichter. Sie atmete schwer.

„Moin, ich bringe Neuigkeiten." Sie stürzte auf Baumann zu, riss den Laptop herum, der vor ihm lag, und öffnete eine Datei. Alle starrten auf den übergroßen Bildschirm an der Wand.

„Dat is der Hammer", entfuhr es Klaus und seine schwere Hand knallte auf die Tischplatte.

Lena startete den Dienstwagen und Baumanns Finger trommelten unentwegt aufs Cockpit.

„Bleib ruhig, Klaus. Es ist nur eine Spur", sagte die Kommissarin und streichelte seine errötete Wange.

„Klette, du bist die Beste. Geb Gas. Autobahn. Dat geht jetzt schneller."
„Nein, ich mag nicht über die Autobahn fahren."
„Dann lass mich doch ans Steuer."
„Bist du wahnsinnig! Auf keinen Fall. Der Hektiker bleibt auf dem Beifahrersitz."
Baumann hob grinsend die Fäuste.
Als der Audi die Schienen überquerte und Richtung Golfgut fuhr, hatte Baumanns Nervosität seinen Höhepunkt erreicht. Kaum dass der Wagen stand, riss er die Beifahrertür auf und stampfte wortlos Richtung Eingang. Lena sah ihm kopfschüttelnd nach, schloss den Audi und lief ihm zügig hinterher. Auf dem kurzen Weg zum Eingang umrundete sie einige Golfer, stolperte über einen Caddy und stand endlich vor dem Tresen, auf den Baumann gerade seinen Dienstausweis knallte. Die junge Dame zuckte zusammen, wich einen Schritt zurück und lief in eines der Büros hinter sich.
„Was kann ich für Sie tun?", entrüstete sich eine dunkelhaarige Schöne.
„Kriminalhauptkommissar Baumann. Wo können wir in Ruhe sprechen?"
Sie wies auf ihre offene Bürotür und lief voraus. Lena und Klaus folgten. Nachdem sie die Tür geschlossen hatte, verdunkelte sich ihr Blick. „Ich bin Ihnen gern behilflich, Herr Baumann, aber drosseln Sie Ihren Ton, bitte."

„Ick drossle hier gar nüscht, Gnädigste. Wir haben zwei Morde aufzuklären, da gehen mir Ihre Befindlichkeiten am …"

Lena drückte seinen Arm, um Schlimmeres zu verhindern. Klaus verstand.

„Also, Gnädigste. Diese beiden Männer waren Mitglieder in Ihrem Golfclub, richtig?" Klaus schob die Fotos von Peter Jensen und Jan Seebacher über den Tisch.

Ihre grünen Pupillen senkten sich. „Oh, Gott!"

„Der kann den Männern auch nicht mehr helfen, aber Sie uns. Wir brauchen die Liste Ihrer Mitglieder."

Sie blickte auf, schob die Bilder entsetzt von sich und antwortete: „Haben Sie schon einmal etwas von Datenschutz gehört, Herr Kommissar?"

„Klar. Haben Sie schon mal wat von Behinderung in einer Mordermittlung gehört, Gnädigste? Wollen Sie lieber mit aufs Revier kommen?" Baumann zog sein Mobil aus der Jacke und sagte: „Jetzt organisiere ick uns erst einmal einen Durchsuchungsbeschluss und dann krempeln wir hier alles von rechts auf links. Im Anschluss daran können Sie die Bude erst einmal für einige Tage schließen."

Sie war aufgesprungen, riss die Hände hoch und starrte ihn an. Ihre grünen Augen funkelten. „Was erlauben Sie sich? Sie behandeln mich wie eine Verdächtige. Ich bin doch keine Mörderin!"

Baumann lehnte sich stöhnend über den Tisch.

„Doch, Gnädigste. Sie ermorden gerade meine Geduld."

Lena blickte grinsend nach unten und überließ ihrem Chef das Ruder. Ihr gefiel die Rolle der stillen Beobachterin.

„Wollen Sie uns nun freiwillig helfen, oder muss ich Sie dazu zwingen?"

Baumanns Sturheit hatte gewirkt. Die Chefin bediente einige Knöpfe und das kleine Multifunktionsgerät an der Wand begann zu stöhnen. Nach und nach spuckte es den gewünschten, vervielfältigten Müll aus.

„Hier, das ist die Liste unserer Mitglieder. Sonst noch etwas, Herr Kommissar?"

Klaus blickte zu Lena. Sie verstand, lehnte sich entspannt zurück und fragte: „Wann waren die Herren das letzte Mal hier?"

„Sie golfen nicht, richtig?", fragte die Gnädigste.

Lenas braune Locken tanzten um ihren Kopf, den sie immer noch schüttelte.

„So, so. Dann wüssten Sie nämlich, dass ich das nur nachvollziehen kann, wenn unsere Mitglieder sich zu Turnieren anmelden oder Plätze buchen. Sie können jederzeit hier gewesen sein, ohne zu spielen, vielleicht nur, um zu trainieren oder mit Freunden ein Bier in unserem schönen Restaurant zu genießen."

Baumann drohte zu explodieren, holte tief Luft und antwortete: „Erzählen Sie keinen Quatsch. Und wat is mit Trainerstunden? Und wat is mit dem Ballautomaten, oder spielen die jetzt schon mit Luftbällen? Außerdem muss ick wissen, ob die beiden sich gekannt oder zusammengespielt haben."

Die Brünette drehte sich mit hochrotem Kopf zu ihrem PC und begann, die Tastatur zu quälen. Lena und Klaus zwinkerten sich zu und warteten ab.

„Hm, das ist eigenartig. Herr Jensen ist noch als Mitglied geführt, war aber laut Programm seit dem zehnten September 2019 nicht mehr hier."

Baumann schnaubte. „Kann er auch nicht, denn er war im Gefängnis. Wenn er aber immer noch Mitglied ist, wer bezahlt dann seine Beiträge?"

Sie sah ihn entrüstet an, senkte ihren Blick, schlug noch heftiger auf die Tasten und scrollte in den Dateien hin und her. „Wir erhalten das Geld einmal per anno, immer noch von seinem Konto. Er hat uns damals eine Einzugsermächtigung erteilt. Im Übrigen waren Peter Jensen und Jan Seebacher wirklich befreundet. Ich sehe hier …" Sie tippte auf den Bildschirm. „… dass sie regelmäßig zusammen den 18-Loch-Platz gebucht haben."

„Wann das letzte Mal?", hakte Lena nach.

Das Rädchen der Maus begann wieder zu surren. „Hier, am 28. August 2019."

Lena notierte alle Informationen in ihrem Pad, blickte auf und fragte: „Und wann war Herr Seebacher das letzte Mal hier?"

Die Brünette stöhnte leise, beugte sich wieder über die Tastatur und scrollte durch das Programm. „Jan Seebacher ist seit 9. Mai 2023 nicht mehr auf dem Platz gewesen. Seine Mitgliedschaft endete am 1. Juni 2023. Er hatte rechtzeitig um Aufhebung gebeten."

„Wissen Sie, warum?", fragte Lena.

„Nein. Aber seine Box hatte er nicht gekündigt. Normalerweise räumen wir diese, aber seine Frau hatte kurz darauf einen Vertrag mit uns abgeschlossen und die Box übernommen. Sie war jedoch noch nie hier."
Lena sah sie stirnrunzelnd an. „Sie meinen, dass Frau Seebacher Mitgliedsbeiträge und eine Box bezahlt und noch nie auf dem Golfplatz war? Übrigens, was meinen Sie mit Box?"
Die Chefin rollte mit den grünen Pupillen, stand auf, zog einen großen Schlüsselbund aus dem Schreibtischfach und wies die Kommissare an, ihr zu folgen. Sie bog in einen schmalen Gang ein und öffnete eine der vielen Stahltüren im unteren Bereich. „Bitte, das sind die Boxen. Diese gehört Herrn Seebacher, jetzt seiner Frau. Jeder Golfer, der bei uns Mitglied ist, kann so eine Box für seinen Golf-Bag anmieten. Das hier ist eine geräumige Doppelbox, wie sie oft von Paaren angemietet wird. Und um Ihre andere Frage zu beantworten, ja, Frau Seebacher hat sich nach bestandener Platzreifeprüfung als Mitglied angemeldet, war aber noch nie auf dem Platz. War's das?"
Ohne eine Antwort abzuwarten, drehte sie sich schnippisch zum Gehen und verschwand.
Klaus tippte seinen Zeigefinger mehrfach an die Schläfe. „Die hat doch einen Flitz unterm Pony. Wieder so eine Millionentussi."
„Das glaube ich nicht. Reg dich nicht auf, die macht auch nur ihre Arbeit, Klaus."
„Dat stinkt, dat hab ick im Gefühl. Ick habe meine Nase schon oft in dat Leben der Reichen und Schönen

gesteckt, und wie du weißt, hat es nich immer gut gerochen."

Lena schüttelte ihren braunen Lockenschopf, zog die Eisentür weiter auf, beäugte das Golf-Bag von Jan Seebacher näher und drehte sich verwundert zu Baumann. „Das sieht aus wie neu. Wenn er regelmäßig gespielt hat, müssten doch Spuren daran zu sehen sein, oder wie siehst du das?"

Klaus murmelte: „Dat is wirklich eigenartig. Hm, noch mit Preisschild. Ick sag doch, hier stinkt wat. Warte." Baumann stampfte den schmalen Gang entlang und zog binnen Sekunden die verärgerte Geschäftsführerin hinter sich her.

„So lassen Sie mich doch los. Ich bin Ihnen auch so behilflich", tobte sie.

„Klaus!", schrie Lena ihm entgegen. Er verstand, ließ die Hand der Brünetten los und sagte höflich: „Meine Kollegin hat noch Fragen an Sie."

Lena setzte ihr schönstes Lächeln auf und fragte: „Wer hat die Plätze bei Ihnen gebucht, und haben Sie Herrn Seebacher je persönlich hier gesehen?"

„Das machen die meisten Golfer online, über unser Portal. Moment bitte." Sie lief schnellen Fußes aus dem engen Raum.

Lena hatte zwischenzeitlich den anderen Caddy herausgezogen und wendete das kleine Schild. „Caroline Seebacher", flüsterte sie in der Hocke.

„Sie haben recht. Bis 2019 hat Peter Jensen die Plätze gebucht und danach, bis zum Ausscheiden von

Herrn Seebacher, ein anderes Mitglied", rief die Brünette ihnen zu.

„Wer?", fragten die Kommissare im Duett.

„Hannes von Hagedorn. Aber warum wollen Sie das alles wissen?"

Lena erhob sich. „Herr Baumann hat Ihnen diese Frage bereits am Anfang unseres Gespräches beantwortet. Wir haben zwei Morde aufzuklären. Ich brauche die Eckdaten aller Mitglieder, die mit beiden Opfern in Verbindung standen, also auch von Herrn Hannes Lasen, bitte."

Das Gesicht der Geschäftsführerin hatte inzwischen eine hochrote Farbe angenommen, und sie signalisierte mit kurzem Kopfnicken ihr Einverständnis.

„Können Sie uns bitte auch die Box von Peter Jensen zeigen?" Lena versuchte wieder ein aufgesetztes Lächeln, doch es half nichts. Die grünen Pupillen blickten sie genervt an. Sie zog das Handy aus der Hülle und fragte die Sekretärin, welche Nummer Jensens Box hat. Murmelnd ging sie einen Gang weiter, öffnete auch diese Tür und trat zurück.

„Bitte. Eigentlich dürfen Sie das ohne Untersuchungsbefehl nicht, aber, wenn ich helfen kann. Ich muss zurück ins Büro. Sie kommen zurecht?"

Die Kommissare hatten zwar herausgefunden, dass die beiden Opfer in Verbindung standen, mussten aber dringend mit Frau Seebacher reden, um die zweifelhaften Umstände im Golfclub näher beleuchten zu können.

Eine blonde Mittdreißigerin öffnete die Tür, ließ die Kommissare bereitwillig ins Haus und bot lächelnd Kaffee an. Sie berichtete, dass ihre Ehe nach den Anschuldigungen gegen ihren Mann zum Scheitern verurteilt war. Nachbarn und Freunde distanzierten sich und selbst ihre Kollegen im Klinikum mieden ihre Nähe. Als ihr Mann auszog und sie nichts mehr von ihm hörte, habe sie sich nichts dabei gedacht. Die Scheidung hatten ihre Anwälte geregelt, und es sei alles ohne viel Aufwand abgewickelt worden. Das Haus gehöre ihr sowieso, und der heute sechsjährige Sohn sei aus einer Beziehung vor dieser Ehe. Darum verlief ihre Trennung harmonisch. Kai sei sowieso immer ein Mamakind gewesen und mit Jan nie warm geworden. Letztlich war sie froh, dass diese Ehe der Vergangenheit angehörte. Aber leider hatte er den Sohn damals adoptiert. Das war ein Problem. Denn sie habe einen neuen Partner kennengelernt, der sofort ein herzliches Verhältnis zu Kai aufbauen konnte und ihn gern adoptieren würde. Aber dazu benötigte sie die Einverständniserklärung ihres Ex-Mannes, mit dem sie bereits gesprochen hatte. Er war einverstanden. Doch er war zum Unterzeichnen der Urkunde nicht erschienen. Als sie ihn nach zwei Wochen immer noch nicht ausfindig machen konnte, gab sie eine Vermisstenmeldung auf. Bis heute habe sie nichts mehr von ihm gehört.
„Bald sind wir auch zu viert." Sie strahlte.
„Glückwunsch", warf Lena ein.

„Danke. Wir freuen uns außerordentlich." Sie streichelte flüchtig über den kleinen Bauch unter dem geblümten Kleid. „Aber warum wollen Sie das alles wissen? Hat Jan etwa einem Kind etwas angetan?"
Lena räusperte sich und überlegte in Anbetracht ihres Zustandes, wie sie die Nachricht formulieren sollte. „Leider habe ich keine guten Nachrichten, Frau Seebacher."
„Nun sagen Sie schon. Ich habe damals schon geahnt, dass die Anschuldigungen gegen meinen Ehemann wahr sind. Schlimmer kann es nicht werden."
Lena holte tief Luft. „Ihr Ex-Mann ist einem Tötungsdelikt zum Opfer gefallen. Mein herzliches Beileid."
Die Blondine reagierte nicht. Klaus beugte sich über den Tisch und sprach sie an: „Frau Seebacher."
Sie blickte wie durch einen Schleier, begann zu schwitzen und wurde kreideweiß.
„Frau Seebacher, Frau Seebacher, brauchen Sie seelische Unterstützung? Sollen wir Ihren Partner anrufen?" Klaus war aufgesprungen und streichelte ihre Hand.
„Danke, nein. Wie? Wo?"
Klaus blickte flehend zu Lena. Er hasste diese Gespräche. Sie verstand und beantwortete die Fragen: „Wir haben seine Leiche auf einem Spielplatz gefunden. Mehr kann und darf ich Ihnen zu diesem Zeitpunkt nicht sagen."
„Also ist es wahr. Es ist alles wahr." Sie riss die zarten Hände vors Gesicht. „Oh, mein Gott."

Lena stand auf, lief in die benachbarte Küchenzeile und kam mit einem Glas Wasser zurück. „Bitte, beruhigen Sie sich. Denken Sie an das Mäuschen in Ihrem Bauch." Sie reichte der Verweinten das Glas.
„Danke", schluchzte sie.
„Darf ich Ihnen noch einige Fragen stellen?"
„Natürlich, wenn ich helfen kann."

Klaus und Lena saßen seit zwanzig Minuten wieder im Auto und schwiegen. Ihre Enttäuschung schwebte wie eine riesige Dunstglocke über ihren Köpfen. Frau Seebacher hatte schnell aufgeklärt, warum beide Caddys und Golfbags neu waren. Das, ihres Ex-Mannes, hatte sie verkauft und zwei neue Golfausstattungen für sich und ihren Partner gekauft. Allerdings musste er noch seine Prüfung absolvieren. Darum waren sie noch nicht auf dem Platz, und allein hatte sie dazu keine Lust.
Stöhnend warf sich Lena über das Lenkrad und blickte auf ein Meer von Rücklichtern.
„Wat hast du, Klette?"
„Es nervt langsam. Wir drehen uns im Kreis. Das ist wie die Suche nach der Nadel im Heuhaufen."
Klaus grinste breit. „Du bist witzig, dazu müssten wir erst mal einen Heuhaufen haben."
„Schwarzmaler. Vielleicht ist Hannes von Hagedorn die Nadel im Heuhaufen. Ich muss gleich alles über ihn herausfinden, wenn wir wieder im Büro sind."

„Hannes von Hagedorn?" Ben wiegte den Kopf. „Was hat er mit diesem Fall zu tun?"

„Er ist ein Golffreund unserer beiden Opfer, oder besser er war." Lena sah ihm länger in die Augen, als ihr lieb war, senkte den Blick und sagte: „Schöne Schuhe."

„Du lenkst vom Thema ab."

„Schon gut. Du golfst doch, Ben. Kennst du ihn vielleicht?"

„Nicht persönlich, aber mein Vater", log er und spürte seine verkrampfte Kiefermuskulatur.

„Golfen sie zusammen?"

„Auch."

„Ben, nun lass dir doch nicht alles aus der Nase ziehen." Lena ging einen Schritt auf ihn zu und griff nach seiner Hand.

„Ich kann nicht. Ich muss erst etwas abklären." Er zog seine Hand zurück, und sie fixierte kurzzeitig sein Gesicht. Es schien erstarrt. Ben fühlte sich ertappt und ging.

Lena hatte Klaus nichts von der Unterredung zwischen ihr und Ben erzählt, doch beunruhigte sie sein Verhalten. Was hatte sein Vater mit Hannes von Hagedorn zu tun? Sie lief zu ihrem Schreibtisch. Klaus hatte sie sowieso mit einem kompletten Hintergrundcheck beauftragt. Wer ist dieser von Hagedorn, dass die blanke Erwähnung seines Namens Ben so in Schrecken versetzen konnte? Aber war sie noch objektiv? Kniete sie sich jetzt nur seinetwegen so hinein? Nein. Auch wenn sie ständig seine blauen Augen vor sich sah, es ging um den Fall. Sein letzter Blick wirkte fast flehend. Nein. Du musst dich endlich beruhigen, ermahnte sie sich, stand auf und lief in die kleine Küche des Büros.

„Wo ist der denn so schnell hin? Der sah aus, als habe er einen Geist gesehen." Thomas stand kaffeetrinkend im Türrahmen, als Lena sich eine Tasse vom Bord zog.

„Hat wohl was vergessen", sagte sie, ohne hochzublicken, goss sich Kaffee ein und trank. Als sie endlich aufsah, war sie allein.

Der Motor des Porsche dröhnte über den Schotterweg hin zum Anwesen durch die langgestreckte Parkanlage. Die Staubwolke, die er hinter sich herzog, stieg an den unbelaubten Bäumen empor und ließ sie noch bizarrer erscheinen als zuvor. Er umrundete Mutters geliebtes Rosenbeet vor dem Eingang, bremste hart, riss die Tür auf und warf dem wartenden Butler im Vorbeieilen den Autoschlüssel zu.

„Vater! Vater, wir müssen reden!" schrie er von Weitem und steuerte die Bibliothek an. Er stieß die bleiverglaste Tür auf und erschrak. Mit allem hatte er gerechnet, aber ausgerechnet er? Ben versuchte sich zu beruhigen, aber seine Nasenflügel verrieten ihn. Doch außer ihm würde das sowieso niemand wahrnehmen. Also versuchte er gelassen auf seinen Vater zuzugehen, umarmte ihn und reichte seinem Gast die

Rechte. Seine Hand wurde feucht und er hielt sie länger, als ihm lieb war.

„Was gibt es so Dringendes, Sohn, dass du unsere Unterredung so stürmisch unterbrichst?“

Jetzt nur nichts anmerken lassen, dachte er, spürte den kalten Schweiß im Nacken und sagte beiläufig: „Eine Überraschung.“

„Für mich? Dann darfst du es aber nicht herausposaunen, mein Sohn. Außerdem ist mein Geburtstag noch drei Tage hin.“

„Sorry, nicht für dich. Wir reden später. Entschuldige die Störung. Ihr könnt eure geschäftliche Besprechung jetzt fortsetzen.“

„Eigentlich haben wir nichts mehr zu besprechen, richtig, Karl?“, wandte sich der Gast an seinen Vater.

„Richtig, Hannes. Aber wenn du schon hier bist, komm doch mit in den Golfclub.“

„Geht nicht“, log er und ahnte, dass sich seine Pupillen gerade zu Wagenrädern ausbreiteten.

„Schade“, sagte von Hagedorn und streichelte Bens Arm.

Eine Eislawine stürzte seinen Rücken herab. Er entzog ihm die Hand und verschwand.

Ben saß seit Minuten im Porsche, vermochte jedoch nicht zu starten. Das kurze Gespräch hatte ihn aufgewühlt. Er konnte und durfte jetzt noch nicht fahren. Also stieg er wieder aus, umrundete das Herrenhaus und lief geradewegs zur Orangerie seiner Mutter.

„Liebling!“, rief sie und kam mit ausgebreiteten Armen auf ihn zu. Ihre geblümten Gartenhandschuhe waren von Erde benetzt. Trotzdem schlang sie ihre Arme um Ben und drückte ihn innig. Als sie ihm über das Gesicht streicheln wollte, erschrak sie. „Oh, jetzt habe ich dir deinen Mantel beschmutzt."

„Egal, Mama." Er küsste sie auf die braunen Haare, zog sie wieder an sich und schluckte die Unruhe in seinem Herzen hinunter.

„Wir haben uns Wochen nicht gesehen, Liebling. Lass uns essen gehen."

„Mama …"

„Ach, hier bist du. Dein Porsche steht noch vor dem Haus. Ich dachte mir, dass du noch zu deiner Mutter gehst, bevor du fährst. Geht es um die Überraschung? Die ist doch für mich oder Sohn?"

Ben schwieg und erstarrte innerlich, als er von Hagedorn in die Orangerie kommen sah.

„Du hast ihn gefunden, Karl. So, wollen wir?", rief er seinem Vater zu.

„Ich komme."

Sie waren endlich wieder allein. Greta Mortensen sah ihren Sohn mit zusammengekniffenen Augen an, nahm seine Hand und spürte das zarte Zittern. „Liebling, was ist mit dir?"

„Schon gut, Mutter. Zurück zum Essen. Warum kochen wir nicht gemeinsam, so wie früher? Hast du Lust?" Er zwinkerte ihr zu.

„Gern, Ben", sagte sie und hielt seine feuchte Hand.

Im Kommissariat war es totenstill, kein Klappern von Tassen, kein PC-Geräusch, kein Stimmengewirr, nichts. Unheimlich dachte er, oder war dieses Gefühl trügerisch, übermannten ihn immer noch die Erinnerungen? Lena kam auf ihn zu. Er sah, wie sich ihre Lippen bewegten, doch hörte nichts. Martin Struve hob aus der Ferne die Hand. Nur verschwommen nahm er ihn wahr. Als Hauptkommissar Baumann auf seiner Bildfläche erschien, wurde ihm klar, dass es zu spät war.

„Ben, Benjamin." Lena hörte nicht auf, ihn zu schütteln.

„Lena", hauchte er und sah den Schrecken in ihrem schönen Gesicht. Dann sank er zu Boden.

„Da bist du ja wieder."

Seine wachen, blauen Augen tanzten wie kleine Blitze durch den Raum. Lena legte ihre Hand auf seine Brust und flüsterte: „Ruhig, Ben. Kannst du aufstehen?"

Er räusperte sich, blickte an seinem Körper hinunter und sagte: „Wie peinlich."

„Dat is allet, wat Ihnen dazu einfällt? Na, wenn Sie sonst keine Probleme haben." Klaus sah auf ihn hinunter und grinste breit. Ben zog seine Jacke glatt, stützte seine Hände hinter das Gesäß und schob sich in die Senkrechte. Lena hielt ihn immer noch am Arm fest. „Geht's?"

„Danke, ja." Er räusperte sich, schob sie leicht beiseite und log: „Ich habe noch nichts gegessen, werde mir einen überzuckerten Kaffee gönnen und dann nach Hause fahren."

Er lief wie auf Wolken davon und hinterließ nur seinen Schatten.

Baumann sah ihm stirnrunzelnd hinterher. „Mit dem stimmt doch irgendwas nich."

Das dachte Lena auch, aber sie schwieg.

Ben war der Erste an diesem Morgen. Seine scharfen, blauen Augen waren hellwach. Er hatte den Gedanken an die Vergangenheit weggewischt und ließ sich davon nicht mehr einschüchtern. Niemand würde ihn von seinem Plan abbringen, diesen Psychopathen zur Strecke zu bringen. Er taxierte das Whiteboard und zog den Stift aus der Halterung.

„Wie geht es dir heute, Ben?"

Er wirbelte herum. „Besser, viel besser. Danke. Ich habe von Herrn Baumann gehört, dass euer Besuch im Golfclub leider zu keinen neuen Erkenntnissen geführt hat."

„Oh, doch, wir haben etwas gefunden." Lena wartete ab und ließ ihn mit einer Hand auf der Türklinke erstarren. Er erschrak und bekam einen ungeplanten Hustenanfall. Lena lehnte abwartend an der Wand. Als er doch nichts darauf erwiderte, sagte sie: „Was ist los mit dir? Sonst erstickst du fast an deinem eigenen Wortschwall und jetzt?"

„Wieso gehst du mich so aggressiv an?" Ben verschränkte demonstrativ die Arme vor der Brust.

Lena begann zu lachen. „Jetzt bedienst du aber gerade dein eigenes Klischee. Nimm die Arme herunter. Ich tue dir nichts."

Ben schüttelte den Kopf, sah auf den Boden und konnte sich ein Lachen nicht verkneifen.
„Was ist?"
Er blickte auf, zwinkerte und sagte: „Erwischt."
Lena trat näher an ihn heran, legte ihre Hand auf seine und sagte: „Wir sollten reden."
Ben nickte.
„Heute Abend bei mir, okay?"
„Ja, das … können wir … so machen", antwortete er. Seine Stimme klang plötzlich gestelzt, und die peinlichen Pausen zwischen den Worten ergaben keinen Sinn. War er unsicher? War sie zu schnell nach vorn geprescht? Ihre Frage schien Unbehagen in ihm auszulösen. Hatte er das missverstanden? Sie fragte nach: „Ist das okay für dich? Sorry, wenn wir nach Feierabend besser hier im Büro bleiben wollen, um zu reden, ist das auch in Ordnung."
Ben lächelte den Boden an. „Nein, wir reden bei dir, ungestört. Die private Umgebung ist mir lieber."

Das Nachmittagsmeeting brachte einige neue Erkenntnisse. Martin Struves Recherche landete bei einem kleinen Hamburger Baseball-Fanclub mit dem Namen „ML-Hummel". Die Liste der Mitglieder war kurz, und Baumann hatte alle neun Fans für den morgigen Tag einbestellt.
Paul Tanner hatte die Auswertung des gesamten Zubehörs vorgenommen. Das Fabrikat der Schleifen war geklärt. Und somit hatte er errechnet, dass der Täter 11 Rollen des roten Seidenbandes verbraucht

haben muss. Die zweite Wahl der Kartons hatte der Hersteller nur an ein Unternehmen in Hamburg ausgeliefert. Es gab ausschließlich eine fehlerhafte Charge beim Einstellen einer neuen Maschine.

„Thomas, geh du zu dem Centladen oder wie der heißt. Der Typ hat zehn Pakete gekauft. Vielleicht kann sich jemand an ihn erinnern."

Paul lachte. „Aber Klaus, das ist eine Kette. Die haben in Hamburg fünfundzwanzig Läden. Wir sollten erst einmal herausfinden, wie groß diese Fehlcharge war und welche Filialen damit beliefert wurden. Sonst rennt sich Thomas einen Wolf."

„Aha, dann dauert es eben länger. Je schneller du anfängst, umso schneller wissen wir mehr."

Ben schüttelte den Kopf und flüsterte Lena zu: „Geht er immer so mit seinen Mitarbeitern um?"

Sie zuckte mit den Schultern und flüsterte: „So ist er eben. Große Schnauze, aber auch großes Herz."

Ben hockte vor dem Kamin und verfolgte das Flackern der Flammen.

„So fasziniert?" Lena reichte ihm das Rotweinglas.

Er stand auf, griff zu und stieß mit ihr an. „Zum Wohl. Ich hoffe, er schmeckt dir, ist aus Vaters Weinkeller." Er blies die Wangen zu einem Ballon und ließ die Luft leise ausströmen.

„Aha, der Ärger ist vorprogrammiert." Lena grinste.

„Nein, das sollte ein Witz werden. Na ja, darin bin ich nicht so gut." Er lächelte gegen die Kaminscheibe.

Wärmende Strahlen stiegen in sein Gesicht. Er sah sie flüchtig an, doch ihre Lider hatten sich gerade auf das Rotweinglas gesenkt. Als Lena ihre langen Wimpern wieder aufschlug, wurde er ihren träumerischen Blicken ausgesetzt und erschrak.

„Ich glaube, um deinen Blick zu analysieren, muss ich kein Profiler sein", flüsterte sie.

„Welchen Blick?"

„Ben, ich bin eigentlich in einer Beziehung."

„Eigentlich? Also, darf ich hoffen? Sag bitte nichts."

Er legte seinen Zeigefinger auf ihre Lippen, nahm ihr Rotweinglas, stellte es neben seines auf den Kaminsims und zog sie an sich.

Eine kleine Ewigkeit lag zwischen ihrem ersten Kuss und den Kaffeetassen in ihren Händen. Und dennoch war dieser Moment das Einzige, was sie verband. Sie mussten nach außen die professionelle Distanz wahren.

„Lena Arnold, du weißt jetzt alles über mich, mehr, als ich je einem Menschen anvertraut habe."

Sie zog ihn dichter an sich, fuhr mit der Hand durch sein gewelltes dunkles Haar und flüsterte: „Dein Geheimnis ist bei mir sicher. Ich kann jetzt vieles besser einordnen, kann verstehen, warum du im Büro ohnmächtig geworden bist. Diesen Menschen immer wieder sehen zu müssen, würde wohl jeden aus dem Gleichgewicht bringen."

„Meine Mutter weiß nichts davon. Sie ist eine sehr feine Seele. Es reicht, wenn ich gestört bin. Ich muss sie schützen."

„Aber du bist doch nicht gestört, Ben. Du hast dich in den ganzen Jahren hervorragend allein therapiert und du bist ein ausgezeichneter Psychologe und Profiler. Er kann dir nichts anhaben."
„Das sage ich mir auch immer wieder. Aber anderen kann man grundsätzlich besser helfen als sich selbst."
„Ja, das ist am schwersten, aber du hast es geschafft." Sie zog ihn an sich und umfasste seine Hüfte. „Du bist ein sehr besonderer Mann. Du kannst alles schaffen." Sie küsste ihn sanft auf die Wange.
„Danke."

9

Seine zarten Finger flogen über die Seiten. „Wo?“, flüsterte er, und seine grünen Pupillen scannten Zeile um Zeile. Einbruch, Diebstahl, umgekippte Mülltonnen, Lärmbelästigung, Razzia auf der Reeperbahn, gestohlene Fahrräder. Alles belanglose Meldungen. Wutschnaubend lehnte er sich an die harte Stuhllehne. Warum hatte er bisher nichts von seinen Taten gelesen? Nichts von den Geschenken. Nichts von den Männern, die er ihnen präsentiert hatte. Seine kleinen Hände ballten sich zu Fäusten. Er sprang auf und seine Hände krallten sich in die dunklen Locken.

„Baumann“, flüsterte er, setzte sich wieder und starrte auf das Hamburger Abendblatt.

Er hatte alles kühl kalkuliert, war auf alles vorbereitet und jetzt das. Er fegte die Zeitung vom Tisch, stand auf, trank den Rest des kalten Kaffees und stellte die Tasse in die Spüle.

Es hämmerte in seinem Kopf. Warum ignorierst du mich? Seine Hände umfassten krampfartig die weiße Stuhllehne. „Warum?“ Doch seine Frage fiel unbeantwortet auf den kalten Boden und er blieb allein, mit einer Stille, die ohrenbetäubend war.

„Warum?“ Seine Hände lösten sich von der Stuhllehne und er blickte auf die herausgetretenen Adern. Sein Puls hämmerte immer lauter, während seine Gedanken über die Autobahnen seines Gehirns rasten.

Er lehnte sich an die Spüle und spürte, wie die Kälte über das Gesäß die Wirbelsäule emporstieg. Er hatte nur eine leichte Baumwoll-Jogginghose angezogen, griff ans Heizungsthermostat und drehte es auf fünf. Gedankenversunken streifte sein Blick den Boden und er sah erst jetzt die Beilage, die aus der Zeitung gefallen war. Seine Knie knickten ein wie morsche Äste. Nein, das konnte nicht sein, nicht nach so vielen Jahren. Er kauerte zusammengesunken auf dem Boden und wagte nicht, sein Bild zu berühren. Dieser Anblick hatte sich unverwechselbar in seine Seele gebrannt. Schweiß bahnte sich den Weg und er wischte seine Linke über die nasse Stirn. Er wagte kaum zu atmen, verharrte in der Hocke und konnte den Blick nicht von seinem Bild lösen.

„Da bist du ja, du Schwein."

Er hob die Zeitungsbeilage auf, der er bisher keine Beachtung geschenkt hatte und setzte sich wieder. Wie an einem undurchsichtigen Band fixiert, starrten seine Pupillen hinunter zu diesem Foto.

„Endlich", flüsterte er, stand auf, zog ein Messer aus der Schublade, drehte sich um und trennte mit einem gezielten Schnitt die Seite aus der Beilage.

„Spendengala?"

Seine Blicke wanderten erneut auf das Foto. Kopfschüttelnd las er weiter. „Sein ehrenamtliches Engagement für die jüngsten Bürger dieser Stadt ist mehr als lobenswert. Seit Jahren sammeln seine Stiftungen Gelder zur Unterstützung sozialer Einrichtungen in der Hansestadt Hamburg. Der Unternehmer äußerte

sich dazu im Interview, dass der Schutz der Kinder dieser Stadt eine Herzensangelegenheit für ihn ist."
Seine Hände begannen zu zittern und er konnte die Tränen nicht mehr zurückhalten. Er schluckte und las weiter.
„Nach der letztjährigen Spendengala übergab er einhundertfünfzigtausend Euro an die Stadt Hamburg zur Förderung sozialer Einrichtungen. Die Hansestadt Hamburg verlieh Herrn …"
Er hatte Mühe, den Strom des Speichels hinunterzuschlucken.
„… die Hamburgische Ehrendenkmünze in Silber für besondere Verdienste um den Schutz von Leben und …"
Seine Hand raste auf den Küchentisch.
„Schutz von Leben? Schutz von Leben? Ihr wisst nichts, gar nichts von diesem Schwein. Nichts von dem Leid, nichts von den stummen Schreien, nichts von allem, was dieses Schwein Kindern angetan hat."
Er sprang auf, hatte Mühe seinen Atem zu kontrollieren und stützte sich auf die schmale Fensterbank.
„Aber ihr werdet es erfahren. Alle sollen es erfahren", flüsterte er.
Er stand auf, öffnete das Fenster, stieß die Holzläden nach außen und blickte über den Vorgarten hinüber zu den stolzen Eichen, die wie eine schützende Garde links und rechts die Hofeinfahrt säumten. Seine Gedanken schweiften hinaus zu den fernen Baumwipfeln, die durch die Strahlen der aufgehenden Sonne

in einem tiefen Orange leuchteten. Er hob das Hamburger Abendblatt vom Boden und schob es gedankenversunken ans andere Ende des Küchentisches. Als er das Fenster wieder schloss, begann sein rechtes Bein zu zittern. Erschrocken legte er seine Hand darauf und spürte kleine Stromstöße, die bis zu seiner Hüfte blitzten. Ihm wurde heiß und die Wirbelsäule begann zu brennen. Sein Nacken schmerzte. Blitzartig bedeckte seine Linke den Hinterkopf. Das Pochen wurde immer heftiger und er schob die Handfläche höher auf die Narbe. Wieder einmal hatte ihn die Vergangenheit eingeholt.
„Nein!"
Er suchte einen Fixpunkt, blickte noch einmal in den orangeroten Morgenhimmel und sog den aufsteigenden Kaffeeduft tief in sich ein. Doch das Pochen seiner Narbe wurde immer lauter. Er rannte in den Flur, hielt sich erschöpft an der Bauerntruhe fest und blickte schweißgebadet in den großen Spiegel. Er taxierte sein schmales Gesicht, das dunkle Haar und die eng zusammenstehenden Augen.
„Reiss dich zusammen", flüsterte er und senkte den verzerrten Blick.
Minuten verharrte er in dieser Position. Seine Atemzüge hatten an Tiefe gewonnen und die schmalen Nasenlöcher blähten sich bei jedem Atemzug zu großen Nüstern. Als er seinen Blick endlich hob, zeigte das Spiegelbild einen anderen.
„Nein!"

Seine Hände ballten sich zu Fäusten. Da war sie wieder, seine dunkle Seite, die er manchmal nicht kontrollieren konnte. Nur eine Person war in der Lage, ihn zu bändigen. Doch er war allein. Die kalten, grünen Pupillen taxierten den anderen und es kam ihm vor, als blickte er in einen riesigen Verzerrspiegel, wie auf dem Rummelplatz. Zu lange schon musste er mit ihm leben, seinem Schatten, seinem anderen Ich.
„Diese Stimme!" Seine Fäuste hämmerten gegen die nasse Stirn. Obwohl die Worte nur seinem Kopf entsprangen, spürte er dennoch seine Anwesenheit. „Nein! Hör auf! Lass mich in Frieden!"
Die Eingangstür knarrte. Er zuckte zusammen und schrie: „Endlich. Ich brauche dich."
„Reg dich ab. Ich mache schließlich die Drecksarbeit, nicht du. Wir haben einen Plan. Denk daran, wenn du dich das nächste Mal so aufspulst."
Seine schmale Brust hob sich bedrohlich und plötzlich umspielte ein kindliches Lächeln seine schmalen Lippen. Er stieß den Atem lautstark in den Flur und sagte: „Ich habe ihn gesehen."
„Wen?"
„Dieses Schwein aus meiner Kindheit."
„Oh, du meinst ihn?"
Er nickte und begann, seine Faust gegen die Stirn zu hämmern. „Ja, ja, ja. Er muss weg. Er muss weg. Er muss weg. Für immer."
Es gibt keinen Ausweg, wenn die Ruhe in seine Seele zurückkehren sollte. Sie mussten handeln.

Er spürte die warme Hand auf seinem Rücken und sagte ruhig: „Wir erweitern den Plan, außer der Reihe."

„Okay", sagte die Person mit fester Stimme, sah die Unruhe in seinen Augen und plötzlich gähnende Leere. Er war scheinbar der Realität entrückt.

„Komm zurück. Mach jetzt keinen Quatsch."

„Ich bin hier", widersprach er kühl, drehte sich um und rannte in die Küche. Seine Hand berührte bereits die kleine Schublade, als sie hinter ihm stand. Er zog ein schmales Buch heraus.

„Was ist das für ein Buch?"

„Meine Bibel", flüsterte er, fuhr mit dem Zeigefinger unter den Buchdeckel, klappte ihn um und zog ein Foto heraus.

„Oh, mein Gott!"

Der kleine Rücken des Kindes war blutüberströmt und von Schnitten übersät. Die Handgelenke waren blau unterlaufen. Man konnte eindeutig die Abdrücke der Seile sehen, mit denen das Kind gefesselt worden war.

„Dieses Schwein!"

Eine Tasse zersprang an der gegenüberliegenden Wand. Er blickte starr auf den Boden, kniete sich nieder und sammelte wortlos die Scherben in seine zierliche Hand.

„Dafür wird er bezahlen. Endlich hast du ihn gefunden und weißt, wie er heißt. Dieses Schwein muss bluten, wie du geblutet hast. Wie ist dein Plan?"

Seine Narbe am Hinterkopf meldete sich mit lautem Klopfen, aber er war wieder ganz bei sich und sein Wille ungebrochen. Erinnerungen drängten sich in den Vordergrund, Erinnerungen an andere gequälte Menschen. Zu viele misshandelte Frauen und Kinder hatte er schon gesehen, zu viele Untaten blieben ungesühnt.

„Nun sag schon. Wie ist dein Plan?"

Er reagierte nicht und starrte ins Leere.

„Wie machen wir ihn fertig? Was glotzt du so?"

„Ich musste gerade an die Mutter und ihr Kind denken. Erinnerst du dich?"

„Welche meinst du genau? Du hast mir so vielen Opfern erzählt."

„Die Frau war mir aufgefallen. Sie trug grundsätzlich lange Hosen und Oberteile, selbst im Hochsommer. Sie wirkte eingeschüchtert, redete fast lautlos. Die kleine Tochter trug sie prinzipiell auf dem Arm. Ihre schlanken Arme umschlangen das Kind, als könne es ihr jemand wegnehmen."

„Ja, ich erinnere mich. Aber er wird sie ihr nicht wegnehmen und beide nie wieder quälen. Nie wieder. Dafür haben wir gesorgt."

Er nickte, doch seine grünen Pupillen starrten immer noch ins Leere. Plötzlich drehte er sich um und schien wieder im Hier zu sein. Sein glasklarer Verstand arbeitete auf Hochtouren. Er hatte das Ruder fest in den Händen und lenkte die kommenden Schritte. Es war an der Zeit, dieses Schwein ins Jenseits zu befördern.

Doch für ihn würde es nicht genügen, ihn nur zu tö-
ten. Nein. Es musste etwas Unvergessliches sein.
Seine Gesichtszüge zeigten ein hämisches Lächeln.
„Ich muss planen. Warte nicht auf mich.“
Er zog den Jagdrucksack vom Stuhl und verließ das
Bauernhaus.

10

„Moin zusammen, bis jetzt bleibt es bei den zwei Toten. Ick hoffe, der serviert uns die dritte Leiche nicht zum dritten Advent." Baumann ließ sich mit einem erschöpften Seufzer auf den Stuhl fallen. „So, bevor wir beginnen, hab ick noch was zur Belustigung. Lena, mach mal das Bild von Karsten auf."
Alle starrten auf den großen Bildschirm an der Wand, und ein lautes Lachen erhellte den Raum.
„Was hat er sich denn dabei gedacht?", rief Thomas.
„Keine Ahnung, aber ick finde, Karsten sieht aus wie eine Verkehrsampel, rote Haare, gelber Pulli und grüne Hose. Auf jeden Fall soll ick alle schön grüßen. So, nun zum Fall. Thomas, was haste?"
„Noch nichts."
„Dat is nich viel. Trotzdem, mach bitte weiter. Lena, wat hast du über den Golfer rausgefunden?"
Sie zögerte kurz, war froh, dass Ben sich ans andere Ende des Tisches gesetzt hatte und begann: „Also, Seebacher und von Hagedorn kannten sich sowohl dienstlich als auch privat. Von Hagedorn betreibt eine der größten Versicherungsagenturen in Hamburg, versichert alles, was Rang und Namen hat und rangiert ausschließlich in den oberen Kreisen. Darum war ich auch verwundert, wieso er einen kleinen Beamten zu seinem Kundenstamm zählte."
„Und, warum?", unterbrach sie Baumann.

„In dem Verfahren gegen Seebacher ist er als Leumundszeuge aufgetreten. Er hat den damals angeklagten Lehrer wieder ins positive Licht gerückt. Daraufhin wurde nach einer formellen Anhörung die Klage fallen gelassen."

„Also hat er aus Dankbarkeit danach alle Versicherungen bei ihm abgeschlossen?", fragte Thomas.

„Nein, im Anschluss daran hat von Hagedorn ihn von allen Verträgen entbunden."

„Dat verstehe ick nich", brummte Klaus.

Lena schmunzelte. „Ich bin auch erst später durchgestiegen. Die Verträge waren uralt. Zu diesem Zeitpunkt war von Hagedorn noch nicht der Versicherungsagent der Reichen und Schönen. Aber seine Sekretärin war außerordentlich gesprächig. Von Hagedorn hatte anfangs Schwierigkeiten als kleines Licht in der Branche. Seebachers Vater verkehrte über den Golfclub mit einigen angesehenen Geschäftsleuten und hat ihm die ersten großen Aufträge vermittelt. Seebacher selbst hat auch einige Verträge bei ihm abgeschlossen. Damit hatten sie ihm den Boden für sein heutiges Imperium geebnet. Mit der Aussage als Leumundszeuge hat sich Seebacher den Dank zurückgefordert, ebenso mit der Schließung aller Versicherungspolicen von damals."

„Dat bringt uns ja Millimeter voran."

„Das sehe ich anders, Klaus. Ich gehe davon aus, dass von Hagedorn für den Lehrer gelogen hat. Wenn du dich daran erinnerst, wie wir Seebacher vorgefunden haben."

„Genau" meldete sich Ben zu Wort. „Unser Täter hat uns eindeutig darauf hingewiesen, dass Seebacher pädophil war."

Ein Raunen ging durch den Raum.

„Vielleicht hat er auch noch aus einem anderen Grund gelogen? Vielleicht verband die beiden Männer noch viel mehr?", fragte Ben.

„Ich bin dran, Ben", sagte Lena und war froh, dass ihr Zwinkern niemandem aufgefallen war. „Ich habe noch einen Aspekt, der uns näher ans Ziel bringen könnte. Die Befragung des Landstreichers."

„Und welches Land hat er angestrichen?", fragte Baumann breit grinsend.

„Klaus, es reicht." Lenas Augen funkelten.

„Ja, ja." Baumann hob die Hand und ließ sie enttäuscht fallen.

„Also, ich meine natürlich den Obdachlosen. Er hat tatsächlich jemanden gesehen."

„Wat?" Klaus war plötzlich hellwach.

„Also, unsere erste Leiche wurde am Montag, dem zweiten Dezember im Stadtpark, am Rosengarten, auf einer Bank abgelegt. Hannes sagt, dass er gerade mit seinem Hund vom Pinguinbrunnen kam und zu seinem Schlafplatz wollte, um seine Sachen zu holen, zumal er in dieser kalten Nacht in der Mission schlafen wollte. Als er gerade am Brunnen entlangging, sah er rechts hinter den Bäumen einen Mann sehr langsam Richtung Rosengarten laufen. Er zog eine Art Bollerwagen hinter sich her. Nach seiner Beschreibung lehnte sich die Gestalt weit nach vorn, um

157

den schweren Wagen zu bewegen. Das passt auch zu den Reifenspuren."

„Sorry, Lena, wenn ich dich unterbreche", meldete sich Ben. „Was meinst du mit so einer Art?"

„Hannes meinte, dass es ein überdurchschnittlich großer und stabiler Wagen war, mit extrem großen Rädern."

Ben tippte bereits auf sein Pad, fand ein Bild und sendete ihr einen Link.

„Oh, das passt genau auf seine Beschreibung." Sie öffnete die Seite, sodass alle es sehen konnten. „Ich drucke das Bild aus und zeige es Hannes."

Ben räusperte sich. „Die Gartenwagen sind groß genug, um einen Menschen zu transportieren. Unser Mörder ist seiner Sache sehr sicher. Das ändert sein Profil. Er ist jünger, als ich zunächst annahm. Er ist wahrscheinlich erst Anfang zwanzig."

„Wie kommen Sie darauf?" Klaus warf sich an die Stuhllehne.

„So, alles strotzt vor jugendlicher Arroganz und maßloser Überschätzung seiner eigenen Person."

„Dat passt zu Ihnen auch." Er grinste breit.

Lenas Stuhl fiel krachend zu Boden. „Klaus, es reicht!"

Mortensen beobachtete das Schauspiel von der anderen Seite des langen Tisches und schwieg. Alle Blicke waren auf den Hauptkommissar gerichtet, und ihm wurde klar, dass er die Grenze des guten Benehmens endgültig überschritten hatte. Sein wuchtiger Körper schraubte sich Zentimeter für Zentimeter nach oben, bevor er aufblickte, Schritt für Schritt auf Ben zulief und ihm etwas ins Ohr flüsterte. Das Team starrte ihnen hinterher, als sie beide den Raum verließen.

„Was war denn das?", fragte Martin.

Alle zuckten mit den Schultern.

Mortensen taxierte Baumann, der mit einem kurzen Blickkontakt seinen Kampfverzicht signalisierte. Im Anschluss daran suchten seine Augen einen ablenkenden Punkt im Raum, um die direkte Konfrontation zu vermeiden. Ben sah seine umher flitzenden Augäpfel, die schließlich auf dem wippenden Kugelschreiber in seiner Rechten haften blieben.

„Hm, erst mal Entschuldigung." Klaus fixierte immer noch das Schreibgerät. Dann blickte er endlich auf. „Wie erkläre ick dat am besten, hm."

Ben schwieg.

„Hm, also. Wenn ick unter Druck stehe, bin ick nich derselbe. Ick brauche ein Ventil, mache meine Späße, um mich abzulenken und zu beruhigen, verstehen Sie?"

„Ja."

Baumann starrte ihn an. Mortensen taxierte ihn und wartete weiter ab. Der Kugelschreiber in Baumanns Hand begann schneller zu wippen.

„Also, dat war nich persönlich gemeint. Tschuldigung, Herr Mortensen."

Ben sog die Luft tief durch die Nasenlöcher, lehnte sich zum Hauptkommissar und sagte: „Ich mag Sie und Ihre Späße. Aber die unkontrollierten Ausbrüche haben eine ganz andere Ursache."

Baumanns lange Wimpern zuckten. „Welche?"
„Wenn Sie über einen längeren Zeitraum sehr angespannt sind und der Druck stetig wächst, ist es eine
Frage der Zeit, wann Sie in eine Depression verfallen.
Ihre ständigen Albträume sind ein erstes Warnsignal.
Beginnen Sie damit, die Aufgaben besser zu vertei-
len. Sie beziehen Ihre Kollegen willkürlich mit ein. Da
ist keine Struktur erkennbar. Außerdem sollten Sie ab
sofort nach einem festen Zeitplan vorgehen. Das geht
auch in diesem Job, glauben Sie mir. Alles andere
können wir gern ab siebzehn Uhr besprechen.
Okay?"
„Danke." Baumanns großer Kopf fing heftig an zu nicken.

Baumann klatschte in die Hände und rief: „So, es
kann weitergehen!"
Alle starrten auf Ben, der am Kommissar vorbei-
schlenderte, als wenn nichts vorgefallen war.
„Okay", begann Lena. „Übrigens hatte Hannes noch
erwähnt, dass die Räder innen gelb waren. Darum ist
ihm der Mann im schneebedeckten Stadtpark sofort
aufgefallen. Außerdem sagte er, dass der Typ, bevor
er hinter dem Rosengarten abbog, stehen geblieben
war, sich umdrehte und dann mit aller Kraft den Wagen in die Kurve zog."
„So, eigentlich sind diese Gartenwagen für circa 500
Kilogramm ausgelegt. Aber wenn nur eine Person
ihn ziehen muss, ist das schon eine Herausforderung", antwortete Ben und wandte sich gleich an Dr.

Pistorius. „Wie groß und wie schwer war Peter Jensen? Können Sie uns das sagen, Herr Doktor?"
Haucke schob seine Nickelbrille zurück auf den Nasenrücken und tippte auf sein Pad. Seine Augen flitzten über das kleine Display, bis er endlich aufsah.
„Ein Meter und achtzig, fünfundsiebzig Kilo, ohne Daumen und Finger. Reicht Ihnen die Angabe?"
Ben blickte starr in den Raum.
„Wat brüten Sie aus, Sie Schlauberger?", fragte Klaus unruhig geworden. „War nur Spaß", fügte er hinzu.
Mortensens Wangen erhoben sich zu einem Lächeln.
„So, wenn der Mann, der den Wagen gezogen hat, eine eher zierliche Gestalt hatte, dürfte es ihm schwergefallen sein, diesen Wagen zu ziehen. Denn diese Wagen selbst haben ein Eigengewicht von 25 Kilogramm. Demnach hatte er circa einhundertfünf Kilogramm zu ziehen."
„Wann hat er das beobachtet und er konnte den Mann näher beschreiben?", fragte Martin.
Lena hob die Hände. „Ja und nein."
„Wat nu?" Als Bens Blick ihn streifte, atmete er tief aus und lehnte sich schweigend zurück.
„Ja, er hat ihn vage beschrieben, mittelgroß, mittel schlank, Kapuze. Aber die Uhrzeit wusste er genau, dreiundzwanzig Uhr."
„Wieso?", fragte Baumann.
„Er hat mir stolz seine neue Armbanduhr gezeigt, die ihm einen Tag zuvor jemand in den Klingelbeutel gelegt hatte. Er besitzt auch ein Handy. Ich rufe ihn gleich an."

„Sehr gut, Klette." Baumann hob die Daumen.

Ben stützte sein Kinn auf Daumen und Zeigefinger und blickte starr in den Raum.

„Unser Genie denkt nach", flüsterte Baumann und legte seinen Finger auf die vollen Lippen.

„Aufmerksam beobachtet, Herr Hauptkommissar. So, wo war ich stehen geblieben, als ich von Ihrem kleinen Schauspiel unterbrochen wurde?" Ben zwinkerte ihm zu. „Also, er ist wahrscheinlich erst Anfang zwanzig. Die Art und Weise seines Vorgehens strotzen vor jugendlicher Arroganz und maßloser Überschätzung seiner eigenen Person. Sein Profil wird immer klarer. Er ist eher zurückhaltend, ein junger Mann, der nicht bemerkt wird. Er gehört zu den Menschen, die in der Masse nicht auffallen. Das ist seine Deckung. Die Art und Weise seiner Gewalt lassen auf eine besondere Vergangenheit schließen. Das habe ich bereits erörtert. Er verfolgt die Presse, ist immer gut informiert, achtet besonders auf seine Hygiene, er ist klug. Und genau darum finden sich keine greifbaren Beweise, nur solche, von denen er will, dass wir sie finden."

Lena zog ihren Stuhl wieder lautstark an den Tisch.

„Also darum schickte er uns die Pakete."

„So, und darum präsentiert er uns die Opfer seiner Taten." Ben stand auf, begann den Tisch zu umrunden und sprach weiter. „Beiden Männern wurden die Finger abgetrennt und wir wissen, dass noch zwei Opfer fehlen. Aber warum die Finger? Ganz einfach, die Finger weisen auf ihre Taten. Die Hände waren,

die ersten Werkzeuge ihrer Gewalt. Sie haben die Bühne bereitet für alle Szenarien, die dann folgten und allem, was sie ihren Opfern angetan haben."
„Also geht es ihm um die Verarbeitung der Taten?", fragte Martin.
„So, das ist der Punkt. Er leidet unter seinem Kindheitstrauma, ausgelöst durch den Tod eines geliebten Menschen oder auch, wie ich schon erläutert habe, seinem eigenen Missbrauch. Die Morde geben ihm ein Gefühl der Macht, die er als Kind und Jugendlicher nicht hatte. So, der Charakter eines Psychopathen hat viele Schichten. Beginnen wir sie abzuziehen."
Lena blickte schmunzelnd nach unten. Ihre Kollegen hingegen starrten ihn an.
„So, was wissen wir? Wie hat es Lena bereits gut zusammengefasst? Wir haben es mit einem frustrierten Psychopathen zu tun. Und genau aus dieser Frustration heraus macht er Fehler. Aber Psychopathen pflegen auch ihr Ego." Er hob den Zeigefinger an die Schläfe, drehte ihn hin und her und sprach weiter: „Sie sind irgendwie falsch verdrahtet. Man könnte sagen, sie haben einen Fehler im System."
Baumann zog eine Grimasse.
„Nicht ganz getroffen, Herr Hauptkommissar. So würde eher ein Paranoider aussehen, durchdringendes Misstrauen und Argwohn gegenüber anderen Personen, ausgesprochen negatives Menschenbild, und die soziale Umwelt wird von ihm als feindselig

wahrgenommen. Aber ich kann Sie beruhigen, Herr Hauptkommissar, das sind Sie nicht."

Die Runde kicherte. Baumann nicht. Ben hatte einen Bumerang von ihm erwartet, aber er schwieg.

„So, wo war ich. Ja, falsch verdrahtet. Darum ist es schwierig, seine nächsten Reaktionen zu einhundert Prozent vorherzusagen. Aber der Todeszeitpunkt kann uns dabei helfen. Das ist Ihr Stichwort, Herr Dr. Pistorius."

„Danke. Die erste Leiche, also Peter Jensen, wurde etwa vor zwei Jahren getötet, also 2022, genauer kann man den Zeitpunkt nicht bestimmen. Der Verwesungsprozess war schon zu weit vorangeschritten. Aber da wir wissen, dass er am Entlassungstag vor der Haftanstalt in ein Taxi stieg und sich nicht bei seinem Bewährungshelfer gemeldet hat, können wir davon ausgehen, dass der zehnte Oktober 2022 auch sein Todestag ist."

„Danke, Haucke. Entschuldige, wenn ick dich unterbreche. Dat heißt, Jensen war über zwei Jahre eingefroren."

„Ja, ungefähr."

Baumann drehte sich zu Martin. „Ick will alles wissen über Gefriertruhen, Größe, Stromverbrauch und so weiter. Der hatte zwei Leichen eingefroren, eine sogar in Sitzposition. Vielleicht hat der Typ mehrere Truhen, ganz bestimmt sogar. Es fehlen ja noch zwei Leichen. Und vor allem, wo stehen die? Die brauchen nicht nur Strom, sondern auch Platz." Dann drehte er sich wieder zum Pathologen. „So, mach weiter."

Martin riss seinen Arm hoch. „Sorry, wenn ich unterbreche, Klaus, aber Strom ist kein Indikator. Die verbrauchen kaum was."

„Aha." Baumann starrte ihn an.

Als die Stille erdrückend wurde, lenkte Ben ein. „Wenn man Heiz- und Kühlleistung miteinander vergleicht, ergibt sich circa ein Verhältnis von zehn zu eins. Um etwas aufzuheizen, zum Beispiel einen Backofen, bedarf es wesentlich mehr Energie. Anders beim Kühlen. Es wird Kühlflüssigkeit komprimiert. Beim Entspannen entsteht Kälte. Dazu ist nicht viel Energie notwendig."

„Aha, nu sind wir schlauer", brummte Baumann.

„Moment." Ben hob den Zeigefinger der rechten Hand. Interessant wird es, wenn er ein Kühlfahrzeug benutzt. Darin kann er ohne Weiteres vier Opfer lagern, und diese Fahrzeuge sind laut. Außerdem fallen sie auf. Das könnte ein Indiz sein."

Baumanns Überraschung stand ihm ins Gesicht geschrieben. Er ließ die hochgezogenen Augenbrauen langsam sinken, bedankte sich bei Mortensen und sagte: „Also suchen wir danach. Wer hat wann so ein Monstrum gekauft, gesehen und so weiter, du weißt schon, Martin."

Martins Locken standen auf Sturm, als hätten sie heute noch keinen Kamm gesehen, und er kraulte sie immer noch. „Geht klar", flüsterte er.

Haucke startete seine Ausführung erneut. „Also jetzt zur zweiten Leiche. Den Todeszeitpunkt von Jan Seebacher konnte ich genauer eingrenzen. Er wurde 2023 im Frühjahr ermordet. Paul hat das Moos analysiert, was unter seinen Schuhsohlen klebte."

Er blickte zu seinem KTU-Kollegen, der sofort übernahm: „Nur im Frühjahr bilden Moose ihre, mit Sporen gefüllten, Kapseln. Also ich tippe auf April bis Mai 2023."

„Moment." Martin war aufgestanden und kraulte seine Locken. Seebacher hat am 9. Mai 2023 noch gelebt. Da war er das letzte Mal auf dem Golfplatz. Lena, von wann ist die Vermisstenmeldung?"

Sie scrollte durch die Dateien und rief: „19.Mai 2023."

„Und wann hat sie das letzte Mal mit ihrem Ex gesprochen, bevor sie ihn nicht mehr erreichen konnte?"

Lena hob die Linke. „Warte …Ich hab's, am 28. April 2023 hat sie mit ihm telefoniert."

„Also, dann haben wir ein Zeitfenster von zehn Tagen." Martins befreites Lächeln steckte alle an, aber nicht Paul und Ben. Sie blickten sich stirnrunzelnd an als Baumann beide Daumen hob. Ben zog den rechten Mundwinkel nach oben, holte tief Luft und begann zu widersprechen: „Laut Protokoll hat Frau Seebacher ihren Ex bereits Tage vorher vermisst. Ihre Anzeige sagt nichts über seinen Todeszeitpunkt aus."

Paul Tanner begann heftig zu nicken. „Genau, das Zeitfenster ist viel kleiner. Das kann ich über das Moos bestimmen. In Deutschland wachsen circa eintausend Arten. Das Moos unter Seebachs Schuhen ist das Orthotrichum pulchellum, Goldhaarmoos. Es wurde 2008 sogar zum Moos des Jahres gekürt, hat wunderschöne Fruchtkapseln, die sich etwa Mitte Mai öffnen. Dann fallen die Hüllen und die orange-roten Kapseln werden sichtbar. Wir haben jedoch keine offenen, gestreiften Hüllen gefunden. Sie waren alle noch fest verschlossen, als er hineingetreten ist. Der Mai 2023 war durchschnittlich warm, bei circa 18 Grad Celsius, also tippe ich auf neunten bis zwölften Mai."

Lena hatte das Befragungsprotokoll geöffnet und wies mit dem Cursor auf einen Abschnitt.

„Das passt." Paul war aufgesprungen, schleuderte seinen langen Pferdeschwanz über die schmalen Schultern und rief: „Dieses Moos wächst meistens in den Küstenregionen. Wenn er wegen eines neuen Jobs am zehnten Mai 23 nach Husum wollte, ist er dort in das Moos getreten."

Baumann riss wieder die Daumen hoch. „Klasse Arbeit, Paul. Dann muss er also kurz darauf ermordet worden sein. Dat Moos klebt ja nich ewig an den Sohlen und der wird doch nich Tage mit denselben Schuhen herumgelaufen sein?"

„Das würdest du auf jeden Fall machen, wenn ich dir nicht andere hinstellen würde", sagte Viviana lächelnd und stellte den frisch gebrühten Kaffee auf den Tisch.

„Musste mich immer vor allen blamieren, Weib." Klaus grinste und kniff ihr im Vorbeigehen in den Po. Sie freute sich, dass er heute über ihre Späße lachen konnte, küsste ihn auf sein dichtes Haar und setzte sich neben ihn.

„Ick fasse zusammen. Seebacher muss also nach dem zehnten Mai getötet worden sein. Der Tatort kann also auch in Husum liegen, richtig?“ Baumanns Blicke wanderten einmal um den Tisch. Die einzigen Personen, die ihm sofort widersprachen, waren Ben und Haucke. Er sah Mortensen konzentriert an und wartete ab. Ben blickte zu Haucke, der endlich auflöste. „Er kann nicht in Husum ermordet worden sein, außer er ist an Ort und Stelle eingefroren worden. Der Körper des Toten weist nur minimale Verwesungserscheinungen auf. Der menschliche Körper beginnt sich bereits nach vier Minuten zu zersetzen. Im Anschluss lösen sich die Zellwände auf und Enzyme werden freigesetzt. Die Bakterien aus dem Darm dringen in den Körper und sogar in die Knochen ein. Wenn Seebacher im Freien umgebracht wurde, hätten Fliegen Eier gelegt, aus denen dann Larven schlüpfen. Nichts dergleichen habe ich gefunden.“

Haucke blickte zu Ben Mortensen, der sofort schlussfolgerte: „Ergo, kann der Mann nur in Hamburg ermordet worden sein. Denn Seebacher war noch tiefgefroren. Der Transportweg muss also kurz gewesen sein.“

„Klasse, wie ihr euch die Bälle zuwerft. Jut. Dann also Hamburg. Lena, du recherchierst, ob ihn jemand am Zehnten in Hamburg gesehen hat. War er mit dem Auto in Husum oder mit der Bahn, soziale Medien, Fotos und so weiter.“

„Ich bin bereits an seinem Umfeld dran, Hobbys, außer Golf, Freunde und so weiter. In der Wohnung
habt ihr nichts gefunden, richtig, Paul?"
„Leider nichts, was uns weiterbringen würde."
Klaus sah grübelnd auf den Tisch, blickte auf und
sagte: „Worüber ick immerzu nachdenke …Warum
hat er den einen liegend und den anderen sitzend eingefroren?"
„Guter Anhaltspunkt, Herr Hauptkommissar", sagte
Ben und hatte sofort die volle Aufmerksamkeit des
Teams. „Stichwort Leichenstarre. Stichwort Todesursache."
Hauckes Hand hob sich und er beendete Bens Überlegungen: „Er wurde vergiftet. Wir wissen, dass er
das Bleiacetat mit Rotwein zu sich genommen hat, sicher im Sitzen. Nach sechs bis acht Stunden setzt die
komplette Leichenstarre ein. Danach wurde er eingefroren. Aber warum dieser Aufwand?"
Ben sah schmunzelnd nach unten, blickte dann zum
Doktor und antwortete: „Das ist ihm egal. Erinnern
Sie sich an die Ligaturspuren."
„An die wat?" Klaus starrte ihn an.
„Sorry, Herr Baumann. Seebacher hatte Fesselungsspuren an Hand- und Fußgelenken. Er sollte im Sitzen sterben."
„Ach so, dann sagen Sie dat doch, Sie Fremdspra-
chen-Genie."
Ben sah kopfschüttelnd nach unten, bevor er weiter-
sprach: „So, was sagt uns das über den Täter? Er hält
uns einen Spiegel vors Gesicht. Seht her. Dieses feige

Schwein musste sich Mut antrinken, bevor er sich an Kindern verging, und genauso soll er sterben, abgefüllt, im Sitzen."

„Lena warf sich an die Stuhllehne. „Wow."

Ben sprach unbeirrt weiter: „Nicht alle Serienmörder hinterlassen ein klares Muster. Sie wählen nicht zwangsweise dieselbe Vorgehensweise für ihre Morde. Unser Täter will Geschichten erzählen, grausame Geschichten. Er will, dass wir hinsehen, dass wir die Not erkennen. Er schreit uns an, ein Hilfeschrei. Vielleicht ist es ihm genauso ergangen, wie Jensens Stiefsohn oder wie den Kindern, die Seebacher sexuell missbraucht hat? Auch ihnen hat niemand geholfen. Darum erzählt er uns diese Geschichten."

Die Stille im Raum war erdrückend. Es schien, als wagte niemand zu atmen.

Ben sprach weiter: „Ich würde sagen, er ist das Kind einer alleinerziehenden Mutter. Sie ist wunderschön. Er himmelt sie an und liebt sie abgöttisch. Als sie einen brutalen Mann heiratet, stürzt ihre ganze Welt in sich zusammen. Sie haben nur sich und halten aneinander fest.

„Warum?" Klaus sah zu ihm hoch.

„Ich bin mir sicher, dass auch sie ein Opfer war."

„Sie meinen, er hat auch die Mutter geschlagen?"

„Ja. Das erste Opfer erzählt definitiv seine eigene Geschichte. Mutter und Sohn haben sich aneinander festgehalten. Aber als er ein Jugendlicher wurde, brach der Halt plötzlich wie ein Kartenhaus zusammen."

„Warum?"

„Ich vermute, dass die Mutter starb."

„Aber woher wollen Sie dat wissen?"

„Er tötet nur Männer. Es gibt auch gewalttätige Frauen. Auch Männer können Opfer sein. Aber er tötet nur Männer. Nach dem Tod seiner geliebten Mutter war er mit diesem Monster allein, ein Ziehvater der übelsten Sorte. Und er ist so voller Hass auf ihn und muss ihn dennoch ertragen, zumal er noch nicht volljährig ist. Es brodelt in ihm, und er schmiedet einen Plan."

„Aber warum tötet er dann nicht den Ziehvater?", fragte Baumann nach.

„Danke, Herr Hauptkommissar. Genau darauf wollte ich gerade hinaus. Ich glaube nämlich, dass er uns fünf Opfer präsentieren wird."

Lena ging auf ihn zu. „Du meinst, die anderen Opfer sind die Brotkrumen, die uns zum Ziel führen, zu dem Mord, um den es eigentlich geht."

„Richtig, Frau Spürnase." Ben tippte ihr vertraulich an die Sommersprossennase, zu vertraulich. Sie zog den Kopf ruckartig nach hinten.

„Sorry", nuschelte er fast lautlos und sprach weiter: „Denn eigentlich will er nur ein Opfer töten, die anderen tötete er nur, um zunächst davon abzulenken. Er kennt sich aus, weiß, dass die Kripo bei einem Toten als Erstes nach dem Motiv sucht und erst bei zweien nach der Verbindung."

„Und bei drei?", hakte Baumann nach.

„Bei dreien kommt man vielleicht auf einen geistig instabilen Serientäter."

Bis auf Baumann waren alle in den verdienten Feierabend gestartet. Klaus hatte sich für den kommenden Abend mit Mortensen verabredet, wollte erst die Situation mit seiner Frau besprechen.

Lena und Ben schlenderten gerade zu ihren Autos, als er sie an sich zog.

„Was sollte das? Haben wir uns nicht auf professionelle Distanz geeinigt?" Lenas braune Pupillen hatten an Tiefe gewonnen. „Für meine Kollegen bin ich noch mit Sven zusammen."

„Noch?"

„Ja, noch. Wir haben uns vor seiner Reha einvernehmlich getrennt."

„Dann ist doch alles gut, oder stört dich der Altersunterschied, immerhin sind es acht Jahre."

„Unsinn. Außerdem bist du mit sechsundzwanzig reifer als mancher Mann mit vierzig."

„Oh, danke für das Kompliment."

„Bilde dir nur nichts ein. Das andere ist noch ausbaubar, Ben Mortensen."

Das hatte gesessen.

„Deine Mundwinkel hängen nach unten, also schmeckt dir nicht, was ich soeben gesagt habe. Na, habe ich das richtig analysiert?"

„Ganz so würde ich es nicht ausdrücken, ich bin eben kein Alleskönner. Aber mit einigen Trainingseinheiten kommen wir vielleicht gemeinsam ans Ziel."
Lena boxte ihn auf die Brust. „Spinner."
Er schlang seine langen Zeigefinger in die Gürtelschlaufen ihrer Jeans und zog sie an sich. „Darf ich dich küssen?"
Baumann war der Letzte im Büro, kontrollierte die Fenster im Meetingraum und blickte auf den fast leeren Parkplatz. Als er die innige Umarmung der beiden sah, hielt er sich am Fensterknauf fest und zog die Augenbrauen zusammen.

Noch drei Tage bis zum dritten Advent. Oberkommissar Thomas Lachner war der Verzweiflung nah. Keiner der Verkaufsfilialen konnte sich an einen Einkauf von zehn oder mehr Kartons dieser Charge erinnern. Also unterstützte er Martin zum Thema Gefriertruhe.
Baumanns Befragung des Fanclubs hatte nichts ergeben. Jedes Mitglied hatte seinen Baseballschläger noch, und keiner der Männer würde sein signiertes Prunkstück verborgen und schon gar nicht für so eine Untat benutzen. Diese Spur war also auch kalt.
Klaus quälte nachdenklich sein rechtes Ohrläppchen, als Lena in den Raum gestürzt kam.
„Klaus, wir haben Besuch. Komm!"
Baumann war aufgesprungen und rannte hinter ihr her. Im Verhörraum saß ein weißhaariger Mittsechziger. Mit gesunkenem Kopf knetete er seine Hände.

Lena legte ihre zierliche Hand auf seine Schulter. „Herr Momsen, schön, dass Sie uns unterstützen. Erzählen Sie bitte noch einmal, was Sie mir gerade berichtet haben."

Er blickte auf, und als er Baumann neben sich sah, sprang er auf und reichte ihm die Hand. „Momsen, Claas Momsen."

„Ick weiß, Herr Momsen. Erzählen Sie."

Er räusperte sich. „Es gab noch einen Schläger. Das hatten wir bei unserem letzten Gespräch vergessen, da unser Kamerad tot ist."

„Wer ist tot?" Baumann beugte sich zu ihm.

„Bernd Bruns. Er hatte auch einen signierten Baseballschläger. Nach meinem Kenntnisstand hat er alles seiner Frau vererbt. Sie und die beiden Söhne sind wieder zurück nach Husum gezogen."

„Husum?", riefen Lena und Klaus im Duett.

Momsen starrte sie an. „Ja, da kam sie ursprünglich her.

„Wie alt sind die Söhne?", fragte Lena.

Momsen wiegte den Kopf. „Hm, ungefähr zwanzig, genau weiß ich es nicht."

„Also Zwillinge?"

Momsen nickte.

Der Zeuge war bereits gegangen, und Baumann saß gedankenversunken in seinem Glasbüro. Woher kannte er diesen Namen? Er hatte keine Akte oder einen Fall dazu gefunden. Aber seine Sinne waren geschärft. Woher kannte er diesen Namen? „Bruns", brummte er.

„Hängst du immer noch in der Zeugenvernehmung
fest?" Lena stand mit verschränkten Armen im Türrahmen und Klaus starrte immer noch ins Leere.
„Ich spreche zunächst mit Frau Bruns und tausche
mich ohnehin noch mit Ben aus. Mal sehen, was wir
herausfinden."
„Stopp! Komm noch mal zurück und mach dat Brett
zu."
Lena sah ihm mit weit aufgerissenen Augen an,
schloss die Tür und setzte sich. „Ja?"
„Wat läuft da zwischen dir und dem Schlauberger?"
Kleine Rötungen zogen sich wie eine Ameisenstraße
über ihr Gesicht und sie drückte den Speichel in die
Speiseröhre.
„Aha. Hab ick einen Volltreffer gelandet, oder wa-
rum kriegst de ne rote Bombe?"
„Klaus. Äh."
„Drucks nich rum. Raus mit der Sprache, Lena!"
Oh, er hat Lena gesagt. Dann ist es ernst, dachte sie.
„Sven und ich haben uns einvernehmlich vor seiner
REHA getrennt. Also keine Panik. So bin ich nicht."
„Dat war nicht zu übersehen."
„Wie meinst du das?"
„Na, dat es bei euch kriselte."
„Echt?" Lenas Zeigefinger war bereits von einer
braunen Locke umwickelt, und sie drehte den Finger
immer noch.
„Habt ihr Frauen für so wat nich Lockenwickler?"
Klaus grinste breit.

Er nimmt es von der lustigen Seite, dachte sie und atmete erleichtert aus.

„Und der Schlauberger? Geht mich nüscht an, aber is der nich zu jung für dich?"

„Jung, ja. Zu jung, nein. Denn er ist mit sechsundzwanzig ein Mann und kein Hampelmann wie andere. Ich kann ihn ernst nehmen, tiefgründige Gespräche führen. Er stimuliert mein Gehirn."

„Na ja, offenbar nich nur dat." Baumann fing an, zu lachen.

„Klaus, steigst du gerade die Hintertreppe hoch, du Schlingel?" Lena hob schmunzelnd den rechten Zeigefinger.

„Schon jut. Aber die Arbeit darf nich darunter leiden, klar?"

„Klar." Lena schlug die Hacken aneinander, riss die Hand an die Schläfe, drehte sich zackig um und verließ den Raum.

„Freches Luder", murmelte er ihr hinterher.

Ben zwängte sich aus dem Hörsaal. Die Vorlesung bei Professor von Drosten hätte er sich sparen können, wie so viele dieser Veranstaltungen. Er hatte schon unzählige Tatorte analysiert, viele Verbrennungsopfer gesehen und kannte alle Fakten zum Fundort einer verbrannten Leiche. Die Schubladen seines Gehirns begannen einen Fakt nach dem anderen auszuspucken, und er erinnerte sich sofort an alle Eckdaten.

Seine Jacke begann zu vibrieren. Er riss das Handy aus der Innentasche und blickte freudig auf das Display. „Lena, habt ihr neue Erkenntnisse?"

„Nein, aber ich muss mit dir reden."

Er vernahm die Unsicherheit in ihrer Stimme und fragte nach: „Ist alles in Ordnung mit dir?"

„Komm bitte. Ich erkläre es dir später, Ben. Wir treffen uns im Büro. Bis gleich."

Ben versenkte sein Mobiltelefon im Mantel und lief grübelnd weiter. Die klappernden Schubladen seines Gehirns erinnerten ihn an sein abgebrochenes Gedankenkino. Er wusste, dass bei der richtigen Temperatur fast alles verbrennt. Bei 250 ° Celsius beginnt das Fleisch eines Menschen sich zu entzünden. Die Haut wird schwarz und die Muskeln kontrahieren. Von den Weichteilen werden die Organe als Letztes zerstört, denn durch die Feuchtigkeit verharren sie bis zum bitteren Ende. Anders verhält es sich bei den Knochen.

Ben blieb abrupt stehen und drehte sich zu der Menge herausströmender Menschen, die vor Minuten noch den Hörsaal bevölkert hatten. Rief da jemand nach ihm? Nein. Er lief kopfschüttelnd weiter, strich seine dunklen Locken glatt, die heute Morgen noch kein Gel gesehen hatten, und sortierte seine Gedanken.

„Feuer. Ein grausamer Tod", flüsterte er und wandte sich wieder seinem Gedankenkino zu. Knochen widerstehen dem heißesten Feuer und behalten oft ihre Form. Darum sieht es manchmal geisterhaft aus, wie sie trotz der Asche um sich herum vom Boden in die Höhe ragen. Es scheint, als klammeren sie sich als letzte Bastion an ein gelebtes Leben.

Die Bilder in seinem Kopf begannen zu tanzen, und er erinnerte sich an einen weit zurückliegenden Tatort. Ein heruntergebrannter Holzschuppen in Hamburg-Billstedt. Das Feuer war lokal begrenzt und muss signifikant heiß gewesen sein, um diesen Körper in Asche zu verwandeln. Die Hüftknochen waren zu schmal für eine Frau, also handelte es sich eindeutig um eine männliche Leiche.

„Ben, warten Sie bitte!", rief ihm Professor von Drosten hinterher.

Mortensen schob seine letzten Gedankenfetzen in eine der Schubladen zurück und drehte sich um. Zwischen den immer noch herausströmenden Studenten wäre der kleine Mann kaum zu sehen, würde er nicht winkend einen Arm in die Höhe strecken.

Armer Kerl, dachte Ben. Sicher will er mich wieder in eine Fachdiskussion verstricken. Gerade heute passte ihm das gar nicht. Lenas Worte klangen noch in seinen Ohren. Komm bitte schnell. Wir brauchen dich.

„Herr Mortensen." Der Professor atmete schwer. Seine Halbglatze glänzte.

„Ja?" Ben wartete ungeduldig auf sein Anliegen.

„Sie sind mir noch eine Antwort schuldig."

„Bin ich?"

„Der zuletzt besprochene Leichenfund. Wieso sind Sie der Meinung, dass die Frau mindestens seit fünf Jahren dort gelegen haben muss?"

„Die Jeans."
„Wieso die Jeans?"
„Baumwolle braucht mindestens 5 Jahre, um zu verrotten, und das Stadium hatte gerade erst begonnen."

Lena wartete ungeduldig auf Bens Eintreffen. Die Puzzleteile des Falls passten nur teilweise in das Bild, dass sie sich gemalt hatte. Wenn sie nur die Witwe von Herrn Bruns schon erreicht hätte. Sie griff noch einmal zum Hörer. Ben Mortensen betrat winkend das Großraumbüro, sah, dass sie telefonierte und stoppte seinen Lauf.
„Danke für deine Rücksicht, aber es hat sich schon erledigt. Ich kann Frau Bruns immer noch nicht erreichen."
„Vorweihnachtszeit." Er lächelte. „Darf ich dich küssen?" Ben beugte sich zu ihr.
„Jetz dreh mal nicht durch, Bürschchen." Lena legte ihre Hand auf seine Brust und drückte ihn energisch von sich.
„Bürschchen?"
„Sorry, ist mir so herausgerutscht."
„Gelogen."
„Wieso gelogen?"
„Du berührst grundsätzlich dein Kinn, wenn du lügst oder schummelst. Du wärst eine ausnahmslos schlechte Pokerspielerin."
„Und was sagt das genau aus?"

„In Stresssituationen berühren die meisten Menschen ihr Gesicht? Also, warum nennst du mich Bürschchen?"

„Baumann hat uns gestern auf dem Parkplatz gesehen."

„Und?"

„Er findet, dass du zu jung für mich bist. Das ging mir gerade noch durch den Kopf."

„Und, bin ich?"

„Nein. Natürlich nicht."

„Und warum bist du dann so genervt?"

„Ich ärgere mich über mich selbst, dass ich DAS so an mich heranlasse."

„Was genau meinst du mit DAS?"

„Ben …" Sie verdrehte die Augen.

Er kniete sich vor die sitzende Kommissarin, nahm ihre Hand und flüsterte: „Das mit uns?"

Sie nickte zaghaft.

„Es hat erst begonnen. Lassen wir es wachsen." Er streckte seinen Kopf nach oben und küsste sie.

11

Kommissar Lachner kontaktierte den Hersteller des Gartenwagens, den der Obdachlose Hannes eindeutig erkannt hatte, und Lena startete den einhundertsten Versuch, Frau Bruns zu erreichen.

„Immer noch nichts?" Baumann war vor ihrem Schreibtisch stehen geblieben, reichte ihr eine Tasse Kaffee und setzte sich zu ihr.

„Nein, aber ich habe Frau Seebacher erreicht. Sie hat mir bestätigt, dass ihr Mann ein Stammlokal hatte und Rotwein trank. Ich war dort."

„Und?" Baumanns Stuhllehne knallte an die Wand.

„Ich habe den Inhaber einbestellt." Lena blickte auf ihre Uhr. „Herr Grabow müsste gleich hier sein."

„Klasse. Willst du oder wollen wir zusammen?"

Lenas Augen schielten an die Decke. „Zusammen klingt gut."

Bens erster Weg führte ihn an diesem Morgen zum Kriminaltechnischen Institut. „Moin, Herr Tanner. Herr Baumann ist im Verhör. Ich bin sein Ersatzjoker."

„Ersatz? Du scherzt. Bin ich froh, dass Klaus nicht gekommen ist. Sorry. Ist DU okay?"

„Gern. Ben." Mortensen fuhr sich durch das dunkle, gewellte Haar. „Aber wie soll ich das verstehen?"

„Klaus ist ja ohnehin ein Brummbär, aber wenn er in unseren unterkühlten Räumen ist, packt er die Berliner Keule aus, redet nur Unsinn, ist überempfindlich und verschwindet in der Regel nach drei Sätzen."
„Er fühlt sich hier nicht wohl. Das ist doch eindeutig. Sicher gibt es dafür Gründe. Vielleicht kann ich es herausfinden. So, was hast du für uns, Paul?"
„Wir haben uns jetzt alle Aufnahmen angesehen. Der erste Tote aus dem Stadtpark, Peter Jensen, ist am zehnten Oktober 2022 um 10:09 Uhr in das Taxi gestiegen." Paul wies auf den Zeitstempel der Überwachungskamera. „Ich habe, ausgehend von der JVA im Dweerlandweg, alle Videos im Umkreis von fünfzig Kilometern gesichtet. Das Taxi hat sicher gewendet, um auf die A1 zu gelangen. Zeitlich kommt das hin. An der Auffahrt Moorfleet ist es das zweite Mal zu sehen, passiert das Kreuz Hamburg-Süd und nimmt die Abfahrt Stillhorn. Anschließend verliert sich die Spur."
Ben stöhnte. „Das bedeutet, er kann irgendwo sein."
Paul öffnete eine Karte. „Hier, das sind derzeit die Videoüberwachungskameras der Hamburger Polizei. Wenn das Taxi in Wilhelmsburg auf die A252 gefahren wäre, hätten wir es erfasst. Oder es wäre wieder auf die A1 Richtung Süden gefahren, hätten wir es auf den Aufzeichnungen Neuland gesehen, und so weiter. Ich habe sogar den zeitlichen Rahmen auf eine Woche erweitert. Nichts."
„Also ist er auf anderem Wege weiter oder dort geblieben. Moment." Ben tippte auf den Bildschirm.

„Das ist doch das Leonardo Hotel. Vielleicht hat er dort eingecheckt?"
Paul hob beide Daumen. „Aber das könnte euch auch weiterhelfen. Aus den verzerrten Videoaufnahmen vor der JVA Billwerder habe ich einige Standbilder herausgeschnitten und diese noch einmal durch andere Filter laufen lassen. Das Gesicht des Taxifahrers kann man nicht erkennen, aber etwas anderes. Schau."
„Eine Frau. Das ist eindeutig eine Frauenhand."
„Genau, Ben. Und ich habe den Ring vergrößert und ebenfalls scharf gezeichnet."
„Grandios, du Genie."
Paul lächelte.

Im Gespräch mit Herrn Grabow stellte sich heraus, dass Seebacher ein Stammkunde war, jedoch oft kein angenehmer. Der Wirt musste ihn einige Male hinauskomplimentieren, was die Situation noch explosiver gestaltete. Auf Baumanns Frage, ob er in genau diesen Fällen eine Veränderung in Seebachers Verhalten bemerkt hatte, antwortete er sofort mit Ja. Der Lehrer sei sonst ein umgänglicher Mensch gewesen, etwas überheblich, doch kein schlechter Kerl. Aber ein oder zweimal im Monat schien er so unter Druck zu stehen, dass er sich wie ein Süchtiger betrank, ausfallend wurde und seine Bedienung begrabschte.
Lena Arnold legte ihm ein altes Gesprächsprotokoll vor. „Sie haben damals ausgesagt, dass Herr Seebacher am zehnten Mai 2023 bei Ihnen im Lokal war. Im

Anschluss daran haben Sie ihn nie wieder gesehen. Ist das richtig?"

„Natürlich, sonst hätte ich es nicht gesagt." Grabow pumpte stoßweise Luft in seine Lungen.

Baumann sah, wie sich seine Ohrläppchen mit Blut füllten, lehnte sich entspannt an die Stuhllehne und zog es vor, den Befragten zu beobachten.

„Herr Grabow, erzählen Sie uns mehr von diesem letzten Besuch Ihres Stammgastes."

„Wie, mehr? Was wollen Sie wissen?" Er pumpte immer noch.

„Sie haben uns gerade beschrieben, dass Jan Seebacher sich einige Male anders verhielt als sonst. War das so ein Tag?"

Grabow rutschte auf dem Sitz weiter nach vorn. Der sonst milchgesichtige Mann glich eher einer Tomate als einem Schneeball. Was erregte ihn so? Lena fragte erneut: „Wie hatte sich Herr Seebacher an diesem Tag verhalten? Ist irgendetwas vorgefallen? Herr Grabow, reden Sie!"

Er zuckte zusammen, als Lenas flache Hand auf die Tischplatte schlug, riss die Hände hoch und stöhnte: „Ist ja gut. Er hat meine Bedienung wieder angegrapscht, das besoffene Arschloch."

„Das haben Sie damals nicht ausgesagt."

„Danach hat mich keiner gefragt", nuschelte er und öffnete den oberen Knopf seines blaukarierten Hemdes.

„Erzählen Sie bitte ausführlicher", bat Lena.

„Reicht das nicht? Danach habe ich ihn hochkantig rausgeworfen und ihm Hausverbot erteilt."
Baumanns Augenbrauen stießen aneinander. „Hausverbot?"
„Ja, darum habe ich mir nichts dabei gedacht, als er nie wieder auftauchte."
Lena blickte in das alte Protokoll, blieb an einer Zeile hängen und blickte auf. „Hier steht, dass Seebacher erst gegen zweiundzwanzig Uhr Ihr Lokal betreten hatte. Woher wussten Sie das so genau? Laut Aussage Ihres damaligen Barkeepers waren an dem Abend alle Tische besetzt."
„Der Zehnte war ein Mittwoch, Skatabend. Aber Jan spielte kein Skat, setzte sich außerdem nie an einen Tisch, sondern immer direkt an den Tresen. War's das jetzt? Heute ist nämlich Mittwoch." Er tippte auf seine silberne Armbanduhr.
Lena schickte Klaus einen fragenden Blick. Der hob die Hand und fragte: „Eines noch, Herr Grabow, wenn Herr Seebacher direkt am Tresen saß ..."
Baumann blickte ihn intensiv an und sprach weiter: „... müssen Sie doch seine Unterhaltung mitbekommen haben?"
Grabow schwieg und schielte die Decke an.
„Oder haben Sie sich mit ihm unterhalten? Also ick mach das immer, wenn ick am Tresen sitze, und Sie duzen ihren Stammgast. Da hat man sich doch mehr zu sagen als moin."
„Ja, wegen des Jobs in Husum, hatte aber mal wieder nicht geklappt."

„Und darum hat er gesoffen, oder wat? Mensch, lassen Sie sich nich allet aus der Nase ziehen!" , herrschte Baumann ihn an.

„Auf jeden Fall mehr als sonst."

„Wat heißt dat?"

„Sonst trinkt er abends ein bis zwei Gläser Merlot. An dem Abend hat er sich gleich eine Flasche bringen lassen. Eigentlich war ich dagegen, aber meine Kellnerin hat mich überredet."

„Überredet?"

„Ja, Herr Kommissar. Er hat ihr leidgetan. Sie hat gesehen, wie dreckig es ihm ging. Na ja, und da habe ich eben zugestimmt."

„War dat die Kellnerin, die er begrapscht hat?", fragte Klaus nach.

Er schüttelte seinen hochroten Kopf. „Nein, die andere. Kann ich jetzt endlich gehen?"

Nach weiteren zehn Minuten war den Kommissaren klar, dass sie dringend mit den Kellnerinnen reden mussten, die an dem Abend anwesend waren. Grabow verließ mit hochrotem Kopf das LKA. Baumann lief schnaubend um die Schreibtische. „Lena, durchleuchte den, dreh sein Leben von links nach rechts, und wenn du jeden Stein einzeln aufheben musst. Dat Arschloch verheimlicht uns wat."

Ben schlenderte über den Parkplatz, als Lena ihm von Weitem zurief: „Gut, dass du kommst!"

Er stoppte ihren Lauf, sah sie prüfend an und nahm sie in den Arm.

„Das tut gut", flüsterte sie.

„Was bedrückt dich. Erzähl."

„Ich bin einfach nur kaputt, müde und brauche einfach nur eine starke Schulter, an die ich mich anlehnen kann."

„Nimm meine. Essen? Heute Abend bei mir?"

Sie lächelte. „Ja, gern, und jetzt lass uns arbeiten. Wo kommst du eigentlich her?"

Bens strahlte. „Ich habe gute Neuigkeiten."

„Nun erzähl schon. Ich bin neugierig."

„Paul hat alle Videos noch einmal ausgewertet, Standbilder vergrößert und eine Entdeckung gemacht."

„Spann mich nicht auf die Folter, Ben." Als er immer noch nicht antwortete, landete ihre kleine Faust auf seinem Solarplexus. „Rede!"

„Au!"

„Rede endlich!"

Er griff nach ihren Handgelenken und zog sie an sich.

„Das bleibt nicht ungestraft, Frau Kommissarin. Ich werde mich heute Abend rächen. Also, Paul hat das Bild des Taxifahrers vergrößert, eindeutig eine Frau. Aber viel auffälliger ist der Ring an ihrer Hand, ein Siegelring."

„Wer trägt heute noch so einen Ring?", fragte Lena.

„Eben das habe ich mich auch gefragt. Paul hat den Ring vergrößert, aber die Qualität ist trotzdem schlecht."

„Deine Hose brummt." Lena zeigte auf seinen Schritt.

„Ach so, Moment." Ben fummelte sein Handy aus der engen Jeans. „Paul?"

„Du wirst nicht glauben, was ich gefunden habe."

„Jetzt bin ich gespannt."

„Die Taxifahrerin hat noch getankt. Der Tankstellenbesitzer hat tatsächlich noch die alten Bände. Jackpot! Ich habe glasklare Videoaufnahmen, wie sie gerade bezahlt und ein Standbild herausgeschnitten, auf dem du den Siegelring genau sehen kannst, hast du schon im Fallordner."

„Danke, du Genie."

Im Büro angekommen, telefonierte Ben lange mit seinem Vater, zog den Autoschlüssel an sich und rief Lena zu: „Ich habe uns angemeldet. Er hat Zeit."

Lenas Finger trommelten unaufhörlich auf ihren rechten Oberschenkel. „Und wir fahren jetzt direkt zu deinem Vater?"

„Hey, woher kommt diese Unsicherheit?"

„Hör auf, mich andauernd zu analysieren. Und ja, ich bin schon angespannt genug."

Ben legte seine Rechte auf ihr Knie. „Es ist nur mein Vater, und er ist eben, neben der Reederei, gern in Antiquitäten unterwegs. Er kann uns sicher helfen."

Sie nickte und rieb die Handflächen aneinander.

„Moin, Dad. Danke, dass du für uns Zeit hast. Darf ich vorstellen. Das ist Oberkommissarin Lena Arnold. Lena, das ist mein Vater Karl Mortensen."

Er verbeugte sich flüchtig und reichte Lena die Hand.

„Frau Kommissarin, Sie scheinen einen besonderen Einfluss auf meinen Sohn zu haben? Er ist wie umgewandelt, umgänglicher als sonst."

„Vater!"
Lenas Wangen erhoben sich zu einem Lächeln.
„Nun gut, setzen wir uns. Möchten Sie etwas trinken,
Frau Kommissarin?"
„Danke, Herr Mortensen, gern ein stilles Wasser."
Er ging zur Sitzecke und betätigte eine Taste.
„Herr Mortensen, was kann ich für Sie tun?"
Lena blickte zu der langbeinigen Blonden. Es gibt tat-
sächlich noch Hausmädchen. Sie kannte das nur aus
Filmen. Aber diese hier war real, schwarzes Mi-
nikleid, weiße Schürze. Eigentlich fehlte nur noch die
weiße Haube auf dem Haar, und sie würde sich in
das letzte Jahrhundert versetzt fühlen.
„Katharina, bringen Sie unserem Gast bitte ein stilles
Wasser, mir ein Ginger Al und für meinen Sohn …"
Er sah Ben fragend an, der sofort reagierte. „Für mich
bitte auch ein stilles Wasser. Danke, Katharina."
„So. Womit kann ich behilflich sein?"
Lena öffnete die Datei auf dem Pad und schob es über
den Mahagonitisch.
„Wir brauchen in unserem aktuellen Fall mehr Hin-
tergründe zu diesem Siegelring."
Karl Mortensen zog das Pad an sich. „Ist dies das ein-
zige Foto, das Sie haben?"
„Leider. Wir haben die beste Bildqualität herausge-
holt, die mit der Technik möglich war."
Er strich sich mehrfach mit dem Zeigefinger über die
Oberlippe. Ben konnte sich ein Grinsen nicht verknei-
fen, was seinem Vater nicht entgangen war.

Karl Mortensen zwinkerte Lena zu und fragte: „Analysiert er Sie auch immer?"

Lena sagte nickend: „Er kann nicht anders, aber er ist uns eine enorme Hilfe. Also sehen Sie es positiv. Ben ist ein besonderer Mensch. Seien Sie stolz auf ihn."

„Das bin ich."

„Gut zu wissen", lenkte Ben ein. „Im Übrigen beobachte ich das seit Jahren."

„Was, Sohn?"

„Du streichst den Zeigefinger über die Oberlippe, wenn du nachdenkst."

Karl lächelte ihn an und schlug sich vergnügt auf die Schenkel. „So, nun zu dem Siegelring. Der Stein scheint ein Karneol zu sein, ein eher seltener Edelstein, der bereits im Altertum verwendet wurde. Er ist unwahrscheinlich hart. Folglich wurde er gern für Siegelringe verwendet. Signifikant war jedoch seine tieforange bis rötliche Färbung. Demzufolge erfreute er sich großer Beliebtheit."

Lena hörte zu, doch diese Informationen halfen nicht bei den Ermittlungen. „Interessant, Herr Mortensen. Da Sie ein Liebhaber von Antiquitäten sind, hoffte ich aufschlussreiche Fakten über das Wappen zu erfahren. Können Sie uns in diesem Punkt weiterhelfen?"

„Moment." Karl Mortensen stand auf, zog einen Schlüssel aus dem nahestehenden Sekretär und forderte beide auf, ihm zu folgen. Am anderen Ende des langgestreckten Salons öffnete er eine schmale Tür und schaltete das gedämpfte Licht ein.

„Ihre Schatzkammer?", fragte Lena, ihren Blick bereits auf die unzähligen Vitrinen gerichtet.

Bens Vater drehte sich zu Ben. „Das war Bens Idee, stimmts, Sohn?"

„Richtig. Du hattest deine Sammlung nicht einmal unter Verschluss. Mutter und ich haben dann diesen Raum mit den Vitrinen herrichten lassen."

„Das war ein prachtvoller Einfall. Ich habe nie wieder ein vergleichbar schönes Geburtstagsgeschenk erhalten, mein Sohn." Karl streichelte Bens Oberarm.

„So, dann zeige uns bitte, was du vermutest, Vater."

Karl Mortensen schlenderte an den goldenen Vitrinen entlang, hin zu dem einzigen kleinen Fenster auf der gegenüberliegenden Seite der Eingangstür. „Ich bin mir sicher, dass es der gleiche Ring ist. Es gab grundsätzlich mehrere je Adelsfamilien."

Lenas Augen glänzten. Die güldenen Barockvitrinen hatten in ihr einen Sturm an Begeisterung ausgelöst, dass sie kaum in der Lage war, dem Gehörten zu folgen.

„Sehen Sie, Frau Kommissarin." Karl Mortensen öffnete das Vitrinenglas, zog einen weißen Wollhandschuh über seine manikürten Finger und griff nach dem Siegelring. „Das dachte ich mir. Es ist dasselbe Wappen. Ein achteckig geschliffener Karneol-Stein, in der Mitte das Ritterschild, darunter je drei Paar gebogene Wolfszähne."

„Tatsächlich, auch die Balken im Schild und die drei Rosen. Darüber, das ist ein Helm, richtig?"

„Genau." Er zog ein Blatt aus der Vitrine. „Sehen Sie, das ist das Wappen in Farbe. Die Balken auf dem Schild sind rot. Auf dem Helm sind rot-silberne Decken und darüber drei Straußenfedern, abwechselnd silberfarben, rot und wieder silberfarben. Das ist das Wappen derer von Weiher. Eindeutig."

„Aber wer trägt heute so einen wertvollen Ring im Alltag?", dachte Lena laut und schüttelte ihren Kopf. Karls Augenbrauen zogen sich zum ergrauten Haaransatz. „Wie meinen Sie das, im Alltag?"

„Sorry, Herr Mortensen, darüber darf ich Ihnen keine Auskunft geben."

„Schon klar, Frau Kommissarin. Aber vielleicht bringt Sie die Geschichte derer von Weiher weiter. Ich habe da noch etwas für Sie. Vielleicht hilft es Ihnen bei den weiteren Ermittlungen. Einen Moment bitte. Folgen Sie mir."

„Du hast Literatur über das alte Adelsgeschlecht, Vater?" Ben hastete neugierig hinter ihm her.

Karl Mortensen stoppte am ersten Hochregal der Bibliothek, und Lena reckte schwanengleich ihren Hals Richtung Decke. Von so einer Bibliothek hatte sie als Kind immer geträumt. Wehmut überkam sie, als ihre Blicke über die unzähligen Buchreichen streiften.

„Hier, das ist eine Chronik des Adelsgeschlechts. Wobei ihr euren Blick auf die Brandenburger Linie richten solltet, nicht die aus Pommern."

„Danke, Vater. Das war enorm hilfreich."

Lena stand immer noch verträumt in der zehn Meter hohen Bibliothek und blickte zu den Büchern, die man mit zwei Augen kaum erfassen konnte.

„Sie dürfen sich gern bedienen, Frau Arnold. Ben hat Zugang zum elektronischen Archiv."

„Oh, danke. Das kann ich nicht annehmen."

„Doch. Ich habe meinen Sohn lange nicht so entspannt gesehen. Ich glaube, Ihre Nähe tun ihm gut." Er zwinkerte ihr zu.

„Vater!", entrüstete sich Ben. Doch Karl Mortensen grinste nur und wies zum Gehen.

„Dein Vater ist umgänglicher, als ich dachte", sagte Lena und kuschelte sich in den warmen Ledersitz.

„Du kennst ihn nicht", brummte Ben und ließ sich mit einem Seufzer in den Fahrersitz fallen.

Lenas wallnussbraune Augen taxierten sein schönes Gesicht. Sie liebte seine markanten männlichen Züge und konnte deutlich seine Verärgerung ablesen. Aber sie fragte nicht nach und blickte in freudiger Erwartung auf das Buch in ihrer Hand.

„Es ist schon überraschend zu sehen, dass du dich so sehr über das alte Buch freust?"

„Das ist schließlich nicht irgendein Buch. Außerdem lese ich grundsätzlich keinen Schund und schon gar nichts, weil es gerade hip oder modern ist. Menschen sollten Bücher kaufen, weil die Inhalte sie berühren oder verändern. Findest du etwa nicht?"

„Ganz meine Meinung." Er zwinkerte ihr zu.

Martin wartete immer noch in Baumanns Glasbüro und hatte für ihn die Fallakte ausgedruckt. Kaffee schlürfend, blickte er auf die Fotos.

„Du bist noch hier?"

„Moin, Klaus. Das hier wird dich interessieren. Nachdem uns das gesamte Verpackungsmaterial nicht weitergebracht hat, haben Thomas und ich die Mitglieder des Golfgutes noch einmal durchleuchtet." Martin drehte eines der Bilder in seine Richtung.

„Ick fress 'n Besen."

Klaus hatte vorgeschlagen, die Kneipe zu besuchen, ein alkoholfreies Weizen zu kippen und nebenbei dem Gastwirt auf den Zahn zu fühlen. Aber erst brauchte er eine Drehspieß Box und schlug vor, die sechshundert Meter zu seinem Lieblingsimbiss zu Fuß zu gehen. Das Geschäft war heute menschenleer. Kein Wunder, vor dem Laden wurde die Straße aufgerissen. Die Baustelle zog sich schon seit Wochen, aber Baumann blieb ihnen treu.

„Moin, mein Lieber, für mich, wie immer." Klaus drehte sich zu Martin. „Und du?"

„Empfiehl mir was, sonst stehe ich morgen noch hier und lese die Speisekarte", sagte er grinsend.

„Also zweimal dat selbe."

Der Drehspieß war Geschichte und Martin leckte sich die Lippen. „Ausgezeichnet, Klaus. Kein typisches Gyros. Wirklich klasse."

„Sag ich doch."

Baumann lenkte den Audi bereits seit zwanzig Minuten durch die überfüllten Straßen und freute sich auf das verdatterte Gesicht des Gastwirts. Als er um die Kurve fuhr, erkannte er ihn schon von Weitem. Klaus hielt in der Nähe der Kneipe und sie beobachteten den Inhaber. Er unterhielt sich angeregt mit einer Frau. Doch als das Gespräch hitziger wurde, entschied Baumann, auszusteigen. Als sie näherkamen, suchte sie das Weite. Doch Baumann erkannte die junge Frau sofort, schob die Entdeckung zunächst in die Warteschleife und ging wutstampfend auf Grabow zu.

„Herr Hauptkommissar, Sie?" Er nestelte an seinem Hosenbund.

„Ja, ick. Wir müssen reden. Zwei alkoholfreie Weizen und einen ruhigen Tisch."

„Okay. Kommen Sie."

Martin ging dicht hinter dem Kneipier und konnte seinen Nackenschweiß sehen.

„Hier bitte, Bier kommt gleich."

Martins Blicke verfolgten ihn bis zum Tresen und er ließ ihn nicht aus den Augen. Grabow zog zwei Flaschen aus der Kühlung und spürte, dass er unter Beobachtung stand. Er griff hinter sich, um ein Weizenglas aus dem Regal zu ziehen, das kurz darauf auf dem Boden zersprang.

„Pass doch auf!", schrie er die Bedienung an.

„Wieso ich? Was ist denn heute in dich gefahren? Dann mach doch deinen Scheiß allein", fauchte die dunkelhaarige Raubkatze.

Martin hatte den Streit beobachtet. Die junge Frau lief, mit Feuerzeug und Zigaretten an ihnen vorbei.

„Moment", rief Martin und folgte ihr.

Als er wieder Platz nahm, umspielte ein erhabenes Lächeln seine Lippen.

„Nu wisch dir mal dat Schmalzgebäck aus dem Gesicht. Wat is? Erzähl."

„Die Kleine ist seine Tochter. Sie war es, die Seebacher befummelt hat", flüsterte Martin.

Klaus wollte gerade nachhaken, als Grabow das Bier brachte. Er setzte sich. „Wie kann ich helfen?"

„Sie golfen, richtig?", begann Baumann vorsichtig.

„Ja, wie viele andere auch. Und?"

„Also war Seebacher nicht nur Stammkunde?"

Grabow warf sich stöhnend nach hinten und verschränkte seine kräftigen Arme vor der Brust.

„Muss ick Ihnen allet einzeln aus der Nase ziehen? Jetzt reden Sie, sonst werde ick ungemütlich, mein Lieber!"

Grabow riss die Arme nach oben. „Schon gut, ja, wir waren auch zusammen golfen."

„Auch mit ihm, richtig?" Martin schob das Foto von Peter Jensen über den Tisch.

„Ja."

„War er auch Kunde in Ihrem Lokal?", hakte Baumann nach.

„Auch, ja. Was wollen Sie eigentlich von mir?"

Baumann lehnte sich über den Tisch und sagte: „Jan Seebacher ist tot. Ermordet. Peter Jensen ist tot. Ermordet. Wo waren Sie, nachdem Seebacher das Lokal verlassen hatte?"

Sein Mund begann sich zu öffnen.

„Herr Grabow, wo waren Sie am zehnten Mai 2023, nachdem Sie Seebacher vor die Tür gesetzt haben?"

„Ich habe mit dem Tod von Jan nichts zu tun", brüllte er wutschnaubend, dass sein Speichel über den Tisch spritzte. Baumann wurde übel.

Nachdem die Kommissare den genauen Ablauf des Abends aufgenommen und noch einmal mit Grabows Tochter geredet hatten, verließen sie das Lokal. Martin kraulte sich seine dichten Locken und spielte den schweigenden Beifahrer. Auch Klaus war gedanklich abgetaucht und versuchte das Gehörte in einen sinnvollen Zusammenhang zu bringen. Doch es gelang ihm nicht.

„Pass auf!", schrie Martin.

Baumann trat auf die Bremse. Die Reifen quietschten, und der Audi stand.

„Dat war knapp", sagte Baumann mit Angstschweiß auf der Stirn.

„Du hängst noch dem Gespräch nach, stimmts?"

Klaus nickte stumm.

„Seine Geschichte mit Frau Seebacher kaufe ich ihm nicht ab. Glaubst du, dass Grabow ihr Geld schuldet?"

„Niemals, Martin. Dat war allet erstunken und erlogen. Die Seebacher knöpfe ick mir noch vor."

12

Hauptkommissar Baumann schreckte hoch. Was war das für ein wirrer Traum? Er hievte sich aus dem Bett und zog im Gehen das durchnässte Oberteil seines Schlafanzuges über den Kopf. Er schlich sich auf nackten Sohlen aus dem Schlafzimmer, griff nach seinen Birkenstock-Sandalen und schloss leise die Tür.

„Dat wird ja immer verrückter. Jetzt träum ick schon von Frauenhänden", brummte er und blieb abrupt stehen. Hände? Frau? Ein freudiges Zucken durchfuhr ihn. Eilig nahm er die Treppe ins Erdgeschoss, lief zu seinem Laptop und wartete ungeduldig, bis sich die Fallakte öffnete.

„Ick fress 'n Besen."

„Schatz, kannst du wieder nicht schlafen?" Vivi legte ihre zierlichen Hände auf seinen nackten Rücken. „Du bist ja ganz nass. Ich hole dir ein Handtuch und ein frisches Oberteil."

Baumann stoppte sie, hielt ihre Hand und sagte: „Lass mal, erst schau dir dat an." Er wies auf ein Standfoto vom Hintereingang des Landeskriminalamtes und das der Taxifahrerin. „Achte auf die Hände. Ick mach mich frisch, bin gleich wieder hier." Viviana hatte ihren rosa Morgenmantel fest um die Hüften geschlungen. Ihre Blicke wanderten abwechselnd auf die Hand der Taxifahrerin und der jungen Frau. Sie stand jedoch mit dem Rücken zur Kamera, so dass sie nur ihre ausgestreckte Hand sehen konnte. Doch den Ring erkannte sie sofort.

„Und, bin ick verrückt oder ist das dieselbe Hand?", fragte Klaus ungeduldig.

Sie stellte sich auf Zehenspitzen und küsste ihn. „Ja, und es ist derselbe Ring. Du bist genial, Klaus." Baumanns Lachfalten mehrten sich. „Du auch." Er hob Vivi ruckartig höher.

Sie juchzte: „Lass mich runter, du Verrückter."

„Der Verrückte macht jetzt Kaffee."

„Klaus, es ist erst fünf Uhr."

„Na und. Heute is Sonnabend und ick habe sowieso Bereitschaft. Du auch einen?" Er zwinkerte ihr zu.

„Okay, aber mach leise. Unsere Tochter schläft noch." Kat kam schlaftrunken aus ihrem Zimmer. „Nö, die schläft nicht mehr. Du hast so laut aufgeschrien. Ich dachte schon, ihr habt Sex in der Diele."

„Dat wäre doch mal ne Idee, Schatz." Klaus zog seine Frau grinsend an sich.

„Klaus!", rief sie entrüstet.

„Mensch, Papa, jetzt habe ich Kopfkino." Kat hielt beide Hände vor die Augen und verschwand so schnell, wie sie gekommen war.

Baumann saß seit sechs im Büro. Er griff zum Hörer.

„Ja", meldete sich eine verschlafene Stimme.

„Hier Baumann, wir müssen reden."

„Herr Hauptkommissar Baumann?"

„Hab ick doch gesagt. Bist du schwerhörig?"

„Seit wann sind wir per du, Herr Hauptkommissar?",
fragte der Facility-Manager, immer noch schlaftrunken.
„Red keine Novellen, komm ins LKA."
„Das ist nicht Ihr Ernst, Herr Hauptkommissar?"
„Mein voller Ernst, oder soll ick dir den Kriminalrat
auf den Hals hetzen?"
„Nun werden Sie nicht gleich ungemütlich."
„Wenn ick ungemütlich werde, würden deine Ohren
glühen. Und glühen se?"
Der Facility-Manager schwieg, aber Klaus konnte sei-
nen Atem hören. „Also, Herr Petersen, bis gleich."
Klaus warf das Mobile wutschnaubend auf den
Schreibtisch und zog die Papierakte an sich.

Bis um sieben hatte Klaus mit Petersen alle Akten
und Dienstpläne des Reinigungsteams und des tech-
nischen Personals gesichtet. Eine Reinigungskraft
war auffällig, Saskia Sturm. Sie hatte laut Einsatzplan
am Vorabend der Paketlieferung keinen Dienst. Darum tauschte sie heimlich mit ihrer Kollegin Pauline
Schulte, ohne Wissen des Teamleiters. Diese Kollegin
war eigentlich für die Räume der Kommissare zu-
ständig.
Die Frau auf dem Standbild vor dem LKA erkannte
Petersen nicht. Bezüglich des offenen Fensters bat er
darum, zunächst selbst mit seiner Angestellten zu reden, bevor Baumann sie in die Mangel nehmen
würde. Widerwillig stimmte er zu, aber nur, weil er
Petersen seit seinem ersten Tag als sehr zuverlässigen
Menschen kennengelernt hatte.

Da Baumann an sein Team eine SMS mit den neuesten Erkenntnissen gesandt hatte, waren einige sofort bereit, Klaus an diesem Sonnabend zu unterstützen. Thomas war jedoch mit seiner kleinen Familie bereits im Vergnügungspark.

Martin und Klaus saßen bereits im Meetingraum, als Lena und Ben das Büro betraten. Klaus riss den Arm hoch, als er sie sah und rief: „Kommt gleich her. Wir haben Neuigkeiten!"

„Wir auch", antwortete Lena und zog Ben mit sich. Die Viererrunde begann ihren regen Gedankenaustausch. Martin berichtete, dass Frau Seebacher und der Wirt etwas zu verbergen haben. Seine Tochter hingegen schien eher die offene Konfrontation zu suchen, berichtete bereitwillig über den Abend und dass sie dem Fummler eine Ohrfeige verpasst hatte. Sie wisse sich zu wehren. Dafür brauche sie keinen Vater. Bei der Aushilfe hatte Seebacher auch versucht zu landen. Die schien sogar interessiert, war aber, nachdem sie Jan Seebacher vor die Tür begleitet hatte, schnell verschwunden. Nach einer Woche kam sie gar nicht mehr. Aber das sei normal. Auf die meisten studentischen Hilfskräfte könne man sich sowieso nicht verlassen.

„Jetzt habe ick aber noch was für euch. Ick habe mal wieder wirr geträumt, heute Nacht von Frauenhänden." Klaus blickte zu Lena. „Grins nich! Nich wat du schon wieder denkst. Ick habe die halbe Nacht Aufnahmen unserer Videokameras rings um dat LKA gesichtet. Die Pakete haben mir keine Ruhe gelassen.

Dabei habe ick drei Tage vor unseren ominösen Weihnachtspaketen eine Frau erkannt, die wir schon kennen."

„Welche Frau?" Lena war aufgesprungen.

Baumann öffnete die Standbilder. „Die Taxifahrerin. Derselbe Ring. Ick kann nur nicht erkennen, mit wem die sich da unterhält. Petersen auch nicht."

Lena beugte sich dichter zum Bildschirm. „Das kann Paul doch durch einige Filter verbessern. Dann sehen wir mehr. Aber wenn das wirklich dieselbe Frau ist, haben wir definitiv eine heiße Spur."

„Stimmt. Geb ihm dat am besten gleich rüber. Ick habe gestern noch die Kellnerin einbestellt und rede später mit ihr. Die hat uns einiges zu erklären."

Ben räusperte sich. „Sorry, aber kommt Ihnen die andere Frau, mit der sich die Taxifahrerin unterhält, auch bekannt vor?"

Baumann beugte sich noch einmal über das Standbild. „Nö, zu verschwommen. Mal sehen, wat olle Paul noch rausholen kann."

Ben kniff die Augen zusammen, bis das Blau seiner Pupillen verschwand. Irgendetwas irritierte ihn. Lena hatte inzwischen mit ihren Ausführungen begonnen. „Zu dem Ring können euch Ben und ich euch noch mehr sagen." Als Lena das Bild des Siegelrings auf den Bildschirm zog, verstummten die Zweifel in Bens Kopf. Lena präsentierte einige Eckdaten, die sie bereits herausgefunden hatten. Das ist ein Ring der Familie von Weiher aus dem brandenburgischen Adelsgeschlecht. Als der Gutsbesitzer Hans von Weiher 1912 verstarb, hinterließ er neben seiner Frau Wilhelmine seinen Sohn Nikolaus. Aus dessen Ehe gingen vier Söhne hervor, die alle im Zweiten Weltkrieg als Offiziere gefallen waren.

„Aus dieser Ahnenreihe stammt der Siegelring", schloss Lena ihre Ausführungen und ließ sich auf den Stuhl fallen.

„Also kann dat gute Stück heute jedem gehören?", fragte Baumann enttäuscht.

„Das glaube ich nicht, Klaus. Wenn jemand, also diese Frau, ihn täglich trägt, hat sie einen besonderen Bezug dazu. Ich glaube eher an eine entfernte Verwandte. Wir haben uns auch mit allen namhaften Auktionshäusern in Verbindung gesetzt. Er stand auf keiner der Listen."

Ben hob flüchtig die Linke. „Auch im Archiv meines Vaters haben wir nichts gefunden. Nach dem Tod der vier Söhne endet die Familie genealogisch."

„Und woher hat dein Vater seinen Ring, mit demselben Wappen?" Klaus warf sich stöhnend auf die Tischplatte.

„Er hat ihn auf einer Auktion 2009 bei Sotheby's erstanden. Soweit ich mich erinnere, hat er nicht einmal zweitausend Euro dafür bezahlt."

Baumanns Augenbrauen zogen sich zu einem breiten Band zusammen. „Na, dat ist für Sie *nicht einmal*, aber für Normalsterbliche viel Geld."

Ben hob abwehrend die Hände und schwieg. „Dann werde ich mich heute ausnahmsweise meinem Studium widmen", sagte er und erhob sich.

Klaus hatte mit einer Wut im Bauch die schwangere Frau Seebacher noch einmal befragt. Nur ihres Umstands wegen, hatte er sich zusammengerissen, und weil Martin ihn zur Ruhe ermahnt hatte. Schließlich kam der eigentliche Grund ihres Streitgespräches ans Licht. Nach dem Verschwinden ihres Mannes hatte sie Trost bei Grabow gesucht. Aber über einen One-Night-Stand hinaus, wollte sie nicht gehen. Er schon. Grabow lief ihr immer noch hinterher und sie bereue es, sich mit ihm eingelassen zu haben. Sie war bei ihm, um nochmals klarzustellen, dass sie nicht von ihm, sondern von ihrem zukünftigen Mann schwanger sei und er sich keine Hoffnung machen solle.
Auf dem Rückweg zum LKA hatte Baumann noch einmal mit Grabows Tochter gesprochen, die ihm ein Foto von der studentischen Aushilfskraft mitgab. Erschrocken stellte er fest, dass sie denselben Ring trug wie die Taxifahrerin.

Befragung Patricia Ahrens:
Baumann und Martin Struve betraten den Verhörraum. Baumanns Hand lag noch auf der Türklinke, als ihn ihre Blicke streiften. Sie trug ein betörend kurzes Kleid und lange schwarze Stiefel, die ihre schmalen Knie überdeckten. Klaus war auf Schlag seiner nüchternen Überlegung beraubt. Er schluckte den Eindruck hinunter und setzte sich endlich.
Martin hatte seinen überraschten Blick gesehen und übernahm: „Frau Ahrens …"

„Warum haben Sie mich vorgeladen?" , unterbrach
die gelangweilte Schönheit und warf ihr langes, blon-
des Haar über die Schulter.
Martin übte sich in Ignoranz, schob ein Foto über den
Tisch und fragte: „Woher haben Sie diesen Ring?"
Sie beugte sich über das Bild und riss plötzlich die
Augen auf. „Was für ein schönes Stück. Kann ich den
im Original sehen? Woher haben Sie diesen Ring?",
fragte sie schnippisch und lehnte sich lautstark zurück.
Theaterreif, dachte Martin und starrte auf den weißen Fleck ihres rechten Ringfingers. Baumann dachte
gar nichts, denn seine Augen waren in ihr freigiebig
ausgeschnittenes Oberteil gefallen und verweilten
für einen Moment zu lange darin. Martin räusperte
sich.
„Frau Ahrens, Sie haben bis zum zwölften Mai 2023
bei Herrn Grabow als Kellnerin gearbeitet. Warum
haben Sie das Arbeitsverhältnis ohne Ankündigung
beendet?"
„Wissen Sie, was da für fiese Typen ein und aus gehen", antwortete sie, scharf wie eine Rasierklinge.
Martin huschte ein Lächeln über die Lippen. „Aber
einigen dieser fiesen Typen, wie Sie die Männer beti-
teln, waren Sie doch offensichtlich zugetan."
„Das ist doch purer Unsinn!" , schrie sie.
„Nein, das ist eine verlässliche Tatsache, Frau
Ahrens", widersprach Struve. „Dafür gibt es Zeugen.
Oder sind Sie nicht auf die Avancen von Herrn Jan
Seebacher eingegangen?"

„Blödsinn. Der war besoffen, und ich habe ihn nur zum Taxi hinausbegleitet. Er tat mir leid."
Baumann war erwacht und brüllte sie an: „Sie fahren gerade Ski auf einer Buckelpiste. Sie hüpfen von einer Lüge zur anderen. Verarschen Sie mich nicht!"
„Wie reden Sie mit mir?" , schrie die Blondine mit den stahlblauen Augen.
Klaus nahm das als rhetorische Frage hin und zog die Bilder der Überwachungskameras aus der Mappe. „Dieses Taxi hat am zehnten Oktober 2022 um 10:09 Uhr Peter Jensen von der JVA Billwerder im Dweerlandweg abgeholt. Sie sitzen am Steuer. Seitdem ist er spurlos verschwunden."
Ihre stahlblauen Augen stachen ins Leere. Es klopfte. Baumann stand auf und lief zur Tür, die er nur einen Spalt weit öffnete. „Ben, du kommst genau richtig. Komm rein. Hast du mitgehört?" Er nickte, stellte sich vor, nahm Platz und ließ Patricia Ahrens erst einmal auf sich wirken. Ihrer Ausstrahlung nach ist sie eindeutig Studentin, dachte er. Nicht locker, sondern stylish angezogen und am linken Handgelenk viele Armreifen. Du willst also auf dich aufmerksam machen. Aber du bist keine der unsicheren Hübschen, eher arrogant. Zur perfekten Schauspielerin fehlt es dir an Intelligenz und Zielstrebigkeit. Als er aufblickte, sah er in ihre stechenden blauen Augen. Sie hatte ihn fest im Blick und schien sich ihrer Person sicher zu sein. Ben lächelte und schwieg.

Martin schob das zweite Foto über den Tisch. „Das ist die Aufnahme an der Tankstelle, auch eindeutig sie, Frau Ahrens."

„Wissen Sie, was ein Studium kostet?"

Ben nickte Martin zu und übernahm. „Natürlich wissen wir das. Und ein Masterstudiengang ist bei Weitem kostspieliger. Aber darum geht es Ihnen doch gar nicht, Frau Ahrens. Wir können das hier abkürzen." Ben lehnte sich zurück und schwieg, um sie einige Zeit zu beobachten. Und richtig, ihr asymmetrischer Gesichtsausdruck hatte sie verraten. Er schob die Beobachtung in einen Zwischenspeicher und begann: „Ich habe mich mit dem Dekan ausgetauscht, den ich im Übrigen gut kenne. Sie haben am Montag, dem zehnten Oktober 2022, eine Vorlesung versäumt. Und das war nicht die erste. Sie scheinen sich nicht zu interessieren, Ihr Studium erfolgreich abzuschließen. Also lassen Sie bitte diese Spielchen."

„Du willst spielen?" , hauchte die Wildkatze und beugte sich weit über den Tisch.

Ben wich zurück und taxierte ihre muskulösen Oberarme. Im Vorbeugen flüsterte er: „Sie sind wie die meisten Kunstwerke, durchaus hübsch anzusehen, aber maßlos überschätzt. Das meiste ist Gebrauchskunst, wie Sie."

Klaus und Martin sahen grinsend zu Boden.

„Na und, dann bin ich eben dieses blöde Taxi gefahren. Ich brauche Geld, oder was glauben Sie, wie ich mein Studium finanziere?" , brüllte sie. „Aber ich weiß nicht, wo der Typ abgeblieben ist. Ich habe ihn im Leonardo Hotel abgesetzt und bin wieder gefahren. Die haben da doch sicher Überwachungskameras. Dann müssten Sie doch nachvollziehen können, dass ich ihn da abgeladen habe. Er hat irgendwas von einem Treffen gesäuselt, war ganz happy, irgendjemanden zu treffen."

Baumann nickte Ben zu und übernahm. „Danke. Dann gehört Ihnen also der Siegelring. Woher haben Sie dieses wertvolle Stück?"

„Geklaut" , gab sie bockig zur Antwort.

„Frau Ahrens, bleiben Sie sachlich."

„Ein Erbstück. Ich wurde adoptiert. Ein entfernter Verwandter hat mir eine Kette mit diesem Ring um den Hals gebunden."

„Also sind Sie eine derer von Weiher?", fragte Ben.

„Ja, und sie sind die einzige Familie, die ich wirklich hatte. Leider habe ich keinen von ihnen kennenlernen dürfen. Reicht das als Antwort?"

„Danke, ja" ,brummte Baumann.

Martin hatte sich zurückgelehnt und empfand Mitleid. Er hatte ein ähnliches Los ertragen. Doch seine Mutter wurde ihm zurückgegeben. Die junge Frau hingegen schien allein zu sein.

Klaus überlegte, ob er sie schon mit dem Standbild vor dem LKA konfrontieren sollte, entschied sich aber zunächst beim Thema Taxi zu bleiben. Er holte tief Luft, bedankte sich nochmals und sagte: „Dat mit dem Studium kann ick verstehen. Aber verraten Sie uns bitte, warum Sie mit einem gefälschten Nummernschild gefahren sind?"

Seine Frage fiel zu Boden wie eine tickende Zeitbombe. Sie starrte auf das imaginäre Etwas, und es schien fast, als beobachtete sie die immer kürzer werdende Zündschnur. Ein Zucken durchfuhr ihren schönen Körper. Sie sprang auf und wollte aus dem Zimmer stürzen. Doch Klaus packte sie am Oberarm, nichts ahnend, dass ein Hurrikan über ihn einbrechen würde. Schreie und Schläge trommelten auf ihn nieder und die Kollegen hatten Mühe diese Furie in Zaum zu halten.

„Lassen Sie mich los. Ich habe nichts Unrechtes getan. Woher soll ich wissen, dass dieses Taxi schwarzfährt? Fragen Sie den Besitzer." Sie begann zu zappeln. „Lassen Sie mich endlich los. Ich will nur die Visitenkarte aus meinem Portemonnaie ziehen."

Die Männer lösten die Fesseln, ließen sie aber nicht aus den Augen.

„Bitte, fragen Sie ihn."

Baumann nahm die Karte entgegen und sagte: „Haben Sie sich beruhigt? Können wir mit der Befragung fortfahren?"

Sie warf ihre langen Beine übereinander und blickte nickend in die Runde.

„Wir werden das prüfen. Nun noch einmal zu Herrn Seebacher." Martin holte Luft.

Patricia rollte mit den Augen. „Der besoffene Lehrer wollte was von mir, ich aber nichts von ihm. Schauen Sie mich an. Muss ich mich alten Typen an den Hals werfen?"

Die rhetorische Frage ignorierend, fragte Martin weiter: „Sie haben gesagt, dass Sie Herrn Seebacher zum Taxi begleitet haben. An diesem Abend hat jedoch kein Taxiunternehmen eine gebuchte Fahrt registriert. Wie erklären Sie sich das?"

Sie warf sich stöhnend an die Stuhllehne und sagte gelangweilt: „Vielleicht auch ein Schwarztaxi. Aber ist das nicht Ihre Aufgabe, dass herauszufinden?"

Martin lächelte sie an. „Das werden wir, Frau Ahrens. Das werden wir."

Ben beugte sich zu Baumann und flüsterte ihm etwas zu. Klaus nickte, stand auf und verließ mit ihm den Verhörraum.

„Haben Sie das gesehen, Herr Baumann?"

„Wat?"

„Als sie die Visitenkarte des Taxiunternehmers aus ihrem Portemonnaie zog."

„Wat war da?"

„Auf der linken Innenseite steckte ein Foto. Und dieses Bild ist identisch mit dem in der Personalakte der Reinigungskraft."

Klaus verdrehte die Augen. „Dat war nur eine Sekunde. Dat is Ihnen aufgefallen? Haben Sie Adleraugen? Moment." Baumann rannte in sein Büro und klappte die Personalakte auf.

Ben war ihm gefolgt. „Genau. Frau Saskia Sturm hat rote lockige Haare, etwa schulterlang, die sie seitlich mit zwei Spangen zurücksteckt, genau wie auf dem Foto, dass ich gerade gesehen habe."

„Aber dat is ja die Verbindung. Dann ist die Putze der Insider.“

„Genau. Patricia Ahrens und Saskia Sturm sind Freundinnen.“

„Die setz ick uff den Pott!“

Ehe Mortensen Baumanns Arm greifen konnte, eilte Klaus bereits mit weit ausholenden Schritten davon.

„Warten Sie.“ Ben hatte ihn noch vor der Tür eingeholt. „Lassen wir sie in dem Glauben, dass wir ihr nichts beweisen können. Dann bringt sie und wahrscheinlich ans Ziel.“

„Stimmt“, brummte Klaus. „Aber wir überwachen sie engmaschig. Dat Luder lügt.“

13

Der Ohlsdorfer Friedhof hatte seine Tore noch fest verschlossen als ein weißer Kleinwagen in die davorliegende Einbahnstraße bog und kurz darauf am Straßenrand hielt.

Die schwarze Wollmütze tief ins Gesicht gezogen griff er auf den Nebensitz, zog das farbenfrohe Tannengesteck an sich und stieß die Tür ins Freie. Er drehte sich aus dem Auto und lief langsam weiter bis vor das kunstvoll geschmiedete Tor. Er hatte Zeit und beobachtete die Friedhofsgärtner, die wie emsige Ameisen Berge von Tannengrün auf ihre Transporter luden. Ihm war klar, dass der Friedhof erst um neun Uhr öffnete und blickte hinüber zum imposanten Hauptgebäude. Erinnerungen wurden wach und seine Augen füllten sich mit Tränen. Als das große Eingangstor sich endlich nach innen öffnete, atmete er auf. Eine Traube von eingemummten Menschen hatte sich bereits davor versammelt und strömte jetzt dem Hauptweg entgegen. Doch seine Augen wanderten bereits an den Gräbern entlang, zu seinem ersehnten Ziel.

Das Tannengesteck bedeckte das gesamte Urnengrab. Er kniete noch einmal nieder, berührte die rote Schleife und die kunstvoll drapierten Trockenblumen. Dann sandte er einen Luftkuss zum Grabstein und ging.

Er hatte den eisernen Stuhl fest im Beton verankert und alles sorgfältig vorbereitet. Unruhe stieg in ihm auf, denn er wusste, dass die Zeit gekommen war. Ja, auf diesen Moment hatte er so lange gewartet. Aber heute würde er endlich Erlösung finden, den Druck loswerden, der bereits seit Jahren seine Seele einschnürte. Ihm war klar, dass er sie brauchte, seine düstere Seite und dennoch spürte er ein Unbehagen, wenn sein zweites Ich das Steuer übernahm.

„Ah!" Seine Hände krallten sich um den Kopf. Plötzlich war er wieder da, dieser Druck. Ihm war, als würde sein Schädel explodieren. Seine Finger fuhren krampfartig durch die schwarzen Haare. Er musste diesen Druck loswerden, unbedingt. Er musste die Schleusen öffnen und er wusste, was zu tun war.

„Lass es fließen" , hauchte er in die kalte Dezembernacht und sein Herzklopfen verlangsamte sich. Er hatte makellose Verbrechen verübt und heute würde er der Reihe noch eines hinzufügen. Fünf Jahre waren bereits vergangen, und Hauptkommissar Baumann tappte immer noch im Dunkeln. Seine innere Stimme begann zu lachen, erst leise und dunkel, dann laut und kreischend wie ein Schakal.

Wieder drohte sein Kopf zu platzen und er griff sich in die Haare. Seine Kopfhaut schien ihm plötzlich so dünn wie eine Eierschale und er fühlte bereits die ersten Risse.

Als er das Wasserglas zitternd an seine schmalen Lippen führte, hatten seine Augen jeglichen Glanz verloren. Ein monotones Summen breitete sich in seinem

Kopf aus und sein Mund verzog sich zu einem Lächeln.

„Es hat alles einen Sinn. Denn jemand muss Gleichgewicht in diese Welt bringen. Ihr habt es zugelassen, dass sie aus den Angeln gehoben wurde. Ihr habt versagt. Ich hingegen bringe die Gerechtigkeit zurück auf diese Welt."

Er schloss die Augen und spürte seinen Herzschlag, der warnende Stöße an seine Brust sandte. Dunkles Rot schien sich über seine Pupillen auszubreiten. Er fühlte einen Strom von Tränen über seine Wangen fließen und griff ruckartig in sein Gesicht. Dann wanderte seine kleine Hand in den Nacken und ertastete die alte Narbe. Ein Zucken erschütterte seinen ganzen Körper und er versank in einem Meer von Traurigkeit. Seine Lider verbannten das Licht und er tauchte ein in ein Schwarz, dunkler als der tiefste Ozean.

„Nein! Nein! Nein!"

Er riss die Augen auf und suchte einen Fixpunkt, um den Erinnerungen zu entfliehen. Weiße Wattewolken schwebten am offenen Tor vorbei und er verfolgte ihren langsamen Lauf. Seine Augen gingen mit ihnen auf Reisen und sein Puls schien sich zu beruhigen. Doch der nächste Panikschub bahnte sich den Weg zu seinem Herzen und er wagte nicht die Augen zu schließen. Schweißgebadet klammerte er sich an den eisernen Stuhl.

„Verschwinde endlich aus meinem Kopf!", schrie er in den Raum. Doch das Bild verschwand nicht. Er blickte in das Gesicht dieses sadistischen Monsters und spürte, wie Tränen die Augäpfel benetzten. Aus den Tränen wurden ein See und schließlich ein reißender Strom. Er ließ sich mitreißen und spürte plötzlich eine Form der Erleichterung, gefolgt von einem strahlenden Licht, was ihn ganz und ganz erfüllte. Er lächelte.

Als Baumanns Diensthandy sich meldete, trank er gerade den letzten Schluck seines Morgenkaffees, riss es an sich und sah fluchend auf Hauckes SMS.
„Was ist, Schatz?" Vivi drehte auf der ersten Treppenstufe um und kam auf ihn zu.
„Wie ick es prophezeit habe. Er serviert uns sein drittes Opfer zum dritten Advent. Scheiße!"
„Wo?" Vivi zupfte an seinem Hemd.
„Ohlsdorfer Friedhof. Ick muss."
Die Einfahrt zum Ohlsdorfer Friedhof war von Fahrzeugen und Einsatzkräften bevölkert. Baumann fuhr den Wagen links in die Einbahnstraße und lief durch die Absperrung.
„Klaus, da bist du ja endlich" , rief Haucke ihm entgegen. „Hier, zieh die über." Der Pathologe reichte ihm die Handschuhe.
„So, hab ick. Lässt de mich jetzt hinter den Vorhang sehen?" Er zeigte auf die Tatortschutzwand vor dem geschlossenen Eingangstor.
„Klar, ist aber ein außergewöhnlicher Anblick."

„Ach, du dicket Ei. Der sieht ja aus, wie ein Kunstwerk. Tschuldigung, aber is so, oder?" Baumann blickte verwirrt auf.

Paul Tanner stieß ihn an. „Moin, Klaus. Das habe ich auch gesagt, oder wie ein Hamburger Wasserträger. Den gab es doch auch in Gold, glaube ich?"

„Seid ihr fertig? Dann können wir uns endlich dem Fundort zuwenden", brummte Haucke.

„Hat er noch alle Finger und Daumen?", meldete sich eine Stimme im Hintergrund.

Klaus drehte sich um, klopfte ihm freundschaftlich auf den bemantelten Arm und sagte: „Moin, Schlauberger. Dat er nicht zur Serie gehört, is klar. Aber es könnte trotzdem unser Täter sein, oder?"

Ben trat näher an die Leiche. Seine Augen hatten sich schlagartig geweitet und seine Lippen standen offen. Lena ging einen Schritt auf ihn zu und griff seine Hand. Er zitterte.

„Ich kenne ihn", flüsterte Ben. „Das ist Hannes von Hagedorn."

„Ach, du Scheiße. Mein Beileid." Baumann stand mit ausgestreckter Hand vor ihm.

„Nein, nicht nötig. Er war ein Freund meines Vaters, nicht meiner." Den eigentlichen Grund der Ablehnung verschwieg er, versuchte seine Kontenance wiederzugewinnen und sagte: „So, unser Täter muss ihn abgrundtief gehasst haben."

„Gehasst?", fragte Klaus nach.

„Die Augen seines Opfers sind weit geöffnet. Er hat ihn zu Tode gequält. Ich kann immer noch die Angst in seinem Blick sehen. Der Mund weit aufgerissen. Der letzte Schrei, bevor der Tod eintrat."

„Grausam." Lena schüttelte sich und selbst der Pathologe, der schon viele Leichen gesehen hatte, wandte seinen Blick.

Ben fügte seiner Analyse hinzu: „Er zollte seinem Opfer keinen Respekt, zeigt keinerlei Reue für seine Tat, sonst hätte er ihn sorgfältig an das Geländer gesetzt und ihn nicht abgeladen wie Müll. Die Augen wären verschlossen und die Hände sorgfältig auf die Oberschenkel gelegt. All das ist nicht der Fall. Auch hat er kein Szenarium für uns aufgebaut, wie bei den anderen Opfern. Und doch ist die Aussage eindeutig."

„Wieso Respekt?" Baumann war einen Schritt auf ihn zugegangen.

„Wenn Täter nach dem Mord Schuldgefühle entwickeln, zollen sie ihren Opfern einen gewissen Respekt. Sie schmücken sie mit Blumen, legen sie in eine Aufbahrungshaltung, verschließen die Augen und so weiter."

Klaus stöhnte laut und sein Atem zog als kleine Dampfwolke gen Himmel. „Aber warum wirft er ihn dann vor einen Friedhof?"

Ben räusperte sich. „Du hast recht. Das passt nicht ins Bild. Ich stelle mir gerade die Frage, warum der Ohlsdorfer Friedhof?" Er hatte seine Fäuste in den Manteltaschen vergraben. Szenarien aus eigenem Erlebten sausten wie Roulettekugeln durch sein Gehirn.

„Ben, du musst das hier nicht machen. Immerhin kanntest du ihn", sagte Lena.

Er schüttelte schweigend den Kopf. „Nein. Danke."
Haucke zog einen Brief aus Pauls Asservaten-Koffer.
„Übrigens ist es definitiv unser Serienmörder, mit einer Besonderheit. Dieses Opfer hat er vorgewarnt.
Der steckte in der Jacke des Toten. Hier, lies, Klaus."
Vorsichtig zog Baumann den kleinen Zettel aus dem
roten Kuvert. Seine Augen scannten den kurzen
Brief. „Wir haben Höllenqualen erlitten. Jetzt bist du
dran", las er vor und sah ruckartig zu Ben. „Passt dat
zu dem Psychopathen? Irgendwie habe ick den Eindruck, dat es schnell gehen musste. Die anderen hat
er doch ordentlich abgelegt."
„Sie haben recht, Herr Baumann. Vielleicht war er gezwungen zu töten, aus einem gewissen Druck heraus. Vielleicht glaubte er , es tun zu müssen. Vielleicht fühlt er sich bedroht , es könnte eine Erinnerung in ihm zu dieser Tat gedrängt haben , eine Erinnerung an seine eigene Hölle."
„Dat sind mir zu viele Vielleicht, aber Sie werden
recht haben. Wat sagst du dazu, Haucke? Und wieso
hat der einen rasierten Schädel? Dem wurden die
Haare doch abrasiert. Da, links is ne Schnittwunde,
und da noch eine. Jemand, der sich selbst den Kopp
rasiert, kann dat besser."
„Genau, Klaus. Richtig beobachtet."
„Also war dat der Täter. Vor oder nach seinem Tod?"
„Der Gerinnung seiner Kopfwunden nach , eher nach
dem Tod."
„Und wat soll uns dat sagen?", fragte Klaus zu Ben
gedreht. „Will er das Opfer bestrafen?"

„Ja und nein."

„Na, wat denn jetzt?"

Ben hob die Hände. „Ich glaube eher an eine Art symbolische Kastration. Haare werden oft mit Männlichkeit assoziiert." Bens Kehlkopf folgte der Schluckbewegung und er drückte seine geballten Fäuste tiefer in die Manteltaschen. „Er benutzt ihn als Mahnmal. Die Farbe Gold, die eigentlich Luxus und Ruhm signalisiert, bedeutet auch Stolz und Macht. In diesem Fall symbolisiert sie seine Macht."

Paul band seinen langen Pferdeschwanz zu einem Knoten, griff in die Asservaten-Box und zog eine kleine Tüte heraus. „Hier, Ben, das habe ich gerade aus seinem Schuh gezogen, passt zu deiner These." Ben griff zu, strich die Folie glatt und las:

„Peter will der Erste sein,
  ist aber der Dritte.
  Jan erscheint als Zweiter euch,
  doch auf vier ich tippe.
  Golden Hannes Nummer drei
  ist auf keinen Fall die Zwei."

„Ach du dicket Ei. Ick hab von Briefen und Nachrichten langsam die Schnauze voll."

„Ruhig, Klaus" ,hörte Ben sich sagen, obwohl er mit seinen eigenen Dämonen zu kämpfen hatte. „Wir wissen, dass er den Tod von Hagedorn nicht geplant hat. Er ist Nummer fünf. Ihn hat er außer der Reihe getötet. Denn er verfolgt sonst einem durchorganisierten Plan, der uns zu seinem eigentlichen Mord führen soll."

„Na, dann, fröhliche Weihnachten" ,entfuhr es Klaus.

Zurück in der Pathologie machte Dr. Pistorius eine qualvolle Entdeckung und bat Ben zu sich.

„Ich wollte mir gerade einen Kaffee eingießen, als Ihr Anruf kam", rief ihm Mortensen entgegen.

Haucke wies auf die dampfenden Kaffeetassen hinter sich. Ben griff zu.

„Danke, Sie können Gedanken lesen."

„Ja, manchmal kann ich das auch." Er lachte und streckte ihm die Hand entgegen. „Wollen wir nicht endlich zum Du übergehen?"

Ben schluckte den Kaffee hinunter und griff zu. „Sehr gern. Ben."

„Klasse, Ben. Haucke."

Mortensen beugte sich neugierig über die Leiche. „Er hat ihn mit einem Elektroschocker gequält?"

„Genau, daher die Brandmale auf der Brust. Aber der erste Stoß hat ihn sicher nur gelähmt. Es müssen bis zum endgültigen Herzstillstand viele gefolgt sein."

„Höllenqualen" , flüsterte Ben in das Ohr des Toten. Haucke liefen Schauer über den Rücken.

„950.000 Volt pro Stromstoß, richtig?" , fragte er den Pathologen mit zusammengekniffenen Augen.

Haucke nickte und griff zu seiner Kaffeetasse.

„Dann muss er mindestens 12 bis 15 dieser Stöße abbekommen haben, richtig?"

„Ja. Durch den Ersten war er gelähmt und unfähig, sich zu verteidigen. Aber das hätte er sowieso nicht gekonnt. Siehst du die Fesselungsspuren an den Gelenken?"

Ben beugte sich wieder zum Toten und flüsterte in sein Ohr: „Du wusstest, dass du sterben wirst. Jeder Stromstoß brachte dich der Hölle ein Stück näher."

„Hör auf damit. Du machst mir Angst. Das ist doch keine Horrorshow, Ben."

Mortensen hob grinsend den Kopf. „Schon gut. Aber eines ist sicher. Der Mörder hat es genossen. Sicher hat er die Angst in seinen Augen gesehen."

„Und noch etwas ist auffällig, und darum ist er nicht euer Serienkiller." Haucke wies auf die Brandwunden. Ben verstand.

„Moin. Hier gibt es heißen Kaffee? Ick will auch einen", bollerte Baumanns sonore Stimme die kargen Wände empor. Haucke blickte flüchtig zur Kaffeemaschine. Klaus verstand, füllte die Tasse und schlang die großen Hände um den Kaffeepott. „Und, wat gibt es, Haucke?"

Der Pathologe stellte seine Tasse ab und beugte sich über die Leiche. „Der Mörder hat ihn mit unzähligen Stromstößen bis zum Herzstillstand gefoltert. Hier siehst du, Klaus."

„Wat für ein Scheusal. Dat is die Höchststrafe."

Ben beugte sich über von Hagedorn. „Der Drohbrief, die abrasierten Haare und die Grausamkeit, mit der er vorgegangen ist, unterscheiden sich von den anderen Opfern. Es genügte ihm nicht, zu töten. Er hat es genossen, ihn zu quälen. Zu diesem Opfer hat er definitiv einen persönlichen Bezug."

„Woran erkennen Sie dat?" Baumanns Stirn hatte sich in Falten gelegt.

„Ein Psychopath, der seine Opfer derart verwundet, ist ein sadistischer Täter. Er wollte ihn leiden sehen, hat sich an diesem Anblick erfreut. Gewöhnlich teilt man Folter in zwei Kategorien, sadistische und funktionelle. Die funktionelle Folter dient der Gewinnung von Informationen. Sie ist maßlos und persönlich, kühl und unberechenbar. Die sadistische Folter hingegen dient der Befriedigung und hat emotionale Gründe, wie bei unserem Täter."

„Wie meinen Sie dat mit dem persönlichen Bezug?" Baumanns Augen glänzten.

„Die anderen Opfer erzählen eine Geschichte. Dieses hier erzählt seine. Dieser Mann hat ihm grausame Dinge angetan. Das hier ist seine persönliche Rache."

Bens Nägel gruben sich gerade in den Handballen.

„Dat passt. Die anderen hat er vor Jahren ermordet, eingefroren und jetzt präsentiert. Der da is frisch."

„Signifikant analysiert, Herr Baumann. Genau das ist der Punkt. Dieses Opfer zu diesem Zeitpunkt hatte er nicht geplant. Vielleicht ist er ihm zufällig begegnet und hat Erinnerungen in ihm geweckt." Ben strich sich seine dunklen Locken hinter die Ohren.

„Dat heißt, er hält sich nicht mehr an seine eigenen Spielregeln."

Ben nickte Haucke zu, der endlich auflöste. „Das stimmt, Klaus. Doch es war nicht derselbe Täter."

„Wat? „Aber der Brief?“

Ben räusperte sich. „Links. Die Schnittwunden am Kopf sind links. Die Brandmale vom Elektroschocker sind überwiegend auf der rechten Seite. Er ist Linkshänder.“

„Dat verwirrt mich.“

Haucke drehte sich zu Klaus. „Stell dir vor, ich bin der Mörder, stehe genau vor dir, und rasiere dir den Schädel.“ Haucke hob die Linke. „Die rechte Seite des Schädels kann ich gut erreichen. Die Linke nicht. Darum die Schnittwunden. Beim Elektroschocker wird es noch deutlicher. Ein Linkshänder wird eher die rechte Seite verletzen, verstehst du?“

14

Lena hatte den Kamin entzündet und ihr Weihnachtsbaum strahlte. „Ein wenig Weihnachtsstimmung kann nicht schaden, wenn wir uns schon am dritten Advent in die Arbeit stürzen", sagte sie.
Die Runde der versammelten Kollegen nickte.
„Danke, Lena. Also, wat haben wir?"
„Wo ist eigentlich Ben?" , fragte Thomas.
„Im Leonardo Hotel. Der Chef hat die Überwachungsbänder herausgesucht. Ben will ihm Fotos von Peter Jensen und Patricia Ahrens zeigen. Vielleicht hat die Kellnerin wirklich die Wahrheit gesagt. Wir werden sehen. Ich habe mich noch einmal in die Akte von Seebacher eingelesen. Die Anzeige gegen ihn hatte wohl ihre Berechtigung."
Thomas goss sich gerade Kaffee ein und fragte entsetzt: „Aber warum wurde sie dann zurückgezogen?"
„Die Eltern und Lehrer glaubten ihr nicht. Aber ich habe mir die Schulakte von Alina Zastro angesehen und einen unserer Psychologen befragt. Nach diesem Vorfall wurde sie immer ruhiger und von der Klassenbesten zur Sitzenbleiberin. Ich glaube, dass sie in diesem traumatischen Erlebnis bis heute gefangen ist. Sie kapselt sich ab, sie scheitert."

„Das sind klassische Folgen von Menschen, deren Stimme nicht gehört wird", sagte Ben, der gerade den Raum betrat.

Alle drehten sich zu ihm und Lena zwinkerte ihm zaghaft zu. Er setzte sich auf den einzigen freien Platz und sagte: „Die Aussagen von Patricia Ahrens sind alle korrekt. Sie hat ihn nur abgesetzt. Jensen hat im Foyer des Hotels auf jemanden gewartet."

„Auf wen?", fragte Klaus ungeduldig.

Ben drehte sein Tablet. „Jan Seebacher."

„Ach du große Scheiße", entfuhr es Baumann. „Dit wird ja immer bunter, und den können wir nich mehr befragen."

Ben wiegte den Kopf. „Leider. Aber der Rezeptionist konnte sich gut an den Tag erinnern, da es sein Hochzeitstag war. Die Herren tuschelten nur kurz und verließen dann das Hotel. Die Videokameras sind nur auf den Eingang gerichtet, nicht auf den Parkplatz."

„Davon lassen wir uns nicht unterkriegen." Lena legte ihre schmale Hand auf den Tisch und sprach weiter: „Ich habe noch weitere Fakten. Die Nachbarin von Frau Bruns in Husum hat ausgesagt, dass sie im Urlaub ist, kommt aber in drei Tagen wieder. Dann kann ich sie endlich befragen."

Ein lautes Brummen unterbrach Lenas Information. Baumann riss sein Handy aus der Innentasche seiner Jacke und brüllte in den Hörer: „Wer stört?" Dann veränderten sich seine Gesichtszüge. Er entschuldigte sich stotternd und schwieg. Alle sahen auf seinen nickenden Kopf und harrten der Auflösung. „Ick hab es gewusst." Als ihn alle anstarrten, berichtete er. Die Reinigungskraft Saskia Sturm hatte das Fenster geöffnet, aber nicht freiwillig. Die alleinerziehende Mutter wurde erpresst. Er hat gedroht, sie beim Jugendamt anzuzeigen, weil sie ihre kleine Tochter wegen der Arbeit oft allein lassen muss. Sie ist ständig in Geldnot, kommt kaum über die Runden. Darum habe sie das Geld angenommen, dass er ihr für die Dienste angeboten hat. Sie war es auch, die den Duftstecker und die Pralinen platziert hat.

„Was sagt sie zu dem Gespräch mit der Taxifahrerin? Die Kamera lügt schließlich nicht. Ist sie die Verbindung zu dem Erpresser, oder besser gesagt zu unserem Serientäter?"

„Die Ahrens besucht sie öfter. Sie hätte sonst niemanden, mit dem sie ihre Sorgen teilen kann, sagt sie."

„Das heißt, dass sie ganz subtil Informationen aus der Reinigungskraft herausgekitzelt hat", stöhnte Lena. „Sie ist definitiv das Verbindungsglied."

„Ja." Baumanns brummiges Ja schwebte wie eine Kapitulation durch den Raum.

„Wissen wir, wie sie die Anweisung erhalten hat?"

„Klar. Denkst du, Hinrich is doof. Dat is eine Schnüffelnase. Den hole ick demnächst ins Team. Natürlich hat der dat allet gefragt. Die lag vor ihrer Wohnungstür. Ohne Brief, falls du dat gleich fragen wolltest, Klette. Danach hat der Typ angerufen und ihr die Anweisung durchgegeben, die Pralinen auf meinen Schreibtisch zu legen."

„Kennt sie den Namen, irgendein Hinweis auf den Täter? Handynummer des Anrufers?", fragte Lena, die zwischenzeitlich aufgestanden war.
Baumanns mächtiger Kopf bewegte sich abwechselnd nach beiden Seiten. „Nö, Prepaid, hat Hinrich gesagt. Is aber abgestellt."

Montagmorgen, noch acht Tage bis zum Heiligen Abend. Baumann träumte von Rotkraut, Äpfeln und Gänsebraten, die über seinem Kopf hinwegflogen und in den dichten Wolken des Hamburger Himmels verschwanden. Er warf sich von einer Seite auf die andere, öffnete die Augen und starrte auf die weiße Wand. Unruhe stieg in ihm auf und in seinen Darmwindungen braute sich ein Gewitter zusammen. Er legte seine warme Hand auf den aufgeblähten Bauch. Es schien ihm, als hätten Hummeln seine Hose bevölkert und er konnte die Luft nicht mehr halten. Ein lauter Ton machte sich unter der Bettdecke breit und obwohl Klaus sie fest verschlossen hielt, strömte ein pestilenzartiger Gestank in den Raum.
„Iiiii, Klaus." Vivi sprang aus dem Bett und hielt sich Mund und Nase zu. „Du Ferkel", vernahm man ihre dumpfe Stimme.
Baumann drehte sich zu ihr, drückte die Decke noch dichter an sich und sagte: „Tut mir leid, aber ick kann nichts dafür. Mein Darm hat ihn nach draußen geschoben. Ick habe ihn nur entkoppelt."

Baumann trottete die Treppe hinunter, lief an den Katzen vorbei und stand im Türrahmen der Küchentür. „Na, Schatz, allet wieder gut?" Er grinste.

„Ja, wenn du den Eierfurz oben gelassen hast." Vivi zwinkerte ihm zu. „Übrigens, du hattest einen Anruf in Abwesenheit von Benjamin."

„Ihr seid per DU?"

„Ja, ich habe es ihm angeboten. Das solltest du auch endlich tun. Er gehört doch zum Team und ist außerdem ein sympathischer und kompetenter Mann."

Klaus verdrehte die Augen, riss sein Handy vom Küchentisch und wählte. „Moin, Herr Mortensen. Wat gibt es? Hm, wat? Ick komme."

Baumann stürmte in die Räume der KTU. „Wat für Spuren? Paul, erzähl! Ick platze gleich." Als er vor ihm stand, fügte er ruhig hinzu: „Bitte."

„Geht doch", flüsterte Tanner und sah belustigt zu Ben. „Aber erst solltest du Thomas anrufen."

Baumann riss sein Handy aus der Manteltasche. „Scheiße, schon wieder alle. Egal. Wat hat er?"

„Warte. Das kann er dir selbst sagen." Paul tippte die Kurzwahl auf seinem Mobile und reichte es Baumann. „Hier, ist auf Lautsprecher."

„Thomas, wat haste?"

„Wieso gehst du nicht an deine Telefonzelle?"

„Hör uff mit dem Quatsch. Dat Akku is Asbach. Ick brauch wat Neuet. Also, wat haste?"

„Als ich mit Gastro-Gefriertruhen nicht weitergekommen bin, habe ich mich auf Kühlanhänger konzentriert."

„Und?"

„Wenn ich, ausgehend von unseren ersten zwei Opfern, das Körpervolumen berechne, komme ich im Schnitt auf ca. 85 Liter, also 0.085 Kubikmeter. Wenn er fünf Männer einfrieren will, benötigt er mindestens ein Fassungsvermögen von 0,425 Kubikmeter."

„Komm zum Punkt", brüllte Klaus in den Hörer.

„Schon gut, reg dich ab. Die kleinen Modelle gehen so bei zehn Kubikmetern los, sind aber für Privat sehr kostenintensiv. Gebraucht macht eher Sinn. Bei Annoncen im Netz bin ich fündig geworden."

„Aber wann soll er dat Ding gekauft haben?"

„Also, Lena und ich haben einen Gedanken verfolgt. Laut seines Gedichts haben wir sein drittes und viertes Opfer, das er laut Autopsie 2022 und 2023 getötet hat, also jedes Jahr ein Mord. Wenn er jedes Jahr einen Mann getötet hat und Opfer eins und zwei noch fehlen, hat er diese 2020 und 2021 ins Jenseits befördert."

„Hervorragende Schlussfolgerung", sagte Ben.

„Danke. Also habe ich nach Annoncen im Jahr 2020 gesucht und eine gefunden, die mir ins Auge stach."

„Erzähl", warf Baumann ein.

„Klassische Annonce im Hamburger Abendblatt, am Donnerstag, dem dreizehnten August 2020."

Jäger sucht Gefrieranhänger für seine Opfer. Fünf bis zehn Kubikmeter, -20 Grad Celsius, Einachser, 220 Volt Anschluss.

„Wie makaber", sagte Paul Tanner.

„Ja, wenn man die Hintergründe nicht kennt, könnte man sogar darüber lachen. Laut Chiffre hat die Annonce eine Magda Harms aufgegeben. Leider ist die Dame tot."
„Super, bleib dran, Thomas." Baumann reichte Paul das Telefon und blickte zu Ben, der grübelnd die Wand anstarrte. „Wat is, Schlauberger?"
„Kompressoren von Gefrieranhängern sind laut."
„Stimmt. Der von meinem Kühlschrank ist schon laut. Der Lärm von so einem Anhänger ist definitiv lauter", antwortete Paul mit aufgerissenen Augen.
„Klasse. Paul, ruf Thomas noch einmal an."
Tanner wählte und reichte Baumann sein Handy.
„Thomas, ick noch mal. Herr Mortensen hat gesagt, dat Kompressoren von Gefrieranhängern sehr laut sind. Such nach Anzeigen wegen Lärmbelästigung."
„Klasse, das werden wir herausfinden."
„So, zu den Spuren. Wat hast Du für uns, Paul?"
„Haucke hat Tierhaare unter Hannes von Hagedorns Fingernägeln gefunden." Paul zog die Pinzette vom Tisch, griff eine Borste aus der Petrischale und hielt sie vor Baumanns Augen. „Eindeutig vom Wildschwein."
„Von Hagedorn war kein Jäger. So, unser Serienmörder ist ein Jäger oder Förster", erwähnte Ben.
„Also braucht er einen großen, abgeschiedenen Raum", sanierte Baumann und starrte an die Decke. „Doch es muss ein unauffälliger Ort sein, an dem er kommen und gehen kann, wann immer er will."

„Dat Gebäude muss nich zwangsläufig im Wald stehen. Der Täter kann Jäger sein. Die Haare waren an seiner Jacke oder so", flüsterte Klaus.

Bens Augen waren weit geöffnet. „Eigentlich gehe ich immer zum Tatort zurück, aber den kennen wir nicht. Wenn man sich aber in einen Mörder hineinversetzen will, gibt der Tatort uns nicht nur Hinweise zum Tathergang und zum Opfer."

„Sondern?", fragte Paul.

„Viel interessanter ist die Überlegung, welche Probleme der Täter vor Ort zu bewältigen hatte."

„Dann finden wir den Tatort genau über diese Überlegung", sagte Martin, der sich gerade zu ihnen gesellt hatte.

Drei Köpfe wandten sich ruckartig um.

„Moin, zusammen. Habe ich Euch erschreckt?"

„Nö, aber Dein Einwand ist richtig", antwortete Baumann und klopfte ihm freundschaftlich auf die Schulter.

„Genau", stimmte Ben zu. „Denn die eigentlichen Morde muss er an einem abgeschlossenen und für ihn ruhigen Ort begangen haben. Das Abtrennen der Finger, das Erschlagen mit dem Baseballschläger und das sofortige Einfrieren. Um also in Ruhe genau das tun zu können und Problemen aus dem Weg zu gehen, hat er sich ein Objekt in leicht begeh- oder befahrbarem Gelände ausgesucht."

„Und das wird sicher nicht mitten im Wald sein", fügte Paul hinzu.

„Wildschweine", murmelte Baumann. „Da war doch wat letztes Jahr im Duvenstedter Brook wegen der Afrikanischen Schweinepest."

„Stimmt. Die Umweltbehörde hatte Lebendfallen aufgestellt. Das ist damals auf große Kritik gestoßen, habe den Artikel im Hamburger Abendblatt gelesen. Grausam. Die Tiere wurden mit Futter, wie Eicheln, in Käfige gelockt. Und wenn sich das Tor hinter ihnen schloss, konnte der Förster sie aus nächster Nähe erschießen." Paul schüttelte mehrfach den Kopf.

„Aber Duvenstedter Brook ist ein hervorragender Anhaltspunkt", sagte Ben und starrte weiter in den Raum. Seine blauen Pupillen hüpften scheinbar durch die Dateien seines Gehirns, bis er endlich die Hand hob. „Das Handy von Patricia Ahrens war mehrfach in der Nähe eingeloggt."

„Ha, also doch. Bisher hat die Überwachung nichts ergeben. Hinrich sagt, sie war heute nur in der Uni und in der Staatsbibliothek." Klaus kratzte sich am Hinterkopf. „Aber die wohnt auch in der Nähe. Bergstedt. Wir müssen sehen, welcher Funkmast dat war. Geh mal bitte ins System, Paul."

Die Datei öffnete sich langsam und Klaus klopfte seinen Zeigefinger unentwegt auf die Tischplatte. Endlich. Er blickte auf die Quadranten. „Scheiße."

„Moment. Kannst Du diesen Kartenausschnitt bitte vergrößern, ohne die Quadranten anzuzeigen?" Ben beugte sich über das Display.

„Hat unser Adlerauge wieder wat entdeckt?", fragte Klaus schmunzelnd.

„Nichts“, sagte Ben, der sich enttäuscht aufrichtete.
Klaus schluckte den angesammelten Speichel hinunter und sog die kalte Luft tief durch die Nasenlöcher.
Ben starrte ihn an, in Erwartung einer plumpen Bemerkung. Doch Baumann reichte ihm nur die Hand und sagte: „Klaus, wenn dat für Sie in Ordnung ist.“
„Sehr gern. Ben.“
„Also wat hast Du eigentlich gesucht?“
Ben tippte seinen rechten Zeigefinger mehrfach auf die Karte. „Da sollte, laut Katasteramt, ein gewaltiges Gebäude stehen, etwa wie eine Scheune.“
Drei Augenpaare senkten ihre Köpfe.
„Tatsächlich“, raunte Martin. „Auf den Karten ist es eingezeichnet. Hier nicht.“
„Und daneben wohnt Patricia Ahrens. Das wäre ein Anhaltspunkt gewesen.“ Ben fuhr mit der Rechten durch sein dichtes Haar.
„Egal, dat sollten wir uns trotzdem vor Ort ansehen“, entschied Baumann.

Montagnachmittag. Die Staats- und Universitätsbibliothek Hamburg im Von-Melle-Park 3 lag bereits im Dunkeln, als Patrizia Ahrens aus dem Ausgang trat und mit schnellen Schritten Richtung Bushaltestelle lief. Hinrich Steiner hatte den Kollegen der Streife abgelöst und bisher geduldig auf sie gewartet.
„Endlich“, flüsterte er.
Er war den langen Beinen seit einigen Minuten gefolgt, stoppte und wartete in angemessener Entfernung auf den herannahenden Bus.

Hinrich hatte von der letzten Sitzreihe aus eine gute Sicht auf Frau Ahrens. Seitdem sie Platz genommen hatte, quälte sie das Display ihres Handys. Er schrieb eine kurze Zwischeninfo an Baumann und beobachtete sie weiter.

„Dietrich, Alarmstufe rot. Ick brauche den Durchsuchungsbeschluss… Wat heißt hier kein hinreichender Tatverdacht? Drei Opfer liegen bei uns im Kühlhaus, zwei weitere hat er uns angekündigt. Reicht dat nich, Dietrich? … Dat habe ick Dir allet geschrieben. … Patrizia Ahrens und die Putzi sind befreundet. Sie hat die Fenster geöffnet. Sie ist der Insider. Patrizia Ahrens muss über ihre Freundin die Infos an unseren Täter weitergegeben haben … Na, dat Gedicht … der Vierzeiler … Hast Du mein Schreiben überhaupt gelesen? Dann sag dat doch gleich … Ja, machen wir. Nee, wir warten, bis sie zu Hause ankommt. Sie ist schon auf dem Weg und wird von einem unserer Kollegen beschattet. Danke, Dietrich." Klaus drehte sich wieder zu seinen Kollegen, rollte mit den braunen Augen und sagte stöhnend: „Dit war wieder ne Geburt mit dem. Jedes Mal dat gleiche Theater. Er liest es nich oder überfliegt es nur, und wenn ick dann nachhake, sagt er erst einmal nein. Na ja. Geht jetzt klar. Er schickt es mir aufs Handy."
„Die Ermittlungsrichter sind alle überfordert. Die Akten und Anfragen türmen sich auf deren Schreibtischen. Hab bitte Geduld und ein wenig Mitleid, Klaus", sagte Ben beschwichtigend.

„Ick weiß." Klaus hob abwehrend die Hände. „Wir machen alle nur unsere Arbeit. So, dann können wir los. Heute fahr ick aber, Ben. Mein Arsch schwebt immer noch einen Zentimeter über dem Asphalt." Baumann begann laut zu lachen. Mortensen schwieg, gönnte ihm diesen kleinen Spaß und stieg ein.
Kurz vor dem Ziel stürzte Bens Oberkörper in den Gurt. Er schrie, hielt sich die Brust und sah Klaus entsetzt an. Baumanns Fuß stand immer noch auf dem Bremspedal. Er starrte durch die Toreinfahrt hinüber zum Anwesen und sagte: „Irgendwat hab ick falsch gemacht. Ist die nich Studentin der Meeresbiologie?"
„Sie ist Waise. Seit dem Unfalltod der Eltern lebt sie hier allein. Der Vater hat ihr alles vererbt, vor allen Dingen seine Patente. Er war Luftfahrtingenieur."
„Und wat sollte dann die Theatralik, von wegen Studium finanzieren und so? Die hat doch die Penunse."
„Genau. Aber ihr Lügengerüst wird bald zusammenfallen." Bens Grübchen gewannen an Tiefe.
Vor dem Eingang stand bereits Pauls Auto, aber von ihm keine Spur. Klaus hatte den Wagen gerade geschlossen, als die Eingangstür aufgerissen wurde und eine in schwarz gekleidete Dame herausstürmte. Ihr Gesicht glich einem zerklüfteten Gebirge. „Noch mehr von Ihnen? Frau Ahrens ist gleich hier. So lange warten Sie."
Baumann ging mit großen Schritten auf sie zu, zückte seinen Ausweis und sagte energisch: „Nu halten Sie mal die Luft an, Gnädigste."

Als der ein Meter neunzig Mann vor ihr stand, knickten ihre Beine weg, wie morsche Äste. Sie griff ans rettende Geländer und schwieg.

„Wir schauen uns nur im Garten um. Sie können sich wieder beruhigen, Gnädigste", brummte Klaus.

Laut dem Katasteramt grenzte eine Scheune an dieses Grundstück, aber sie sahen keine. Ben öffnete noch einmal den Plan, drehte sich zum Haus und wieder Richtung See, der im Schwarz der Umgebung kaum zu sehen war. Nur durch das goldgelbe Licht, das aus den hohen Fensterfronten des Hauses leuchtete, konnte er die Konturen des Ufers erahnen. Er ging wieder zurück zum Haus. Klaus hatte gerade den digitalen Durchsuchungsbefehl geöffnet, als Patrizia Ahrens auf das Haus zulief, die Männer ignorierte und die Tür öffnete. Kurz darauf trat die Dame in Schwarz ins Freie und bat sie herein.

„Guten Abend, Frau Ahrens." Baumann hielt der Blonden den Beschluss unter die Nase und wandte sich an Paul und Kollegen. „Ihr könnt."

„Was? Hier alles in Unordnung bringen, herumschnüffeln, oder was?"

„Gnädigste. Dat is ein richterlicher Durchsuchungsbeschluss. Lassen Sie uns unsere Arbeit machen. Umso schneller sind wir wieder weg."

Die Kollegen waren nach drei Stunden immer noch nicht fündig geworden. Nur eine Tatsache irritierte, der übergroße Fitnessraum. Auf die Frage, wer hier trainiere, antwortete die Blonde: „Nur ich."

Baumann stützte seinen großen Kopf auf beide Hände und blickte enttäuscht durch die bodentiefen Fenster der Villa in das Dunkel der Nacht.
„Klaus. Auch wenn die Durchsuchung keine Ergebnisse gebracht hat, bleib bitte ruhig." Ben klopfte ihm freundschaftlich auf die Schulter. Baumann stand auf und trottete kopfschüttelnd ins Freie.
Bens Blicke verweilten im Vorbeigehen im Gesicht der Blonden, deren Schläfen mit kaum sichtbaren Lachfalten übersät waren, und nur er wusste warum.

Es war bereits nach Mitternacht, als Benjamin Mortensen bei Kommissarin Arnold klingelte. Geräusche drangen an sein Ohr und er hörte ein bekanntes Knacken. Er trat einen Schritt zurück und hob die Hände.
„Bist Du verrückt?" Lena stand mit vorgehaltener Waffe vor ihm, Schweißperlen auf ihrer Stirn.
„Sorry, ich hätte besser anrufen sollen."
„Ja, hättest Du." Sie ließ die Arme sinken und trat einen Schritt zurück. „Komm rein."
Im Flur drehte sie sich abrupt um und lief zum Waffentresor, der hinter einer Tür des Garderobenschrankes steckte. Als sie sich umdrehte, hielt sie die Rechte auf ihrer Herzseite, atmete viel zu schnell und sagte: „Ich habe Angst, wenn es nachts an der Haustür klingelt. Es ist fast so, als hörte mein Herz auf zu schlagen."
Er näherte sich vorsichtig, streichelte ihre Hand und zog sie sanft an sich. „Sorry."

„Schon gut. Was gibt es so Dringendes, dass Du mich
aus dem Bett klingelst?"

„Eigentlich nichts."

„Waaas?" Lena stieß ihn von sich.

„Hey. Lass mich bitte ausreden." Er hielt sie an der
Hand fest und redete weiter: „Du bist, außer dem Pathologen, die Einzige, mit der ich mich in die Psyche
dieses Serienmörders weiter hineindenken kann. Ich
brauche Dein Pro und Kontra in meinen Überlegungen. Hilfst Du mir?"

Sie sah ihn erstaunt an. Mister Alleswisser braucht
meine Hilfe, dachte sie und lief den langen Flur entlang. Ben sah schmunzelnd auf ihren hellblauen
Schlafanzug, der mit kleinen Engeln übersät war,
und folgte ihr ins Wohnzimmer.

„Kaffee oder Rotwein?"

Ben atmete den weihnachtlichen Duft tief ein, der im
Raum schwebte und hatte die Lippen bereits zur Antwort geöffnet.

„Alles klar, Rotwein", beantwortete sie ihre eigene
Frage und lief zum Weinregal.

Er starrte dem hellblauen Engel hinterher, der pan-
toffelschlürfend den Raum verließ. Erst jetzt sah er
ihre eigenartige Fußbekleidung und begann wieder
zu schmunzeln.

„Was amüsiert Dich so?", fragte sie mit zwei Gläsern
und der Rotweinflasche in den Händen.

Seine Blicke senkten sich auf das ausgefallene Schuhwerk, weiße Plüschschuhe mit Engelsköpfen und
goldenen Flügeln.

„Es ist Weihnachtszeit“, antwortete sie trocken, reichte ihm die Flasche nebst Korkenzieher und kuschelte sie sich auf die geräumige Couch. Ben reichte ihr das Glas und setzte sich neben sie. Lenas Blicke wanderten über den gut gekleideten Mann und blieben am Boden haften. „Hey, Schuhe aus.“
„Oh, sorry.“ Ben stellte das Glas ab, sprang auf und lief dem Flur entgegen.
„Unter der Flurgarderobe stehen welche in Deiner Größe!“, rief sie ihm hinterher und warf sich lachend an die Couchlehne.
Tatsächlich. Ben kam mit den Engelspuschen zurück. Lena klatschte vor Vergnügen auf die Polster und warf sich über die Couch.
„Ha, ha. Bei Dir sehen sie genauso komisch aus“, rief Ben ihr zu, riss sich die Puschen von den Füßen und warf sich neben sie. „Lass uns anstoßen.“
Immer noch grinsend hob sie ihr Glas. „Zum Wohl. Dann lass mich an Deinen Gedanken teilhaben.“
„Gern. Zum Wohl.“ Nach dem ersten Schluck rückte Ben näher an sie heran.
„Lass das“, flüsterte sie.
Seine blauen Augen leuchteten. „Was, bitte?“
„Du weißt genau, was ich meine.“ Lena drückte ihn von sich.
„Bekomme ich nicht einmal einen Kuss? Bitte.“
Sie rollte ihre braunen Pupillen und zog ihn an sich.
„So, jetzt wird aber gearbeitet, Du Supernase. Also, was spukt Dir im Kopf herum?“

Ben lehnte sich zurück und ließ seinen Atem lautstark ausströmen. „Okay." Er starrte auf das Rotweinglas in seiner Hand und Lena wartete ab.

„Der Mörder hat sein drittes Opfer, Peter Jensen, präsentiert, jedoch dann überstürzt gehandelt."

„Wie kommst Du auf überstürzt?"

„Bei der Tötung hat er sich impulsiv verhalten. Das zeigt der Schlag mit dem Baseballschläger auf das Genick. Viel später ändert er seine Verhaltensweise. Er geht methodisch vor. Er will, dass wir seine Opfer finden, und hat einen Plan, eine ausgeklügelte Präsentation. Peter Jensen als Sträfling an die Bank anzuketten, war seine erste Inszenierung."

„Ben, komm auf den Punkt", stöhnte Lena.

„So, sein übersteigertes Selbstwertgefühl stand ihm im Weg. Er war so erlebnishungrig, dass er die Spuren übersehen hat, die er uns hinterließ. Die Reifenabdrücke des Gartenwagens, den wir eindeutig zuordnen konnten und sogar seinen Beobachter, den Obdachlosen. Er flüchtet förmlich vom Ablageort."

„Ja, aber die Aussagen des Obdachlosen Hannes und die Reifenabdrücke haben uns nicht einen Schritt weitergebracht, Ben."

„Richtig, aber wir wissen heute, dass der Mörder von Jensen und Hagedorn nicht ein und dieselbe Person sein können. Hagedorns Mörder ist Linkshänder, der von Jensen Rechtshänder. Trotzdem gibt es eine Verbindung."

„Eine Verbindung?" Lena stellte das Rotweinglas auf den Tisch.

„Die Tierhaare."

Lenas Locken begannen zu tanzen.

„Haucke hat alle Opfer noch einmal gescannt und auch bei Peter Jensen und Jan Seebacher die gleichen Borsten gefunden."

„Auch von einem Wildschwein?"

„Besser, vom selben Wildschwein. So, wir wissen, dass er bei der Entsorgung Hannes von Hagedorns spontan und überstürzt gehandelt hat."

„Weil er ihn vor dem Ohlsdorfer Friedhof wie Müll abgeladen hat", beendete Lena seinen Satz. „Er hatte es eilig. Auch Peter Jensen lag wie hingeworfen auf der Bank im Stadtpark. Er war aufgeregt."

Ben schüttelte energisch den Kopf. „Nein, Lena. Psychopathen sind unfähig, etwas zu empfinden."

„Also können sie sich nie verlieben?"

„Nein. Es ist eher eine bewusste Entscheidung, die sie treffen. Denn ihre Mitmenschen sind für sie Mittel zum Zweck. Zurück zu den Wildschweinhaaren. Er hat entweder die gleiche Jacke getragen, auf der diese noch hafteten, …"

„… oder es ist der Raum, in dem er die Opfer nach dem Ableben vorbereitet", beendete Lena wieder einmal seinen Satz.

„Er hat an diesem Ort viel Zeit verbracht. Er kennt diese Gegend genau, fühlt sich hier wohl, vielleicht sogar zu wohl."

Lena nickte zustimmend und flüsterte: „Du bist clever und organisiert. Es ist Dein Domizil, Dein Rückzugsort. Hier kennst Du Dich besonders gut aus, kein

Winkel ist Dir fremd. Darum fühlst Du Dich hier besonders sicher."

„Genau, Lena. Rückzugsort."

„Duvenstedter Brook", riefen beide im Duett.

„Wegen der Unwegsamkeit hatten wir das Naturschutzgebiet ausgeschlossen", stöhnte Lena.

„Aber genau deswegen ist das sein Refugium. Abgeschieden. Also gibt es eine Verbindung. So, also müssen wir mit dem Förster reden."

„Genau. Und wir brauchen sämtliche Aufzeichnungen der Schutz- und Wildkameras."

Ben nickte, hob sein Glas und prostete Lena zu. „Noch eins oder schlafen?"

Sie legte ihre zierliche Hand auf sein Knie und flüsterte: „Schlafen?"

Thomas und Martin starrten seit Stunden auf die Bildschirme und hatten literweise Kaffee in sich hineingeschüttet. Der zuständige Förster hatte ihnen unzählige Videoaufnahmen gesendet, jedoch waren es immer Vierbeiner, die vor den Linsen der Kameras hin und her liefen.

„Na, Jungs, gibt's wat Neues?"

Baumann stand breitbeinig hinter ihnen und die einzige Antwort, die er erntete, war ein gemeinschaftliches Kopfschütteln.

„Nich jut, aber ihr macht jetzt Pause, sonst habt ihr Weihnachten quadratische Augen."

„Klaus." Lena kam japsend ins Büro gerannt.

Baumann drehte sich abrupt um und blickte in ihr strahlendes Lächeln. „Wat? Durchbruch?"

„Vielleicht."

„Raus damit!" Baumanns Augen weiteten sich zu kleinen Tennisbällen.

„Ich komme von der Geschäftsstelle des Hamburger Abendblatts."

„Und?", fragte Martin, der bereits vor ihr stand.

„Also, Magda Harms."

„Die Annonce. Hast Du mehr Infos?", rief Thomas von Weitem und rannte auf sie zu.

Lena schnappte immer noch nach Luft. „Ja. Die Annonce vom dreizehnten August 2020 hat mich nicht weitergebracht, aber ihre Todesanzeige. Sie verstarb am sechzehnten November 2023. Diese Anzeige wurde von einem Bente Harms aufgegeben."

„Ihr Mann?" Baumann starrte sie an.

„Nein. Ihr Mann ist bereits vor ihr gestorben. Es war ihr Enkelsohn. Die Adresse ist dieselbe."

Thomas klatschte in die Hände. „Dann lass uns hinfahren."

Lenas Blicke wanderten zu Klaus. Der nickte zustimmend und fügte hinzu: „Wenn er beide Annoncen aufgegeben hat, könnte er …" Er hielt den Atem an.

„Schon klar, Klaus." Lena klopfte auf das Halfter an ihrer Hüfte. „Wir sind vorbereitet."

15

Klaus zog Martin hinter sich her in sein Büro und drückte ihn auf einen der vier Besucherstühle. Struve blickte verwirrt auf die Bierflaschen in Baumanns Hand, die er gerade aus seinem kleinen Kühlschrank gezogen hatte.

„So früh schon Bier, Klaus?"

„Is dat Altersblindheit oder schielst du? Die Flasche ist blau, nich icke. Dat is alkoholfrei!"

Martin riss schützend die Hände hoch, bedankte sich und ließ den Verschluss lautstark knallen.

„Dieser Fall hat es in sich, Klaus."

„Ja, ick dachte schon, die einundzwanzig Briefe sind die Härte, aber dat toppt allet."

„Wahrhaftig." Martin nippte am Bier und unterstrich seine Aussage mit einem kräftigen Klopfen auf die Tischplatte. „Übrigens, was ich dich schon gestern fragen wollte. Sind Lena und Ben ein Paar oder ist das nur Plänkelei zwischen den beiden?"

„Ick glaube, dat is ernst."

„Hm, das dachte ich mir. Ich habe ihre Blicke verfolgt. Wenn die sich treffen, habe ich den Eindruck, die schweben auf Wolke sieben."

„Dat is doch allet Quatsch. Die Wolke sieben is auch nur Nebel."

„Klaus, Klaus. Ich frage mich, wie du mit dieser Einstellung so eine wundervolle Frau wie Viviana erobern konntest."

„Sie hat mich erobert, und ick war ein harter Brocken."

„Das stimmt", sagte Vivi lächelnd und ihre wasserblauen Augen taxierten bereits die Bierflaschen.
Baumann grinste und zwinkerte seiner Frau zu. „Ich habe sie extra zappeln lassen, aber …"

„Stopp!" Viviana streckte ihm ihre pink lackierten Fingernägel entgegen. Klaus schluckte, als er auf die spitzen Waffen blickte.

„Alles, was ein Mann, vor dem aber sagt, kann man getrost vergessen. Von wegen zappeln lassen, pha."
Sie drehte sich zackig um und schritt wie ein Gardeoffizier davon.

„Oha, das gibt Ärger heute Abend, mein Freund."

„Sie hat mich geheiratet, wie ick bin. Dann muss sie auch damit leben."

„Sei doch nicht immer so stur, Klaus."

„Ick bin nich stur. Dat nennt sich meinungssicher. So, und nu lass uns über den Fall quatschen."

Lena unternahm heute den zweiten Anlauf Bente Harms zu befragen, nachdem ihnen gestern niemand geöffnet hatte. Sie war froh, dass sie über Eimsbüttel gefahren war. Die Autobahnauffahrt Stellingen anzusteuern, machte um diese Uhrzeit keinen Sinn. In der Nähe Volkspark war die A7 grundsätzlich überfüllt.

Thomas saß ausnahmsweise schweigend neben ihr. Nur sein rechtes Knie wippte. Lena schmunzelte und ihr Blick wanderte im Vorbeifahren hinüber zur Köhlbrandbrücke. Unzähliger LKWs reihten sich dicht an dicht, wie die Glieder einer Kette.

„Ich bin gespannt, ob er es ist. Was meinst du?" Lachners Bein wippte immer noch.

Lena wiegte den Kopf und schwieg. Als sie von der Autobahn auf die Finkenwerder Straße abbog, fragte Thomas erneut: „Was meinst du? Könnte er es sein? Eigentlich passt alles."

„Ich möchte niemanden vorverurteilen. Warten wir ab."

Sie hatten den Moorburger Elbdeich bereits verlassen und fuhren auf der Hohenwischer Straße gerade am BIO Obsthof Feldmann vorbei, als Thomas es nicht mehr aushielt. „Aber es passt alles. Bente hat den Namen seiner Oma benutzt, um diese makabre Annonce aufzugeben. Er wohnt abgeschieden auf dem Lande …"

Lena verdrehte ihre walnussbraunen Augen. „Thomas, bleib ruhig. Ich muss mich konzentrieren, und jetzt habe ich die Anweisung des Navis nicht gehört. Wo sollte ich abbiegen? Verdammt." Sie schlug auf das Lenkrad und fuhr rechts auf den Seitenstreifen.

„Sorry", murmelte er.

„Okay. Im Kreisverkehr die dritte Ausfahrt. Dann sollte es das Haus gleich auf der rechten Seite sein."

Lena lenkte das Auto durch die große Lücke der Steinreihe, die anscheinend den Abschluss des Grundstücks bildete. Der Weg zum alten Bauernhaus in typischem Altländer Stil, war mit rotem Schotter aufgeschüttet, der unter der Last des PKWs laut zu knirschen begann. Links und rechts des Weges verfolgten riesige Eichen das herannahende Fahrzeug, und ihre kahlen Äste wiegten sich im aufkommenden Wind. Thomas blickte dem vorbeiziehenden Stallgebäude nach und zog den grauen Schal fester um den Hals. „Das ganze Grundstück ist mir unheimlich."

„Hör auf zu fantasieren und steig aus", raunte Lena, zog den Zündschlüssel an sich und stieß die Fahrertür ins Freie. Als sie auf die Eingangstür des alten Hauses zuging, griff sie unwillkürlich nach ihrer Waffe.

„Aha, also ist dir auch unwohl?", fragte Thomas lachend.

„Unsinn", antwortete sie mürrisch und betätigte den verrosteten Klingelknopf.

Ein leises Knarren kündigte an, dass die Haustür sich gleich öffnen würde. Thomas' Hand griff automatisch zur Waffe und seine Augen weiteten sich in Erwartung der Person, die gleich vor ihnen stehen würde.

„Ja, bitte?"

Thomas Lachner sah grinsend zu seiner Kollegin. Mit allem hatte er gerechnet, aber nicht mit einer kindlichen Gestalt von Mann, der kaum mehr als ein Meter siebzig maß.

„Kriminalpolizei Hamburg. Ich bin Oberkommissarin Arnold und das ist Oberkommissar Lachner."
Lena und Thomas hoben ihre Ausweise. „Wir haben einige Fragen an Sie, Herr Harms. Sie sind doch Bente Harms, richtig?"
„Ja, der bin ich. Aber kommen Sie doch herein."
Thomas sah seine Kollegin achselzuckend an, die bereits die Schwelle des alten Hauses betreten hatte und folgte ihr. Lena lief über den Fliesenboden des alten Bauernhauses und bewunderte die rustikale Holztruhe zu ihrer Linken. Vorsichtig strich sie darüber, was Bente nicht entgangen war.
„Sie lieben auch alte Möbel, Frau Kommissarin?"
„Ja", sagte sie kurz.
„Ich auch. Die Truhe und alle Bauernmöbel sind noch von meiner Großmutter. Ich liebe sie", sagte er mit einem verklärten Gesichtsausdruck.
Thomas hatte den kleinen Mann nicht aus den Augen gelassen. Er schien ihm eher schüchtern und er konnte sich keinesfalls vorstellen, dass dieser Jüngling der gesuchte Serienmörder sein soll.
„Kann ich Ihnen etwas anbieten? Einen Kaffee vielleicht. Ich brühe ihn immer direkt in der Tasse. Dann ist er viel aromatischer. Meine Großmutter hat ihn auch immer so getrunken."
Lena hob die Hand. „Sehr freundlich, Herr Harms. Danke, nein. Wir wollen Sie auch gar nicht lange aufhalten."
Thomas sah die Enttäuschung in seinem Gesicht und sagte: „Ich nehme gern einen. Danke, Herr Harms."

„Dann trinke ich auch noch einen, bin gleich wieder bei Ihnen." Er verschwand mit kleinen Schritten Richtung Flur. Als Lena sich vergewissert hatte, dass Herr Harms nicht mehr in ihrer Nähe war, flüsterte sie Thomas zu: „Was sollte das?"

„Hast du nicht seinen enttäuschten Blick gesehen? Ich wollte ihn in Sicherheit wiegen, oder hast du bisher gar nichts von Ben gelernt?"

Lena wischte die Frage als rhetorisch aus dem Gehörten und blickte sich um. Für einen alleinlebenden Mann war dieser Raum außerordentlich sauber, sortiert und aufgeräumt. Alles schien seinen speziellen Platz zu haben. Er überließ nichts dem Zufall. Der Zeitungsstapel auf dem Esstisch lag exakt an der Kante, Notizblock und die dazugehörigen Stifte in Reih und Glied nebeneinander. Ein Pedant, dachte sie. Neugierig geworden, stand sie auf und wanderte durch das geräumige Zimmer.

„Was machst du da?", flüsterte Thomas seiner Kollegin zu.

Doch Lena hob nur abwehrend die Hand, denn Ihre braunen Augen versuchten einem Scanner gleich, alles aufzusaugen. Gar nichts erinnerte an einen Junggesellenhaushalt. Er schien alles so belassen zu haben, wie es seine Großmutter eingerichtet hatte. Das Bücherregal an der gegenüberliegenden Wand war gut gefüllt. Neugierig geworden, ging sie darauf zu und las einige Titel. „Lehrbuch für Pflegende in der Ausbildung, Fachberatung im Kinderschutz, Praxishandbuch familiengerechter Kinderschutz, Führen und Leiten in sozialen Einrichtungen. Hm, sehr speziell", flüsterte sie, zog ihr Handy aus der Jacke und fotografierte einige der Buchrücken.

Kurz darauf drangen klappernde Geräusche über den langen Flur und Lena lief zügig hinüber zu ihrem Sitzplatz. Bente Harms trug ein kleines Tablett in den Raum. „Sehr gut. Sie sitzen bereits am Kamin. Dort ist es am wärmsten. Das alte Haus lässt sich über die Feuerstelle am besten beheizen. Es steht unter Denkmalschutz, darum darf ich es nicht so dämmen, wie ich es gern hätte."

Er stellte das Tablett auf den kleinen Rundtisch und schob die Tasse frisch gebrühten Kaffees Oberkommissar Lachner zu. „Bitte schön."

„Danke, Herr Harms. Hm, wie das duftet", versuchte sich Thomas an höflicher Konversation.

Bente hob seine Tasse vom Tablett und lehnte sich entspannt in den alten Ledersessel.

„Also, Herr Harms", begann Lena. „Warum wir hier sind. Ihre Großmutter hat am dreizehnten August 2020 eine Annonce bezüglich eines Kühlanhängers aufgegeben."

Er setzte die Tasse ab und hob plötzlich die Linke. „Entschuldigung, Frau Kommissarin. Das war nicht meine Großmutter."

Sein Lächeln und die kurz hochgezogene Lippe zeigten eine Art Verachtung. So viel hatte Lachner bereits gelernt. Aber warum Verachtung? Er schob das Gesehene in den Speicher und beobachtete ihn weiter. Jetzt wurde ihm klar, dass es besser gewesen wäre,

Ben hätte Lena begleitet. Doch er musste heute vor einem Gremium seine Doktorarbeit verteidigen. Also versuchte Thomas besonders aufmerksam zu sein, um mit Ben alles auswerten zu können.

„Wer dann?", hakte Lena nach.

„Ich habe diese Annonce aufgegeben."

Sie sah das Feixen in seinen grünen Augen, ließ sich aber nicht aus der Ruhe bringen und fragte: „Und warum unter dem Namen Ihrer Großmutter, Herr Harms? Gab es dafür einen Grund?"

Er trank gerade von seinem Kaffee und Lena hatte einen Augenblick, um ihn näher zu beobachten. Erst jetzt bemerkte sie seine außergewöhnliche Kleiderordnung. Die engen, blauen Jeans schmiegten sich an seine dünnen Beine. Er trug teure Boots und der dunkelgrüne, elegante Kaschmir Pulli korrespondierte hervorragend zu seinen Augen. Es war ihm gelungen, seine unscheinbare Gestalt aufzuwerten. Oder waren es versteckte Minderwertigkeitskomplexe? Sie sah auf und wartete immer noch auf seine Antwort. Doch er ließ sich Zeit und sie bemerkte, dass auch er sie beobachtete.

„Der Kühlanhänger sollte an die Adresse meiner Großmutter geliefert werden. Warum sollte ich also eine andere Adresse oder einen anderen Namen angeben? Das hätte sicherlich für Verwirrung gesorgt", antwortete er endlich.

„Und für welchen Zweck benötigten Sie diesen großen Kühlanhänger?", fragte Lena weiter.

Ein süffisantes Lächeln umspielte seine schmalen Lippen. Dann folgte ein kurzes, aber lautes Lachen. „Aber Frau Kommissarin. Der Anhänger war doch nicht für mich, sondern für meinen Großvater." Er ließ sich an die Lehne des Sessels fallen, dessen braunes Leder bereits in die Jahre gekommen war.
Bisher konnte sie ihren Groll hinunterschlucken. Doch die Wellen von Wut schoben sich kontinuierlich nach oben und sie konnte es nicht mehr stoppen.
„Herr Harms, wir können diese Befragung gern auf dem Kommissariat fortsetzen, wenn Sie das so lächerlich finden."
Bente setzte seine Tasse auf den Tisch, blickte sie ruhig an und fragte: „Warum so feindselig, Frau Kommissarin?"
Sie ignorierte ihn und fragte: „Wozu benötigte ihr Großvater diesen riesigen Anhänger und wo ist dieser jetzt?"
Ohne ihre Frage zu beantworten, erhob er sich, bat die Kommissare, ihm zu folgen, und ging in den hinteren Teil des Hauses. Kurz vor dem Kellerniedergang lief er auf eine schmale Tür zu, öffnete diese und sie standen in einem überdachten Hinterhof.
„Bitte, das ist der Anhänger. Den haben die Jäger für die erlegten Tiere genutzt. Ich habe ihn gerade verkauft. Mein Großvater war Mitglied im Jagdverband. Da er nicht mehr lebt, habe ich die Pacht gekündigt."
„Welche Pacht?", fragte Lena.

„Nicht jeder Jäger hat einen eigenen Wald. Also pachtet man diesen. Das kostet bei dreihundert Hektar etwa zehntausend Euro. Warum sollten wir das weiter bezahlen? Außerdem hängen an der Pacht auch viele Aufgaben. Jeder Jäger ist zu Flurarbeiten verpflichtet, wie das Instandhalten der Hochsitze."
„Dann haben Sie auch Waffen?", hakte Lena nach.
„Hatte", sagte er grinsend. „Ich habe sie zusammen mit dem Waffenschrank an einen Jäger des Verbandes veräußert, und bevor Sie fragen, meine vorläufige Waffenbesitzkarte habe ich abgegeben. Ich zeige Ihnen gern den Kaufvertrag."
Der Typ ist aalglatt, dachte sie, und sein Gesicht spie Hohn und Spott. Lena hätte ihm am liebsten den Lauf ihrer Pistole vor sein dämlich grinsendes Gesicht gehalten, doch sie besann sich und setzte ihr schönstes Lächeln auf, hob die Hände und sagte: „Danke, Herr Harms."
„Worum geht es hier eigentlich, Frau Kommissarin?", fragte Bente Harms.
„Um Mord", antwortete sie nüchtern und beobachtete seine Mimik.
„Oh, mein Gott!", rief er und hielt sich die Linke vor den Mund. Seine Augen jedoch grinsten.
„Und was hat dieser Mord mit unserem Kühlanhänger zu tun?"
„Das sind Interner, die Sie nichts angehen, Herr Harms", sagte Lena trocken.
Für den Bruchteil einer Sekunde hatten sich Falten zwischen seinen schmalen Augenbrauen gebildet,

doch Thomas hatte sie wahrgenommen. Lena hatte ihn eindeutig verärgert. Er fühlte sich vor den Kopf gestoßen, abgewiesen. Was das genauer zu bedeuten hatte, würde er später mit Ben auswerten.

Lena befragte Herrn Harms weiter zu seinem Tagesablauf und einigen Terminen, die für die Untersuchung relevant waren. Doch bisher hatte er für das Ablegen der Opfer im Stadtpark und auf dem Spielplatz ein Alibi, das allerdings noch verifiziert werden musste. Thomas scannte immer noch sein Gesicht und ihm war klar, dass Herr Harms etwas zu verbergen hatte.

„Hier ist meine Karte", sagte Kommissarin Arnold und streckte ihm die Hand zu. „Senden Sie mir bitte noch die Kontaktdaten der Jäger, denen sie Kühlanhänger und Waffen verkauft haben, inklusive der Verträge. Wenn wir noch weitere Fragen haben, melden wir uns. Danke für die Auskünfte."

Die Haustür fiel ins Schloss und Thomas lief stöhnend weiter. „Arschloch", entfuhr es ihm.

„Genau. Ich hätte ihm am liebsten sein dämliches Lächeln aus dem Gesicht geschlagen", sagte Lena.

„Ich auch. Und dann seine Mimik. Die sprach Bände. Ich hatte Mühe, mich zusammenzureißen. Aber wir sollten gleich noch die Nachbarn dort befragen. Das rote Haus dort, siehst du? Da brennt Licht."

„Machen wir, Thomas."

Ein älteres Ehepaar mit weißen Haaren öffnete knarrend die Haustür. Lena blickte in zerklüftete Gesichter, die schon einige Stürme des Lebens überstanden hatten. Als sie ihre Ausweise präsentierten, sah sie den Schrecken in ihren Augen und beruhigte beide. Auf die Fragen zu Bente Harms bekamen sie nur positive Antworten. Er sei immer ein sympathischer Junge gewesen. Seine Großeltern waren sehr stolz auf ihn. Er sei sehr hilfsbereit und höflich. Als Lena fragte, ob ihnen nichts Außergewöhnliches an seinem Verhalten aufgefallen sei, schüttelten beide vehement den Kopf.

„Nein", sagte die Greisin. „Wie gesagt, ich habe ihn immer als sehr fleißigen, höflichen und zuvorkommenden Jungen kennengelernt."

Lena wagte einen zweiten Versuch und antwortete: „Das glaube ich Ihnen, aber Sie können ein Buch nicht immer nach dem Einband einschätzen."

„Wie meinen Sie das?"

Lena ging einen Schritt auf beide zu und sagte sehr ruhig: „Das Verhalten und die äußere Erscheinung eines Menschen sind oft nur ein Schein. Vielleicht war Ben auch nur ein guter Schauspieler. Was wirklich in ihm vorgegangen ist, können Sie nicht wissen."

„Ja, da sagen Sie was Wahres, junge Frau", unterstrich der Greis Lenas Aussage.

Thomas saß schweigend neben seiner Kollegin und verarbeitete das Gehörte und Gesehene. Irgendetwas irritierte ihn, aber er wusste noch nicht, was. Er zog sein Handy an sich und durchblätterte die Fotografien.

„Worüber denkst du so angestrengt nach?", fragte Lena, die seine wechselnde Mimik schon lange verfolgt hatte.

„Irgendetwas stimmt nicht mit diesem Hänger. Aber ich komme noch darauf. Der Typ verarscht uns."

„Das glaube ich allerdings auch", gab sie stirnrunzelnd zu.

Sie fuhren schweigend weiter bis zum LKA, stiegen aus und liefen dem imposanten Glaseingang entgegen. Die Kommissare standen gedankenversunken vor dem Fahrstuhl und warteten eine halbe Ewigkeit, bis die Türen sich endlich öffneten.

„Und, bist du immer noch bei dem uralten Kühlhänger, Thomas?" Lena zwinkerte ihrem Kollegen zu.

„Ja!" Lachner riss die Fäuste nach oben. „Uralt. Das ist es. Der war uralt, völlig verdreckt und bereits angerostet. Wer kauft so einen Scheiß?"

„Du meinst, der Kaufvertrag ist nur ein Fake?" Lena zuckte zusammen, als der Fahrstuhl mit einem Ruck hielt.

„Den er uns gezeigt hat, auf jeden Fall." Er lief zielstrebig dem Büro zu, stieß die Tür auf und startete seinen Laptop.

„Er wollte uns den Kaufvertrag senden, und ich schaue mir die Fotos noch einmal an."

Lenas Augenbrauen hatten sich zusammengezogen und sie ließ sich auf einen der Stühle fallen. Gedankenblitze fegten von einem Bild zum anderen, und ihr Bauchgefühl sagte ihr, dass sie gerade eine heiße Spur verfolgten.

Klaus hatte in den vergangenen Tagen Bens Worte verinnerlicht und sich vorgenommen, mehr Zeit mit Viviana zu verbringen. Darum hatte er seine Frau spontan zum Essen eingeladen und wanderte mit ihr am Jungfernstieg entlang.
„Sieh doch mal, Klaus. Das sind aber schöne Ohrringe." Sie zog ihn zum Schaufenster und ignorierte sein Brummen. Ihre wasserblauen Augen tanzten freudig erregt über die reichlich gefüllten Auslagen. Klaus stöhnte. „Unsere Tischreservierung. Schatz, wir müssen."
„Ja, gleich. Ich will doch nur schauen."
Baumann räusperte sich und sagte: „Dat kenne ick. Nach dem Sehen kommt das Wollen."
Aus Vivis Augen schossen blaue Blitze. Doch sie besann sich, dachte an die wundervollen Ohrringe, die ihr Klaus kürzlich geschenkt hatte, begann zu lächeln und küsste ihn.
„Nanu, womit hab ick das denn verdient?"
„Nur so, komm."
Baumann umschlang zärtlich Vivianas Hüfte und kniff in ihren Po.
„Hey, das ist mein Arsch."
 Baumann grinste breit: „Nö, meiner. Du trägst ihn nur."

16

Hinrich umklammerte die Tasse und duckte sich tiefer in den warmen Wollschal. Der heiße Tee half nur sporadisch, doch irgendwann würde sie das Haus verlassen. Er war froh, dass der Regen endlich seine Tätigkeit eingestellt hatte, zog das nasse Regencape aus und hing es an die Lehne des Klappstuhls.
Klaus schlich von hinten an den Kauernden und legte seine schwere Hand auf dessen Schulter. Wie ein Blitz traf Hinrichs Faust auf seinen Solarplexus, und Baumann stöhnte. Die Luft entwich wie aus einem geplatzten Reifen.
„Sorry, Klaus. Musst du dich auch so anschleichen?"
„Allet in Butta", keuchte er schwer atmend.
„Schluck Tee, Kollege?"
„Nee, lass mal, Hinrich. Und, is sie noch drin?"
„Ja, aber sie ist ständig am Telefonieren, rennt vor der großen Fensterfront seit zehn Minuten hin und her. Irgendetwas hat sie aufgescheucht, Klaus."
„Dat is prima. Also, Hinrich, durchhalten, mein Lieber. Ick muss, Morgenmeeting. Bis denne."
Baumann war an seinem Auto angekommen und stoppte. Er musste dringend an die Verbindungsdaten ihres Handys kommen. Wenn sie Patrizia Ahrens aufgescheucht hatten, waren sie auf der Zielgeraden. Klaus zog das Telefon aus der Manteltasche und wählte.

„Dat is jetzt die dritte Nummer", fluchte er. Doch
dann erreichte er ihn.
„Klaus, ich bin im Stress. Was willst du?"
„Du bist immer im Stress, Dietrich. Ick brauche noch
einmal deine Hilfe." Das Stöhnen am anderen Ende
war nicht zu überhören.
*„Und wie ich dich kenne, muss es wieder einmal schnell
gehen, richtig?"*
„Richtig. Patrizia Ahrens. Ick brauch alle Verbindungsdaten ihres Handys."
*„Warum habt ihr das nicht bei der ersten Durchsuchung
erledigt? Dann hättest du schon alles vom Provider."*
„Weil wir keins gefunden haben und sie angeblich
auch keines hat. Seit vierundzwanzig Stunden steht
sie unter Beobachtung, und jetzt telefoniert sie mit einem Handy. Bitte, Dietrich."
*„Oha, wenn du so nachdrücklich Bitte sagst, ist es wohl
ernst. Na gut. Ich sende dir den Beschluss. Es kann aber
dauern, bin quasi schon im Gerichtssaal."*
„Danke, Dietrich."
Klaus zog seine neue Kopfbedeckung tiefer ins Gesicht. Seine Frau hatte ihn genötigt, diese zu kaufen,
und eigentlich gefiel ihm die Kappe. Aber an die
Form musste er sich erst gewöhnen. Er sah damit aus
wie ein dicker Spatz mit zu breitem Schnabel. Grinsend stieg er ein und startete den Audi.

Bens blaue Augen bewegten sich in einer rasenden
Geschwindigkeit über Lenas Mitschriften. Als er den
Kopf endlich hob, blickte er starr ins Leere.

„Und?" Sie tippte ungeduldig ihren Zeigefinger auf die Stuhllehne.

„Ich muss mit ihm reden."

Sie sah, wie Bens dichte Augenbrauen aneinander stießen. „Soll ich ihn einbestellen?"

„Nein. Ich muss ihn sehen. Kleidung, Frisur, Schmuck, Brille. All das sagt viel über einen Menschen aus. Sie sind quasi der Code, über den wir miteinander kommunizieren. 93 Prozent aller Kommunikation verläuft nonverbal. Außerdem ist er Linkshänder."

„Und du kannst ihn nicht hier befragen?"

„Nein. Ich muss mir außerdem seine Wohnsituation und seine nähere Umgebung ansehen."

„Aber wenn wir seine Alibis nicht widerlegen können, ist das sowieso eine Sackgasse." Lena stöhnte.

„Seine Alibis sind nicht relevant. Denn ich sehe eindeutig Unstimmigkeiten in seinem Profil. Zwei unterschiedliche Verhaltensweisen."

„Du meinst, es handelt sich um zwei Täter?" Lena fiel auf den Stuhl und starrte entsetzt zu Boden.

„Nicht zwingend."

Sie verfolgte seinen umher flitzenden Augen.

„So, wenn Harms unser Serienmörder sein sollte, hat er definitiv einen Partner, der kräftiger ist als er."

„Du meinst, dass sein Partner die Opfer abgelegt hat, während er Dienst hatte?"

„Richtig, und außerdem hast du ihn als feingliedrig und akribisch beschrieben."

Lena drehte eine Haarlocke um den Zeigefinger, blickte auf und sagte: „Andererseits ist er sehr organisiert und überdurchschnittlich intelligent, hat die Lehre als Krankenpfleger verkürzt und mit Auszeichnung abgeschlossen. Alles passt auf das Profil, das du erstellt hast."

Ben massierte sein Genick, sprang auf und lief vor Lenas Schreibtisch hin und her.

„Was hast du?" Sie hielt ihn am Arm fest.

„Ja, er ist intelligent, hat aber eine unterwürfige Persönlichkeit."

„Unterwürfig?"

„Der andere ist der dominante Teil dieser Partnerschaft. Er ist die eigentliche Autorität."

„Du meinst, er bestimmt über den anderen?"

„So, in etwa. Er ist sehr arrogant, aber nicht so intelligent wie der Planer. Harms ist die eigentliche Führungskraft. Der Partner ist für ihn nur sein Diener. Er braucht ihn, um seinen Willen durchzusetzen und als Beschützer, weil er stärker ist als er selbst."

Lena fixierte den Boden und drehte immer noch ihre Locke um den Zeigefinger. „Das würde bedeuten, dass Bente nur in seiner Fantasie ein Mörder ist. Er ist also die Schnittstelle zu den Opfern." Lena sprang auf. Ihre Hand schlug klatschend auf die Stirn. „Sein Arbeitsbereich, sein soziales Engagement. Er sieht diese gequälten Kinder jeden Tag."

„Und erinnert sich an seine eigene Hölle. Richtig."

„Ben, er ist es."

„Vielleicht, aber sein Partner zeigt ihm, wie es geht, und setzt es in der Realität um. Doch beide haben eine ähnliche Beziehung zu den Opfern."

Lena drehte sich spontan um und lief Richtung Küche. „Ich brauche einen Kaffee. Dann kann ich weiter darauf herum denken."

„Warte. Ich auch."

Beide starrten versunken auf den kräuselnden Dampf, der aus den Tassen stieg, und Lena kippte ein Lächeln in ihren Kaffee.

„Woher rührt dein strahlendes Lächeln? Hast du eine Idee zu meinen Ausführungen?"

„Dein Profil hat einen Riss. Denn ein Opfer passt nicht in das Bild."

„Hannes von Hagedorn."

„Genau. Den hat er selbst ins Jenseits befördert. Dieser Mord trägt auch eine andere Handschrift, Ben. Seine Handschrift. Du hast selbst gesagt, dass dieser Mord sadistische Züge trägt."

Ben strich seine Linke mehrfach über den Dreitagebart. „Richtig."

„Also ist ihr Antreiber die persönliche Opferrolle?"

Ben drückte seine Faust tiefer in die Jackentasche, was Lenas aufmerksamen Blick nicht entgangen war.

„Du wärst ein guter Profiler", flüsterte er.

„Das glaube ich nicht. Thomas ist viel besser. Er hat nach der Befragung Bentes Mimik und Gestik ausgewertet, da wäre ich im Leben nicht drauf gekommen. Die Aufzeichnungen sind von ihm."

„Oh, dann braucht ihr mich bald nicht mehr."

Thomas stand im Türrahmen der Küchentür und schmunzelte. „Danke für das Lob, aber das ist noch ein langer Weg. Doch ich habe etwas herausgefunden, was euch interessieren wird."
Lena klatschte in die Hände. „Erzähl."
„Der Kühlanhänger auf dem Hinterhof, den er uns stolz präsentiert hat, ist zwar die gleiche Marke, wie im Kaufvertrag, aber ein älteres Modell. Das marode Teil muss da schon seit Jahren verrotten."
„Das heißt, der andere Anhänger ist der, in dem er die Leichen aufbewahrt." Lena stöhnte laut.
„Und wir wissen immer noch nicht, wo sein Rückzugsort ist. Ich muss mit Bente Harms sprechen. Entweder ist er es oder wir müssen ihn ausschließen. Beides bringt uns weiter", ergänzte Ben und rannte aus der Küche.
„Au! Wat is denn in dich gefahren? Du rast ja wie ein D-Zug." Baumann hüpfte auf einem Bein und sah nun wahrlich aus wie ein dicker Spatz. Die Kollegen konnten sich ein Lachen nicht verkneifen, und Bens Entschuldigung verschwand im Geräuschpegel des Gelächters.
„Nu is jut, ihr Quietschkommoden. Sagt mir lieber, ob ihr wat Neues habt."
Die drei fassten den Stand zusammen und Baumanns Lippen verzogen sich zu einem breiten Lächeln. Doch seine Freude verflog sofort, als er auf das Handy schaute. „Dat darf nich wahr sein."
„Was ist, Klaus?" Lena blickte auf das Display und verstand.

Der Regen schlug wie Peitschenhiebe auf den Boden und spülte den Dreck von den Straßen. Die weiße Weihnacht würde wohl wieder ausbleiben. Umso aufwendiger waren die Sicherungsarbeiten vor dem Gerichtsmedizinischen Institut.

Dr. von Pistorius stand kopfschüttelnd unter dem gläsernen Vordach. Eingehüllt in einer Regenjacke, stampften seine Gummistiefel unentwegt auf den nassen Boden. Die Nickelbrille bahnte sich gerade den Weg Richtung Nasenspitze, als seine Blicke noch einmal das Zelt streiften. Er drückte den Speichel hinunter und drehte sich zur Wand. Der Pathologe hatte in seiner Laufbahn bereits viele Leichen gesehen, aber dieses Szenario verschlug ihm selbst den Atem. Einige der schwarz-gelben Absperrbänder hatte der letzte Regenguss von den Halterungen gerissen, und das Team der Spurensicherung flickte sorgfältig die entstandenen Schäden. Die Ständer des Sicherungszeltes waren mit wuchtigen Eisenklötzen beschwert, und dennoch zerrte der Wind in Böen an der weißen Zeltplane.

Baumann stampfte über den nassen Gehweg. Paul lief ihm entgegen und hob stoppend die Hände.

„Wat soll dat, Paul?", entrüstete er sich. Ben griff seinen Arm und blickte ihn ernst an. Klaus verstand.

„Kollegen, wir sind geschockt." Tanner räusperte sich. „So etwas haben wir alle noch nicht gesehen. Ich habe bereits alles fotografisch festgehalten."

„Seid ihr mit der Spurensicherung durch?" , fragte Lena.

„Ja, aber der Regen hat uns einen kräftigen Strich durch die Rechnung gemacht."

„Geb uns im Vorwege bitte einige Erklärungen. Dann sind wir vorbereitet", sagte Ben.

„Okay. Erstens. Es ist unser Täter. Er hat einen Brief hinterlassen. Dazu komme ich gleich. Zweitens. Er hat einzelne Körperteile von zwei Menschen abgeladen wie Müll. Es fehlen Daumen und Finger."

„Der Brief, bitte." Baumann streckte seine Hand aus, überflog das kurze Gedicht und reichte es an Ben weiter. „Wat hältst du davon?"

Mortensen zog es an sich und las Zeile für Zeile.

„Und?" Lena stieß ihn an.

„Wie ich es befürchtet habe. Sein erster Mord war die Zündschnur für die folgenden vier. Sie sind die Spur zu dem Mord, um den es ihm eigentlich geht, um den Auslöser seiner Taten. Hör zu.

Peter will der Erste sein,
ist aber der Dritte.
Jan erscheint als Zweiter euch.
doch auf vier ich tippe.
Hans ist eins und Horst ist zwei.
Was für eine Rätselei.
Doch wo Zero brennt,
den Ort ihr kennt."

„Demnach geht es um sechs Opfer", stöhnte Lena.

„Dann werden wir uns dat jetzt ansehen. Jut, dat ick noch nüscht gegessen habe."

Haucke hob die schützende Folie. Lena drehte sich ruckartig um und Thomas riss die Hände vor die Augen. Martin und Klaus griffen nach den Zeltstangen. Nur Ben kniete bereits vor den Leichenteilen und begutachtete die Köpfe. „Zwillinge. Er bestraft sie als Paar. Sie haben ihre Taten zusammen begangen."

„Mir ist schlecht", nuschelte Thomas hinter den vorgehaltenen Händen. Haucke trat näher an ihn heran und flüsterte, kaum hörbar: „Es gibt eine universelle Wahrheit, der wir uns alle stellen müssen. Alles vergeht einmal. Aber so?"

„Haben die Kameras nix aufgenommen?", platzte Baumanns Frage in die Stille.

Haucke hob den Kopf. „Nur einen Krankenwagen, der um drei Uhr rückwärts bis an den Gehweg fuhr. Man sieht, wie die Türen von innen geöffnet und die Leichenteile mit einer Schippe aus dem Laderaum geschoben werden. Widerwärtig."

Aber das Tor ist doch zwischen achtzehn und fünf Uhr geschlossen", raunte Klaus.

„Das bekommt doch jeder auf, Klaus." Haucke verdrehte die Augen.

Lena hatte sich wieder umgedreht und schüttelte unentwegt ihre braunen Locken. „Es ist mir unbegreiflich, wie ein Mensch so etwas tun kann. Das macht doch nur ein Ungeheuer. Wer ist denn in der Lage, jemanden so brutal umzubringen?"

Ben scannte weiter die Auffindesituation und murmelte beiläufig: „Im Prinzip jeder, nur die Hemmschwelle unterscheidet sich."

Lena starrte ihn an. „Dein Ernst?“

Er drehte seinen Kopf und sah in ihre feuchten Augen. „Sorry, aber der Glaube an Ungeheuer ist unnötig. Der Mensch ist zu allem selbst in der Lage.“

Hinrich kauerte auf seinem Klapphocker hinter der kahlen Eiche, und der monströse Stamm verdeckte seinen gesamten Körper. Baumann rief ihn vorsichtshalber an, denn noch einen Schlag ins Sonnengeflecht wollte er nicht einstecken.

„Hinrich, ick bin gleich bei dir.“

Klaus konnte sich mittels Beschluss endlich Zutritt verschaffen, begrüßte den Kollegen und lief weiter Richtung Eingang des pompösen Hauses. Als sich nach mehrmaligen Klingeln die Tür immer noch nicht öffnete, begann Klaus, die Faust kräftig an die Tür zu schlagen. Hinrich grinste. Patrizia Ahrens stürmte aus einem der Seiteneingänge und schrie: „Was wollen Sie schon wieder hier? Ich rufe jetzt meinen Anwalt an!“ Die Tür fiel krachend ins Schloss, und Baumann war froh, dass seine uniformierten Kollegen vorfuhren.

„Danke, Jungs, dat ihr so schnell gekommen seid. Die lässt uns nicht rein.“

„Dann eben anders, Herr Hauptkommissar. Wie sagt man doch gleich? Wer nicht hören kann, muss fühlen.“ Ein verschmitztes Lächeln breitete sich unter seiner blauen Mütze aus und der Stern darauf schien zu blinken.

Patricia hatte die Ansammlung vor ihrer Haustür bemerkt, riss diese auf und schrie: „Sie sind ja immer noch hier?"

Die Männer standen einer tobenden Hyäne gegenüber. Baumann schob sich vor die Kollegen, stand wie ein Fels vor ihr und hielt den Durchsuchungsbeschluss dicht vor ihren Augen. Sie atmete schwer, trat jedoch einen Schritt zurück und gab den Weg frei.

„Mit wem haben Sie heute früh so lange und aufgeregt telefoniert?", fragte Baumann.

„Ich spreche mit vielen Menschen. Weiß ich doch nicht, wen Sie meinen", entrüstete sich Patrizia.

Baumann grinste. „Aber Ihr Handy weiß es." Dann riss er ihr das Telefon aus der Hand. Ein großer Fehler. Die Raubkatze sprang auf ihn zu und drehte ihm in so einer Geschwindigkeit den Arm nach hinten, dass die Kollegen viel zu spät eingreifen konnten. Doch das Klicken der Handschellen beendete diesen Kampf und Hinrich drückte die Blondine auf das naheliegende Sofa. Sie blickte mit herunterhängenden Schultern auf den kalten Marmorboden und das Einzige, was man von ihrem Gesicht noch sah, waren die Creolen behangenen Ohrläppchen. Erst jetzt bemerkte Baumann ihr Outfit und blickte unwillkürlich auf seine Uhr. Zehn. Wieso trug sie um diese Uhrzeit ein glitzerndes, knappes Cocktailkleid? Als sie sich wieder erhob, blickten die Männer in ein prall gefülltes Dekolleté. Hinrichs Augen wanderten suchend nach Ablenkung durch den Raum, denn der Stoff ihres knappen Kleides war kaum in der Lage, den wertvollen Inhalt zu verhüllen.

„Den Code." Baumann hatte seine ein Meter neunzig vor ihr in Stellung gebracht und wartete.

„Welchen Code?"

„Um Ihr Handy zu entsperren."

„Finden Sie es heraus. Sie sind doch die Schnüffler."

Lachners spitze Nase berührte fast den Bildschirm. „Brauchst du eine Brille, Thomas?" Lena stand hinter ihrem Kollegen, zog seine Schultern an die Stuhllehne und lachte.

„Unsinn. Du auch noch", murmelte er.

„Aha, deine Frau sieht das also auch so."

„Noch ist sie nicht meine Frau."

„Nicht witzig, Thomas", sagte Lena im Weggehen.

„Hey, du musst deine schlechte Laune nicht an mir auslassen", rief er ihr hinterher.

„Ich habe keine schlechte Laune", schrie sie.

„Wenn hier einer brüllt, dann icke. Wat is hier los?" Baumann klatschte seine großen Handflächen aneinander. Lena war abrupt stehen geblieben. Thomas erstarrte vor dem Laptop und Martins Hals streckte sich schwanengleich.

„In fünf Minuten im Meetingraum, alle." Klaus ging mit schnellen Schritten in sein Glasbüro, schloss die Tür, riss sein Mobil aus der Manteltasche und wählte.

„Na, Paul, haste schon wat?"

„*Ich habe noch nicht alles ausgewertet. Aber der morgendliche Anruf, der in diesen Zeitrahmen fällt, ging an eine Prepaid-Nummer. Er dauerte über fünfzig Minuten.*"
„Scheiße, dat kann dauern."
„*Bleib ruhig, Klaus. Den Netzbetreiber habe ich bereits. Ich werde schon herausfinden, in welcher Funkzelle es eingeloggt war. Das wird schon. Wir sind ihr auf der Spur.*"
„Super. Danke, Paul."
Es klopfte und Baumann hob seinen mächtigen Kopf zur Glaswand. Bens Anblick erhellte seine Gesichtszüge. „Setzt dich. Hast du ihn befragt?"
„Er war nicht anwesend. Leider." Bens Enttäuschung stand ihm ins Gesicht geschrieben. „Aber ich hatte die schriftliche Vorladung eingesteckt und diese sicherheitshalber am Türrahmen der Eingangstür hinterlassen, falls er nicht in den Briefkasten schaut."
Mortensen stützte sein Kinn auf Daumen und Zeigefinger der rechten Hand und starrte an die Decke. „Wat brütest du aus?"
„Ich denke über seine Alibis nach. Da wir den genauen Zeitpunkt der Morde, außer bei Hannes von Hagedorn, nicht kennen, können wir nur von der Ablagezeit ausgehen. Sowohl bei den ersten beiden als auch bei den Zwillingen hatte er Dienst in der sozialen Einrichtung. Dafür gibt es zu viele Zeugen."
Baumann senkte nachdenklich den Kopf und grübelte laut: „Und den Co kennen wir noch nich."
Das Telefon riss beide aus ihrem Gedankenkarussell. „Ja, Paul."
„*Es war in der Nähe des Kirchplatzes von Jork eingeloggt.*"

„Ha, da wohnt doch der Harms. Danke, Paul." Der Baumann schlug die flache Hand auf die Tischplatte. Ben sah ihn forschend an. „Was sagt Paul?"
„Die Handynummer, mit der die Ahrens telefoniert hat, war in Jork eingeloggt, Nähe Kirchplatz. Dat passt doch wie die Faust uffs Auge, oder?"
„Stimmt, und um diese Uhrzeit war er noch zu Hause oder schon wieder, bevor er zum Dienst musste."
„Schon wieder?"
„Er kann den Krankenwagen gefahren haben, der die Zwillinge vor die Pathologie transportiert hat, ist dann nach Hause, hat mit ihr telefoniert und später zum Dienst gefahren, der um vierzehn Uhr begann." Baumann schüttelte unentwegt den Kopf.
„Lass mich an deinen Gedanken teilhaben. Warum bist du der Meinung, dass ich falsch kombiniere?"
„Weil der nich den Krankenwagen fahren und die Leichenteile vom Laderaum gestoßen haben kann."
„Doch. Die Kameras haben den Fahrer nicht erfasst. Er ist bewusst rückwärts gefahren, hat gehalten, ist von der Fahrerkabine in den Laderaum gegangen, hat seine Maske ins Gesicht gezogen und den Rest erledigt. Anschließend schloss er die Türen wieder von innen, ging zurück zur Fahrerkabine und fuhr los."
„Stimmt. Außerdem war dat ein ausgeschlachteter Wagen, haben die Kollegen gesagt, wahrscheinlich ein uraltes Ding. Wer weiß, wo er den herhat."

Das Morgenmeeting war längst beendet, als Haucke in den Raum gestürzt kam.

„Geht denn keiner von euch an das Telefon. Ihr klebt doch sonst den ganzen Tag am Hörer." Er riss japsend seinen geringelten Pudel vom Kopf.

Alle starrten ihn wortlos an in Erwartung der Bombe, die gleich platzen würde. Lena schob ihm ein Glas Wasser über den Tisch.

„Danke", japste er und trank. „Also, erstens, an den Zwillingsbrüdern habe ich auch die Wildschweinborsten gefunden, wie bei den anderen Opfern. Zweitens. Sie sind beide vergiftet worden."

„Womit?", platzte es aus Lena heraus.

„Bleiacetat, ein Nervengift. Bleivergiftungen sind aufwendig nachzuweisen, weil Symptome auch auf andere Krankheiten hindeuten könnten. Da ich aber keine Verletzungen an den Körperteilen finden konnte, die todesursächlich gewesen sein könnten, bin ich sofort auf Vergiftung gekommen."

„Bleiacetat ist außerdem kaum zu schmecken und wurde früher sogar zum Süßen von Wein verwendet. Darum sagt man auch Bleizucker. Angeblich ist Beethoven daran gestorben", fügte Ben hinzu.

„Genau. Zurück zur Vergiftung, die sehr schleichend verlaufen kann. Der Betroffene fühlt sich zunehmend schwächer, hinzu kommen Lähmungen, Zittern, Schwindel oder Zahnfleischverfärbungen. Schließlich stirbt er an Kreislaufversagen."

„Das heißt, die Männer wurden weit vor ihrem eigentlichen Ableben vergiftet?", fragte Martin.

„Ganz sicher. Kommen wir zu drittens. Ich habe Spuren einer sehr seltenen Orchideenart an den Haaren gefunden, ein Zeichen dafür, dass die Zwillinge im späten Frühjahr getötet wurden."

„Orchideen?", fragte Klaus erstaunt nach.

„Ja, Dactylorhiza incarnata, auch Fleischfarbenes Knabenkraut genannt, ist tatsächlich eine Orchidee, die bei uns beheimatet ist. Sie wurde in Deutschland 2015 zur Orchidee des Jahres gekürt. Die Blütezeit liegt zwischen Mitte Mai bis maximal Ende Juni."

„Komm zum Punkt." Alle Köpfe drehten sich zum Hauptkommissar, der strafende Blicke erntete.

Haucke lächelte. „Das heißt, laut seines Gedichts, dass Horst und Hans in den Monaten Mai oder Juni 2020 oder 2021 gestorben sind. Viel interessanter ist aber, dass diese seltene Orchidee im Duvenstedter Brook blüht."

Thomas atmete lautstark aus. „Die Schlinge zieht sich langsam zu."

„Fragt sich nur, um welchen Hals", sagte Ben ernüchternd. Er passt genau ins Profil, aber wir müssen es ihm auch beweisen können. Auf jeden Fall kann er diesen Plan nicht allein realisiert haben."

Baumann nickte. „Stimmt, aber wir sind ihm auf den Fersen. Thomas, mach bitte weiter wegen der Lärmbelästigung. Lena, du triffst dich später mit der Frau dieses Baseballfans, richtig?"

„Ja."

„Jut, dann gehen Ben und ick jetzt zur Arbeitsstelle von Harms. Mal sehen, wat wir da rausfinden."

„Und ich halte die Stellung", echote Viviana von weitem. „Martin, trinkst du noch einen Kaffee mit deiner

Lieblingskollegin?" Sie zwinkerte ihm zu und Baumanns Gesichtszüge verhießen nichts Gutes.
„Aber natürlich, meine Liebe."
„Nu is aber jut, mein Freund." Baumanns braune Augen funkelten.

Frau Bruns hatte das Kommissariat längst verlassen. Lena saß erstarrt auf ihrem Bürostuhl, ihre braunen Locken zum Zopf, streng nach hinten gebunden und war immer noch dabei, das Gehörte zu verarbeiten. Bei der Befragung hatte die Witwe berichtet, dass sie nach dem Tod ihres Mannes nur wenige Habseligkeiten mit nach Husum genommen hatte, überwiegend die Sachen ihrer Söhne. Den Baseballschläger und alles, was noch im Duvenstedter Forsthaus verblieben war, hatte sicher der Sohn seiner ersten Frau mitgenommen. Als die Kommissarin nach dem Namen des Jungen fragte, verschlug die Antwort ihr fast den Atem. Bente. Er trug den Geburtsnamen seiner Mutter, Harms. Sie heiratete später Bernd Bruns und hat ihren unehelichen Sohn mit in die Ehe gebracht.
Lena saß immer noch regungslos vor dem Schreibtisch. Plötzlich schlug sie ihre flache Hand auf die Stirn. „Oh, mein Gott. Jetzt weiß ich, woher ich ihn kenne."
Sie sprang auf und rannte zu Vivi und Martin, die mit Thomas in Baumanns Büro saßen und ihre Pause genossen. „Bente Harms ist der Junge."
Struve hatte sich ruckartig umgedreht. „Welcher Junge?"

„Dein letzter Tag, vor deinem Schlaganfall. Der Junge, der nach dem Tod seiner Mutter fast durchgedreht ist."

„Die Anzeige." Thomas war aufgestanden. „Er hatte den Stiefvater beschuldigt, seine Mutter umgebracht zu haben."

„Genau. Der Junge war, außer sich vor Wut und kaum zu bremsen, in seinem Eifer, ihn anzuzeigen. Doch die damaligen Untersuchungen hatten ergeben, dass es Selbstmord gewesen war."

Martin kraulte sein dichtes Haar. „Warum habt ihr damals eigentlich keine Anzeige aufgenommen, Lena?"

„Nach dem Befund der Rechtsmedizin war es eindeutig Selbstmord. Klaus war gerade in den Job eingestiegen und der erste Fall war ausgerechnet der mit den einundzwanzig Briefen."

„Hm, also habt ihr das nicht weiterverfolgt?"

„Nein", antwortete Thomas bedrückt.

Martin kraulte immer noch seine Locken. „Dann sollten wir ihn schleunigst einbestellen."

„Das hat Ben bereits erledigt, hat ihm die Vorladung für morgen direkt an die Haustür gesteckt."

17

Um zum Kinderschutzhaus am Südring dreißig zu gelangen, hätten sie nicht ins Auto steigen müssen. Baumann wäre die 1,6 Kilometer gern gelaufen, nur nicht bei diesem Wetter. Er lenkte den Wagen bereits durch den Stadtpark. Der Regen begann sich nach und nach in Schnee zu verwandeln und das Grau des Hamburger Himmels lag schwer über der Stadt.

„Eins will mir nich in den Kopp, Ben. Wie kann ein Bengel, der Krankenpfleger gelernt hat und sich hier sozial engagiert, ein Serienmörder sein? Dat passt für mich nich zusammen."

„Er ist der Planer, nicht der Ausführende. Bei Hagedorn war er in einer emotionalen Ausnahmesituation."

Das rote Backsteingebäude lag in einem weitläufigen Garten in der Nähe des Hamburger Stadtparks. Die Spielanlage verschwand fast in der eintretenden Dunkelheit. Baumanns Blick fiel auf seine Armbanduhr. „Halb vier. Ick hasse diese kurzen Tage", murmelte er vor sich hin.

Ben hielt ihn am Arm fest. „Klaus, verinnerliche vor der Befragung bitte noch einmal diese Eckdaten. Bente ist ein Psychopath. Alles muss für ihn eine strukturierte Ordnung haben. Am Arbeitsplatz sind Menschen, wie er, im Allgemeinen anerkannt und beliebt. Er ist sehr höflich und gerade zu Frauen außerordentlich zuvorkommend."

„Allet in Butter. Lass uns reingehen."

Baumann stampfte wutschnaubend über den nassen Gehweg zurück zum Auto. „Dat hätten wir uns schenken können. Die haben ja nur Loblieder auf den Bengel gesungen."

„Ich habe es dir bereits gesagt. Das passt ins Bild. Er ist hochintelligent, hätte sicher auch Medizin studieren können, hat sich aber für Pflegeberufe und Betreuung entschieden."

Baumann war stehen geblieben. „Stimmt. Er will verletzten Kindern und Jugendlichen helfen, arbeitet ja auch auf der Kinderstation im Krankenhaus. Da fahren wir jetzt hin. Komm." Baumanns Schritte hatten an Größe gewonnen. Er riss die Fahrertür auf und ließ sich in den Sitz fallen.

Die Befragung der Kollegen auf der Station brachte die gleichen Ergebnisse. Die Kinder lieben ihn, die Frauen schwärmen und das gesamte medizinische Fachpersonal war begeistert von seiner Kompetenz.

Ben drückte gerade den Knopf an der Fahrstuhltastatur als eine zierliche Krankenschwester hinter ihnen her rannte. Sie hob von Weitem bereits die Hand und rief: „Entschuldigung!"

Klaus starrte in den geöffneten Fahrstuhl und drehte sich um.

„Entschuldigung, Herr Kommissar. Mir ist noch etwas eingefallen." Sie atmete mehrmals ein und aus.

Ben berührte ihren weißen Kittel und lächelte. „Ruhig. Lassen Sie sich Zeit."
Sie strich den blonden Pony von der Stirn und begann ihren Nacken zu kneten. „Also, es gab da vor etwa einem Jahr einen Vorfall." Sie räusperte sich.
„Ja, erzählen Sie", forderte sie Ben ruhig auf.
„Einer unserer Assistenzärzte war sehr innig mit einer Patientin."
„Innig?", fragte Baumann.
„Sehr innig", antwortete die Blonde. „Natürlich ist uns das allen aufgefallen. Aber manchmal baut man zu einem Kind eben ein besonders liebevolles Verhältnis auf, gerade, wenn es sehr krank ist."
„Und sie war sehr krank?", hakte Ben nach.
„Anfangs ja, und alle haben verstanden, dass er sich besonders um die Kleine gekümmert hat."
„Aber?", fragte Klaus.
„Aber Bente traute ihm nicht, hat ihn ständig beobachtet, auch wenn er keinen Dienst hatte. Er hat sich förmlich auf ihn eingeschossen."
„Was hat er vermutet?" Ben berührte leicht ihren Arm. „Bitte, erzählen Sie. Es wird Ihnen nichts geschehen." Als er über ihre Schulter Richtung Stationszimmer blickte, stand ein muskulöser Pfleger im Türrahmen und schien sie zu beobachten.
Die Schwester hatte inzwischen auf Bens Frage geantwortet: „In meiner Nachtschicht eskalierte es dann. Die Kleine sollte am anderen Tag entlassen werden, lag mittlerweile allein auf dem Zimmer, und

Bente sah, wie dieser Arzt, der übrigens an diesem Tag keinen Dienst hatte, mit Blumen zu ihr ging."

„Vielleicht wollte er sich nur von ihr verabschieden", warf Klaus ein.

„Ja, das habe ich auch zu Bente gesagt. Aber er ist in das Zimmer gestürmt, hat den Assistenzarzt herausgezerrt und ihm auf dem Gang gehörig eingeheizt."

„Geschlagen?", fragte Klaus.

„Nein. Das würde Bente nie tun. Dazu ist er viel zu höflich. Aber er hat ihm offen gedroht, mit Worten."

„Womit genau?", fragte Ben.

„Er sagte, dass es für ihn ernste Konsequenzen hätte, wenn er die Finger nicht von der Kleinen ließe."

Bens Nicken wurde immer schneller und Baumann sah kleine Lachfalten an seinen Schläfen.

„Danke Frau …" Baumann überlegte, wie er sie ansprechen sollte.

„Schwester Clara. Gern, Herr Kommissar."

Sie standen bereits vor dem Aufzug, als Bens Blicke noch einmal zum Stationszimmer schweiften, sich abrupt umdrehte und darauf zulief. Klaus starrte ihm hinterher und folgte.

„Schwester Clara", rief Ben ihr hinterher.

Sie drehte sich um und blieb stehen.

„Verzeihen Sie, ich habe noch eine Frage", sagte Ben mit einer flüchtigen Verbeugung. „Der Kollege ist auch ein Pfleger?" Er wies mit dem Kopf auf den muskulösen Weißkittel.

„Nein, Max ist ein Mitarbeiter aus dem Labor."

„Würden Sie mir bitte seinen vollständigen Namen nennen."

„Max Kleinschmidt." Sie blickte ihn fragend an.

„Kennen Herr Harms und der junge Mann sich?"

„Kennen wäre untertrieben. Sie sind enge Freunde."

„Danke, Schwester Clara."

Ben saß schweigend im Auto. Er hatte in dem kurzen Gespräch mit Max Kleinschmidt nicht viel erfahren und hoffte, dass Bentes Befragung, sie näher ans Ziel, bringen wird.

Bente Harms saß am kleinen Küchentisch und hing seinen Gedanken nach. Ausgezeichnet, Herr Hauptkommissar. Endlich machen Sie Ihre Arbeit. Die Sprache des Blutes verstehen Sie also. Ich habe Ihnen so viele Spuren zum Ziel gelegt. Doch die Rätselstunde ist lange nicht vorbei. Ein süffisantes Lächeln umspielte seine schmalen Lippen.

Es waren nur noch einige Schritte bis zur nahen Bushaltestelle, in der bereits einige Menschen warteten. Als der Bus vorfuhr, drängten sich drei junge Männer sofort zum Einstieg, der sich kurz darauf stöhnend öffnete. Bentes Hände ballten sich zu Fäusten und er sah zu der alten Dame, die sich krampfhaft an ihrem Rollator festhielt. „Ich helfe Ihnen", flüsterte er ihr zu. Ein Strahlen umspielte ihren faltigen Mund.

Er hatte einen Sitzplatz in der hinteren Reihe gefunden, zog das schwarze Cap tiefer ins Gesicht und schloss die Augen.

Die kurze Busfahrt zwischen Jork und Buxtehude hatte er bereits hinter sich gelassen und wartete geduldig auf die Regionalbahn Richtung Hamburg-Harburg. Er lehnte lächelnd an einem der rostigen Eisenpfeiler, die das alte Dach trugen. In gut einer Stunde sollte er im Landeskriminalamt sein und er freute sich, ihm endlich in die Augen zu sehen.

Befragung Bente Harms

„Herr Harms, nehmen Sie hier gern Platz. Herr Hauptkommissar Baumann und Frau Oberkommissarin Arnold werden gleich bei Ihnen sein." Viviana drehte sich noch einmal zu dem jungen Mann und fragte: „Möchten Sie etwas trinken? Kaffee? Wasser?"
„Kaffee, schwarz. Danke."
Bevor Lena und Ben den Raum betraten, sagte er:
„Ich bin zunächst nur Beobachter, okay?"
Lena nickte zustimmend und öffnete die Tür. „Moin, Herr Harms. Ich bin Oberkommissarin Arnold. Wir kennen uns bereits. Das ist mein Kollege, Herr Mortensen."
Seine grünen Augen taxierten den unerwarteten Mann. Wo war Baumann? Er lehnte sich gelangweilt zurück und hob das Kinn. Sie setzten sich und Lena begann bewusst mit einer Feststellung: „Herr Harms, wir haben einige Fragen zu ihrem Vater."
„Mein Vater ist tot."
„Ja, das wissen wir. Wir wissen auch um Ihre schwierigen Familienverhältnisse."

Sein Gesicht blieb ausdruckslos und er antwortete: „Ich hatte eine liebevolle Mutter."

Baumann stand regungslos hinter der Scheibe, als Martin und Thomas sich zu ihm gesellten.

„Der Typ sitzt da, wie ein Eisberg", brummte Klaus.

„Er zeigt uns nur seine eiskalte Spitze, aber es brodelt unter dem Wasserspiegel. Da bin ich sicher", antwortete Thomas Lachner.

„Aha, jetzt hab ick also zwei Schlauberger im Team", sagte Klaus lächelnd und zwinkerte ihm zu.

Inzwischen hatte Lena die Befragung auf den Tod der Mutter gelenkt, um wenigstens eine emotionale Regung aus dem jungen Mann herauszukitzeln. Aber auch dieses Thema schien ihn kaltzulassen. Seine einzige Antwort bestand aus einem Satz: „Meine Mutter ist tot."

Erst beim Thema Erbe wurde er gesprächiger. „Meine Mutter war eine liebevolle Frau, führte mich an Kunst und Kultur heran. Mein Vater war Leiter der Försterei Duvenstedter Brook und Jäger, also viel beschäftigt. Für Kultur hat er sich nie interessiert. Als er starb, habe ich nur Andenken an meine Mutter mitgenommen."

Nach dem Selbstmord seiner Mutter befragt, antwortete er: „Ich war damals achtzehn, panisch, wollte nicht wahrhaben, was passiert war. Darum die versuchte Anzeige. Ich habe mich unmöglich aufgeführt. Ich weiß."

Es schienen sich Gefühlsregungen in seinem Gesicht abzuzeichnen und Ben tippte wieder auf die Tastatur seines Pads. Bentes Blick ruhte lange auf seinen Händen und Ben sah eine Schrecksekunde in seiner Mimik, als er ihn ansah.

„Herr Harms, Sie sind ausgebildeter Krankenpfleger und engagieren sich zusätzlich in einer Stiftung, die traumatisierte Kinder unterstützt und fördert. Warum genau diese Stiftung?", fragte Lena.

Sein Gesicht blieb regungslos, doch Ben sah seine gespannte Nackenmuskulatur. „Ich bin Krankenpfleger auf einer Kinderstation. Wissen Sie, wie viele misshandelte Kinder ich gesehen habe? Beantwortet das Ihre Frage, Frau Kommissarin Arnold?"

Lena gab sich unterwürfig. „Sorry, natürlich verstehe ich das, Herr Harms. Übrigens, das ist sehr ehrenwert von Ihnen, sich dort zu engagieren."

Er streckte ihr das Kinn entgegen und schwieg.

Gut so, Lena, dachte Ben. Du überlässt ihm wieder die Vormachtstellung. Er scheint einen Ruhepuls von fünfzig zu haben. Klassisch für einen Psychopathen.

Auf alle weiteren Fragen reagierte Bente Harms genauso nichtssagend wie zuvor. Doch Lena ließ nicht locker und fragte explizit nach dem Baseballschläger.

„Der gehörte sicher nicht meiner Mutter", antwortete er scheinbar gelangweilt.

Ben hatte ihn jedoch nicht aus den Augen gelassen und erkannte sofort die Mikromimik in seinem Gesicht. Pure Wut.

„Herr Harms. Sie telefonieren häufig mit Patrizia Ahrens. In welcher Beziehung stehen Sie zu ihr?"

„Das ist eigentlich Privatsache. Aber wenn es Ihnen hilft." Seine grünen Pupillen verschwanden hinter den zusammengekniffenen Lidern und sein angetackertes Lächeln hatte etwas Unheimliches. Ben scannte sein Gesicht. Sein starrer Blick war auf einen Punkt an der Wand fixiert. Du lügst, dachte Ben.

„Es geht um Mord. Noch bin ich höflich zu Ihnen, Herr Harms. Also, in welcher Beziehung stehen Sie zu Patrizia Ahrens?"

„Purer Sex." Ein hämisches Grinsen zeigte sich in seinem schmalen Gesicht und Ben hatte Mühe, seine eigene Wut in Zaum zu halten.

Lena unterdrückte einen Jubelschrei, als sie an ihre nächste Frage dachte. „Ah, dann läuft der Sex nur über das Telefon. Können Sie nicht anders oder will sie nicht?"

Seine Augen begannen zu glänzen.

Ben sah die zusammengepressten Lippen und wartete auf weitere Reaktionen seines Gegenübers. Doch plötzlich wich die Anspannung aus seinem Gesicht, und er sagte überfreundlich: „Wir sind sexuell vielseitig unterwegs. Und ja, auch am Telefon."

Am Ende des Gespräches richtete Lena das Gespräch auf Max Kleinschmidt. Als der Name fiel, zuckte Bentes Nasenspitze. Die Antworten jedoch waren genauso belanglos wie alle anderen. Er ließ er bereitwillig seine Fingerabdrücke scannen und verließ den Raum. Baumann ging mit gespielter Freundlichkeit auf ihn zu und bot ihm seine Hand zur Verabschiedung. Bente Harms griff zu, und Klaus sah seinen intensiven Blick. Schauer liefen ihm über den Rücken und er war froh, als sich ihre Hände wieder lösten.

Kaum hatte der Gast den Raum verlassen, konnte Ben sich nicht halten. „Hast du seine Position gesehen, als ich den Raum betreten habe?" Seiner rhetorischen Frage folgte sogleich die Antwort. „Er lehnte sich hochnäsig nach hinten, hat uns förmlich seinen Hals angeboten. Seine Gestik ist eindeutig. Er suchte die offene Konfrontation."

„Also, er hat uns herausgefordert?", fragte Lena.

„Die Indizien reichen nicht aus. Damit brauch ick dem Staatsanwalt nich kommen. Lass uns dat Gespräch kurz auswerten." Klaus drehte sich zu Vivi: „Bringst du uns bitte Getränke in den Meetingraum?" Als sie nicht darauf reagierte, ging er einige Schritte auf sie und sah, dass sie das Gesprächsprotokoll bearbeitete. Vorsichtig hob er den Kopfhörer von ihrem linken Ohr. Sie zuckte zusammen und fasste sich aufs Dekolleté.

„Sorry, ich wollte dich nicht erschrecken. Kannst du uns bitte Getränke rüberbringen?"

Sie zog die Kopfhörer über ihre blonden Locken, stand auf, strich das dunkelblaue Kleid glatt und stöckelte wortlos Richtung Küche.

„Mir ist bei Bente Bruhns eindeutig aufgefallen, dass er grundsätzlich in eine Drohhaltung geht. Intensiver Blick, gespannte Nackenmuskulatur, alles eindeutige Signale. Er hat uns fixiert und dieser anhaltende, emotionslose Blick war eindeutig eine Warnung."

„Wie ein Kräftemessen", fügte Lena hinzu.

„Und …" Ben hob den Lehrerfinger. „Die Mikroausdrücke in seinem Gesicht verraten ihn. Auf Lenas Frage nach dem Baseballschläger hatte er für eine Millisekunde Wut im Bauch. Seine Augenbrauen zuckten kurz in Richtung Nase und die Lippen verengten sich. Wenn ein Mensch dieses Gefühl offensichtlich zeigt, kann man deutlich sehen, wie sich die Augenbrauen nach unten zusammenziehen, die Augen glänzen und die Lippen aufeinandergepresst werden. Ich habe es nur andeutungsweise sehen können, aber sicher."

Lena drehte nachdenklich eine Locke um den Zeigefinger. „Hm, vielleicht war er aber nur wütend, zumal ihn der Schläger an seinen Vater erinnert hat, oder er wurde damit geschlagen. Das reicht nicht. Er hat uns bereitwillig DNA und Fingerabdrücke gegeben."

Ben räusperte sich. „Noch einmal, er ist der Planer. Wenn ich Recht behalte, überführen wir den Mörder noch heute."

Ein triumphierendes Lächeln zog um den Tisch und Baumann konnte es kaum erwarten. Er senkte seinen Blick zur Armbanduhr und zog die Akte an sich.

Lenas Gedanken kreisten. „Eines ist eigenartig. Sollte Bente Harms wirklich misshandelt worden sein, warum ist das Jugendamt nicht darauf aufmerksam geworden? Es gab angeblich keine Anzeichen von körperlicher Gewalt oder ähnlichem Missbrauch."

„Wenn es niemand meldet und, oder die Opfer sich nicht äußern, kann das Jugendamt auch nicht einschreiten, Lena. Im Übrigen, die einzig sichtbare Reaktion hat er bei den Aussagen über seine Mutter gezeigt. Ich bin mir sicher, dass sein Vater ihn misshandelt hat. Er hat seine Mutter völlig anders beschrieben als ihn. Erinnert euch. Er sagte, meine Mutter war eine liebevolle Frau, führte mich an Kunst und Kultur heran. Mein Vater war Leiter der Försterei Duvenstedter Brook und Jäger. Kein emotionaler Bezug des Sohnes zum Vater." Mortensen schwieg sein Pad an und hielt den Touchpen startbereit in seiner Hand, der wippend über dem Display schwebte.

„Übrigens." Thomas hob flüchtig den Arm. „Der Vater hatte einen tödlichen Unfall in Thailand. Wenn er ihn wirklich misshandelt hat, würde sich seine Wut doch zunächst auf den Vater richten. Aber er hat ihn nicht getötet. Es war ein Unfall."

Ben fragte nach: „Kennst du die Todesursache?"

„Ja, Kegelschnecke."

Bens Augäpfel bewegten sich nach oben links, bevor er Lachners Aussage hinzufügte: „Die Kegelschnecke, besonders die großen Arten, wie die Conus textile, schießen mit einem schnell wirkenden Gift."

„Schießen?", fragte Thomas nach.

„Ja, sie halten sie in einem Giftköcher vor. Die mit Gift geladenen Harpunen durchdringen mühelos einen Taucherhandschuh. Das Gift der größeren Arten ist für den Menschen tödlich. Sie kommen an Thailands Stränden bereits ab wenigen Zentimetern Wassertiefe vor. Da es nachtaktive Tiere sind, graben sie sich tagsüber in den Sand ein. Die Schnecken haben ein wunderschönes Gehäuse und werden darum gern von Urlaubern gesammelt. Eigentlich wird an den Strandabschnitten vor den Schnecken gewarnt, aber sicher nicht überall."

Klaus trommelte bereits einige Zeit seine Finger auf die Tischplatte, bedankte sich flüchtig für die Ausführungen und schloss mit den Worten: „Interessant, aber hilft uns nich weiter? Also, Bentes Mutter ging in den Freitod und sein Vater verunglückte in Thailand. Wir treten auf der Stelle."

„Eher nicht, Klaus", meldete sich Lena. „Erinnert euch an die letzten beiden Zeilen seines Gedichts. *Doch wo **Zero** brennt, den Ort ihr kennt.*"

„Genau, sein Vater." Ben sprang auf.

„Sein erster Mord, der Auslöser." Lena stand auch. „Unfälle kann man provozieren. Thailands Küsten sind die ideale Urlaubsregion, um einen Mord dieser Art zu fingieren", sagte Ben.

Thomas riss sie aus dem Zwiegespräch. „Die Kollegen sind angekommen und öffnen gerade bei Harms die Tür. Der Einsatzleiter sagt, sie drehen jeden Stein um." Thomas riss die Faust nach oben. „Jetzt haben wir ihn."

„Aber nicht den psychopathischen Muskelmann", antwortete Klaus brummig.

Ben atmete ruckartig ein, verschluckte sich, begann zu husten und zog ein Tempo aus seiner Lederjacke.

„Muskeln", nuschelte er hinter dem Taschentuch, drehte sich um und rannte zum Notebook. Kurz darauf standen alle hinter ihm und verfolgten den Cursor auf dem Display.

„Du meinst ..." Lena hielt sich am Tisch fest.

„Ja."

Baumann brüllte in den Hörer: „Ja, habt ihr wat?"

„Eine alte Keksdose. Die sollten Sie sich ansehen."

„Wat? Eine Keksdose?"

„Ja, Herr Tanner ist bereits zu Ihnen unterwegs."

„Allet klar. Danke. Und Harms? Ist er jetzt da?"

„Ja, wir haben ihn festgenommen, wie besprochen. Aber es gab Probleme. Er war zunächst gefasst, als er gesehen hat, dass wir sein Haus durchsuchen. Aber als wir die Keksdose in die Box legten, ist er schreiend über uns hergefallen."

„Aber jetzt habt ihr ihn in Gewahrsam, ne?"

„Ja."

Baumann hatte kaum aufgelegt, als Paul hineingestürmt kam. „Klaus, das müsst ihr euch ansehen." Er stellte den Asservatenbeutel auf den Tisch. „Die wurde bei der Durchsuchung im Keller des Hauses gefunden. Ben, lies." Er schob den Asservatenbeutel über den Tisch.

„Kekse für gute Jungs. Dann werden meine schlimmsten Vermutungen wahr. Was musste Bente wohl erleiden, wenn er kein guter Junge war?"

Lena sprang auf. „Wie kann man das seinem Kind antun? Das ist doch Psychoterror."

„Ja, das ist es."

18

Montag, der 23. Dezember 2024. Baumann konnte es nicht fassen, starrte kopfschüttelnd auf das Bild und knetete seine großen Hände. Sollten sie tatsächlich am Ziel sein? Seine Gedanken schweiften zurück zur ersten Begegnung. War das möglich? Er konnte sich nicht vorstellen, dass diese Person fünf Menschen ermordet hatte. Stöhnend warf er seinen Körper in den Bürosessel, drehte sich zur Wasserflasche und trank.

„Aber Schatz, aus der Flasche?" Vivi schob ihm ein Glas zu und setzte sich. Ihre blauen Augen taxierten sein Gesicht und sie sah seine enorme Anspannung.

„Liebling, heute wird sich alles auflösen. Ihr habt die beiden. Morgen ist der Heilige Abend. Alle werden unter dem Tannenbaum sitzen und froh und glücklich sein, dass ihr es wieder einmal geschafft habt. Und am ersten Weihnachtstag gibt es deinen geliebten Gänsebraten mit Rotkohl und Klößen."

Klaus begann zu lächeln und fügte hinzu: „Mit Äpfeln und viel Soße."

„Natürlich, Liebling."

„Hier wird nicht geturtelt." Martin stand im Türrahmen und blickte grinsend auf Viviana, die es sich auf Baumanns Schoß bequem gemacht hatte.

Viviana stand auf, krallte ihre rot lackierten Finger auf die Hüfte und schwieg.

„Oh, oh, gleich passiert es", sagte Klaus lächelnd.

Viviana schwieg immer noch und Klaus sah in ihren Augen, dass sich ein Gewitter zusammenbraute.
„Martin, geh lieber."
„Warum?"
„Wenn meine Frau so lange schweigt, gleicht dat einer Bombendrohung."
Vivi stöckelte wortlos aus dem Büro und würdigte Martin keines Blickes.
„Klaus, die Kollegen sind da. Es geht los." Thomas stützte seinen Arm an den Türrahmen. Auch ihm stand die Anspannung ins Gesicht geschrieben, und er fügte zu seiner eigenen Beruhigung hinzu: „Heute werden wir diesen Fall abschließen. Ganz sicher."
Baumann stand brummend auf. „Is Harms schon im Verhörraum eins?"
„Ja. Wir nehmen dann die vier, damit sie sich nicht gleich begegnen. Okay?"
„Mach dat und hol Ben und Lena her. Ick will noch einmal dat Profil mit ihnen durchgehen."
Ben trat mit Lena ins Glasbüro und Baumanns braune Augen verharrten auf diesem Anblick.
„Klaus, du wolltest mit uns sprechen?", fragte Lena und wunderte sich über seinen intensiven Blick.
„Ick sage so etwas selten, aber auf euch trifft dat zu. Ihr seid ein verdammt hübsches Paar und so harmonisch. Immer, wenn ick euch zusammen sehe, geht mir dat Herz auf."
Beide sahen sich tief in die Augen und waren sprachlos. Die Stille wirkte erdrückend, warum Klaus sie unterbrach und sagte: „So, nu ist Schluss. Ben, du

machst mit mir dat Verhör. Lena, du und Thomas nehmt euch den Harms vor. Also, Ben. Lass uns dat noch einmal durchgehen."

Ben räusperte sich und stützte seine Ellenbogen auf die breite Schreibtischplatte. „Zum Profil. Ein kranker Mörder denkt, seine Sache wäre gerecht und die Opfer hätten es verdient. Aber für Mord gibt es keine Rechtfertigung."

Lena unterbrach: „Na ja, eine vielleicht, die Rettung eines unschuldigen Lebens."

Ben senkte den Blick und verschwand für einen Augenblick in wirren Kindheitserinnerungen.

„Allet in Butta, Schlauberger?"

Mortensen blickte auf und Lena erkannte, dass der Schleier sich langsam hob. Dieser Fall musste grausam für ihn sein. Und dennoch stand er jeden Tag wieder hier, um zu helfen.

„Sorry, weiter zum Profil. Ich kann mich nur entschuldigen, dass mir die dissoziale Persönlichkeitsstörung nicht eher aufgefallen ist. Aber Soziopathen teilen ihr Wesen auch mit anderen Menschen, wie wenig Einfühlungsvermögen und Manipulation."

„Das verstehe ich gut. Du kanntest meinen Vater nicht, ein klassischer Narzisst." Lenas wohlgeformte Augenbrauen stießen aneinander.

„Aber ein Narzisst ist nicht gleich ein Soziopath. Unser Exemplar ist ein klassischer Soziopath, egoistisch, rücksichtsloses Handeln, verletzend und Freude am Leid anderer."

„Ick will dat auf keinen Fall entschuldigen. Aber dat hat doch Ursachen. Wieso wird man zu so?"

„Klaus, das liegt meistens in der Kindheit begraben. Gewalt, sexuelle Belästigung, Vernachlässigung oder fehlende Zuneigung. Das alles sind auch seelische Verletzungen, die schlussendlich zu einem Trauma führen."

„Und das wollen sie bekämpfen, indem sie dieses Verhalten an den Tag legen?", fragte Lena.

„So, genau. Indem sie andere verletzen, befreien sie sich von ihrem eigenen Schmerz. Das ist für sie wie eine Überlebensstrategie."

„Also könnte man sagen, dass sie süchtig danach sind, andere leiden zu sehen?", hakte Lena nach.

„Nicht ausschließlich, aber das ist eine Art der Bewältigung ihres Traumas. Darum die Morde. Darum das Quälen Hannes von Hagedorns." Bens Hände vergruben sich tiefer in den Jackentaschen.

Baumann räusperte sich. „Gehört Gefühlskälte auch dazu? Denn dat passt wie die Faust aufs Auge."

„Auf jeden Fall, Klaus. Außerdem fehlende Empathie. Sie sind auch nicht in der Lage sich auf eine langfristige und tiefgründige Beziehung einzulassen."

„Aber die kennen sich doch schon lange, oder?" Baumanns Blick richtete sich auf Lena.

„Ja, aber vielleicht dient ihre Bekanntschaft nur diesem Plan. Also ist es keine tiefgründige."

Ben stimmte zu, hatte jedoch immer noch Schuldgefühle, diese Anzeichen nicht eher gedeutet zu haben.

„Ben. Ben." Lena griff nach seiner kalten Hand.

„Sorry, dieser Fall …“

„Nimmt dich mehr mit, als du zugeben willst, Schlauberger. Du brauchst einen Psychoonkel.“ Klaus grinste.

„Danke. Ihr seid sehr warmherzig.“ Ben räusperte sich und sprach weiter. „Unnahbarkeit und Arroganz, das Zurschaustellen und die Gier nach Macht sind typisch für einen Soziopathen. Die aufschäumende Aggressivität hätte mir auffallen müssen.“

Baumann hob den Arm. „Stimmt. Die is wie eine Furie auf mich los, hat mir den Arm nach hinten gedreht und wollte gerade auf mich einschlagen, wenn die Kollegen nicht rechtzeitig eingegriffen hätten.“

„Ja, Soziopathen sind leicht reizbar, haben ihre Emotionen nicht im Griff, im Gegenteil zum Psychopathen, der keine hat.“

Lena überlegte laut: „Darum hat Bente auch keine Schuldgefühle.“

„So, aber das hat ein Soziopath auch nicht. Patrizia Ahrens ist zudem verstrickt in ihrem Wahn, krankhaft zu lügen und manipulieren. Macht über andere gibt ihr das Gefühl, ihren seelischen Verletzungen zu entfliehen. Ich vermute stark, dass sie sowohl geschlagen als auch vergewaltigt wurde. Ich denke von ihrem Adoptivvater.“

Lena warf sich über Baumanns Schreibtisch. „Wie kann das unerkannt bleiben? Nachbarn? Freunde? Verwandte? Das fällt doch auf.“

Ben atmete schwer. „Jedes Jahr gehen in Deutschland zwischen fünfzehn und zwanzigtausend Anzeigen wegen sexuellem Kindesmissbrauch ein. Die Dunkelziffer liegt um ein Vielfaches höher. Man schätzt, dass nur jeder zwanzigste Missbrauch zur Anzeige kommt."

„Oh, mein Gott." Lena riss die Hände vors Gesicht. Es klopfte. Martin stand vor der Glaswand.

„So, Ben, wir müssen. Ick halte mich zurück. Du machst dat schon."

„Alles klar, Klaus."

Zweite Befragung Patrizia Ahrens

Ben hatte den Raum gerade betreten, als ihre Blicke sich trafen. Patrizia Ahrens begann mit einer offensiven Anmache, die an Ben sofort abprallte. Der künstliche Charme ekelte ihn an. Ben zog den Stuhl zurück, hielt ihrem Blick stand und lächelte. „Guten Tag, Frau Ahrens. Ein entzückendes Kleid."

Sie schob den Rock weit über die Knie und zeigte ihre muskulösen Beine, die in schwarzen Springerstiefel steckten. Baumann verdrehte die Augen und schluckte seine Wut zurück in den Bauch.

„Was soll dieses ganze Theater hier?"

„Dieses Theaterstück haben sie selbst inszeniert, Frau Ahrens. Gefällt es Ihnen nicht mehr?" Ben lehnte sich entspannt zurück.

Baumann beobachtete ihre verkrampften Hände und die zusammengepressten rosa Lippen. Er wich vorsichtshalber zurück, in Erwartung eines vulkanartigen Wutausbruchs.

„Welches Theaterstück?", schrie sie.

„Sie, die Actionheldin, Bente der bescheidene Planer im Hintergrund", antwortete Ben charmant lächelnd.

„Sie haben ja keine Ahnung." Ihre Gesichtszüge sprachen Bände. Das war die pure Verachtung.

„Dann helfen Sie mir", bat er sie.

„Warum sollte ich Ihnen helfen? Sie sind ein Bulle."

„Aber ich bin der Einzige hier, der Ihnen helfen kann, Frau Ahrens."

„Sie wollen mir helfen? Ha!" Sie warf die Hände nach oben und verschränkte sie hinter dem Nacken. Ihr Rock war noch höher gerückt und ihre Brüste drückten sich fast ins Freie. Sie starrte an die Decke und schwieg. Klaus blickte zu Ben, der sie schweigend beobachtete.

Nach zehn Minuten wanderten Baumanns Blicke wieder zur Uhr, doch das Schweigen hatte bisher angehalten. Auch auf seine fragenden Blicke hatte Ben nicht reagiert.

Ihr plötzlicher Schrei durchbrach die Stille. Sie stürzte über den Tisch, schleuderte ihr rechtes Bein an Bens Kopf, drehte ihn vor ihre Brust und hielt ihn binnen von Sekunden im Würgegriff. Ben begann zu röcheln und schlug seinen Ellenbogen rückwärts auf ihren Solarplexus. Dann drehte er sich blitzschnell unter ihrem Arm heraus, griff mit der rechten Hand in ihr Gesicht und zwang sie zu Boden.

Baumann riss die Handschellen aus seiner Gesäßtasche, beendete ihren Ausbruch und fragte Ben: „Wat war denn dat?"

„Wing Tsung, Selbstverteidigung."
 Baumann drückte Patrizia Ahrens auf den Stuhl und
fragte: „Damit tun Sie sich keinen Gefallen."
Sie schwieg.
„Wie gesagt, Klaus, keine Impulskontrolle, unüber-
legtes Handeln und leicht reizbar." Er schenkte ihr
ein verschmitztes Lächeln.
Dreißig Minuten später war der Drachen zahmer und
Ben war es gelungen, ihr Kindheitstrauma zu durch-
brechen. Seine Vermutungen wurden leider bestätigt.
Zehn Jahre wurde sie von ihrem Adoptivvater missbraucht. Dass bei dem Unfall auch ihre Adoptivmutter verunglückte, habe sie nicht gewollt. Eigentlich
sollte er an diesem Tag allein im Auto sitzen.
Baumann war entsetzt und froh, dass Ben die Befragung durchführte. Er blickte auf das rote Lämpchen
des Aufnahmegerätes und hörte weiter zu.
Bente hatte sie bereits in früher Jugend in Jork kennengelernt. Er absolvierte gerade die Abschlussprü-
fung als Pfleger und sie hatte das Studium der Meeresbiologie begonnen. In der Dorfkneipe kamen sie
sich näher. Erst später leckten sie gegenseitig ihre
Wunden.
Baumann konnte nicht an sich halten, unterbrach
Bens Befragung und wollte mehr über den Tod von
Bernd Bruns wissen. Patrizia lächelte, nein sie
strahlte sogar. Auf diesen Plan seien sie besonders
stolz. Bente hatte seinen Vater subtil mit Informationen versorgt, Zeitschriften und Reiseführer im Haus

liegen lassen, um ihm das Land schmackhaft zu machen. Außerdem kannte er einige Jäger, mit denen sein Vater befreundet war, und hatte recherchiert, dass einer von ihnen schon oft in Thailand gewesen war. Auch das machte er sich zunutze. Bentes Vater liebte es, in der Natur zu sein und freute sich auf Strandspaziergänge. Den Zwillingen hatte er versprochen, Muscheln und Schnecken zu sammeln. Dank der vielen Zeitschriften und den Gesprächen mit seinem Forstkollegen war er auf die wunderschönen Gehäuse der Kegelschnecken aufmerksam geworden und versprach den Kindern, danach zu suchen. Patricia kannte einen exklusiven Ferienclub, aber auch die Gefahren an einem Strandabschnitt. Da sie von Bente wusste, dass sein Vater sicher an der hoteleigenen Strandbar einkehren würde, heuerte sie eine einheimische Schönheit an, die ihm ganz subtil genau diesen Strandabschnitt für seine frühmorgendlichen Spaziergänge vorschlug. Nach einem dieser Spaziergänge, die er grundsätzlich allein unternahm, kehrte er nicht zurück. Man fand seinen verkrampften Leichnam unter einem der vielen Stroh-Sonnenschirme. Der Tod war schnell eingetreten.

Mitten in ihren Erzählungen betonte sie immer wieder, dass dieses Schwein es verdient hätte, berichtete von den brutalen Schlägen, den erniedrigenden Aufgaben, die Bente verrichten musste und vom Galgentod seiner geliebten Mutter.

Sie war aufgesprungen und schrie: „Sie sind schuld, Herr Kommissar und alle in Ihrem Team. Keiner von

Ihnen hat Bente geglaubt. Seine Mutter hätte ihn nie im Stich gelassen, schon gar nicht am Heiligen Abend. Niemals!"

Ben legte seine Hand auf ihre Schulter, um sie zu beruhigen. Doch sie schüttelte sie von sich und sprach aufgeregt weiter: „Sie wollten nicht hören und nicht sehen, wie alle anderen. Also haben wir beschlossen, ihnen Angst einzujagen. Angst und Schmerz, die wir ein ganzes Leben lang ertragen mussten. Noch heute hat er Brandwunden vom heißen Wachs auf den Armen, das sein Ziehvater auf ihn getropft hat. Doch er hielt es aus, alles, was er ihm angetan hatte. Bis zu diesem Tag."

Als sie sich endlich wieder setzte, standen Tränen in ihren Augen und Baumann hatte fast Mitleid mit ihr. Doch sie berichtete bereits weiter. Vier Jahre lang tötete sie brutale Männer, die Kinder, wie sie es damals waren, misshandelten und teilweise sogar missbraucht haben. Alle hatten den Tod verdient, so wie Bentes und ihr Vater, so wie Hannes von Hagedorn. Der Name traf Ben wie ein Schlag. Sein Magen krampfte sich zusammen und er verließ den Raum.

Im Verhörraum eins glichen sich die Inhalte. Dennoch war Bente Harms nicht gebrochen. Sein eiskaltes Lächeln kühlte den Raum und Lena war die Einzige, die manchmal zu ihm durchdrang. Doch kaum sah sie Risse in der Eisfront, schlossen sie sich wieder. Also änderte sie die Herangehensweise, tauschte

flüchtige Blicke mit Thomas und gab ihm zu verstehen, dass er den Raum verlassen sollte. Er verstand.
Eine ohrenbetäubende Stille breitete sich aus, doch Lena zog es vor, weiter zu schweigen. Sie kannte immer noch nicht seinen Rückzugsort und wartete ab.
„Wir können hier bis morgen sitzen, Frau Kommissarin Arnold. Aber Sie werden von mir keine wehleidige Entschuldigung hören. Das, was getan wurde, war überfällig und richtig. Das wissen Sie doch."
Lena hatte gehofft, allein besser an ihn heranzukommen, aber es schien zwecklos. Also entschied sie, den Raum zu verlassen.
Baumann hatte zwei Uniformierte vor den Verhörräumen postiert und saß mit Ben und Thomas im Meetingraum. Lenas Locken tanzten um ihren Kopf, als sie enttäuscht auf einen der Stühle fiel.
„Immer noch Eisberg?", fragte Thomas.
„Ja, und ich weiß immer noch nichts über ihren Rückzugsort."
„Aber wir", sagte Klaus. Ick habe die Truppe schon losgeschickt. Am Rande des Duvenstedter Brook, wie wir vermutet haben, eine alte Jagdhütte seines Ziehvaters."
„Wir haben alles im Kasten, Lena." Thomas kniete sich vor sie und hielt ihre Hände. Sie zitterte. „Es ist vorbei", flüsterte er. „Es ist vorbei."

Der Weihnachtsbaum auf der Alster strahlte und auf dem Hamburger Weihnachtsmarkt am Rathaus drängten sich die Menschen durch die Gassen. Doch

davon ließ sich Baumann nicht abhalten. Endlich
konnten sie aufatmen und das musste begossen werden. Die zweite Glühweinrunde wurde bereits einge-
läutet, und eines war sicher. Das würde nicht die
Letzte sein.

ENDE

Epilog

*„Wer das Böse nicht bestraft, befielt,
dass es getan werde."*
Leonardo da Vinci

Wieder einmal hatten sie es geschafft. Das Team um Hauptkommissar Baumann konnte in den verdienten Weihnachtsurlaub starten und er freute sich auf Gänsebraten, Rotkohl und Klöße. Aber noch glücklicher war er, das erste Weihnachtsfest mit Vivi und Kat zu feiern. Die Tochter war sein spätes Kinderglück, das er nicht mehr zu hoffen gewagt hatte.

Lena und Ben schlugen ein neues Kapitel ihres Lebens auf und freuten sich auf die gemeinsamen Weihnachtstage. Ben hatte versprochen, endlich mit seinen Eltern über sein Kindheitstrauma zu reden und es in einer Therapie aufzuarbeiten.

Martin Struve flog wieder zu seiner Mutter nach Kampen, aber nicht allein. Er lud Haucke zu sich ein, denn an den Feiertagen sollte niemand allein sein.

Thomas machte seiner Liebsten endlich den überfälligen Heiratsantrag unter dem Tannenbaum und erfüllte ihnen beiden und dem kleinen Julius damit den größten Weihnachtswunsch.

Die Richter des Landesgerichtes der Hansestadt Hamburg verurteilten Saskia Ahrens zu lebenslanger Haft. Wegen fünffachen schweren Mordes wurde die besondere Schwere der Schuld festgestellt. Das Gericht bewertete ihre Motive, trotz ihrer Vorgeschichte und des erlittenen Traumas, als vorsätzliche Handlung aus niedrigen Beweggründen.
Bentes planerische Mittäterschaft, die Anstiftung zum Mord und der vorsätzliche Mord an Hannes von Hagedorn wurden juristisch schwer gewichtet. Jedoch flossen die dramatischen Lebensereignisse in die Urteilsfindung mit ein. Er wurde zu einer fünfzehnjährigen Haftstrafe verurteilt, die er unter psychologischer Aufsicht und Betreuung verbüßte.

Bisher sind in der Reihe erschienen:

21 Briefe – Baumanns erster Fall, Hamburg-Krimi,
1.Auflage 300 Seiten, erschienen 2016
2.Auflage 280 Seiten, erschienen 2023 (Bild)

Lisa Lenardi
Blutige
Sonette
Baumanns
zweiter Fall

Fiete und umami – Baumanns dritter Fall, Hamburg-Krimi, 1.Auflage 300 Seiten, erschienen 2018

Pinselst r ich – Baumanns vierter Fall, Hamburg-Krimi, 1. Auflage 300 Seiten, erschienen 2023

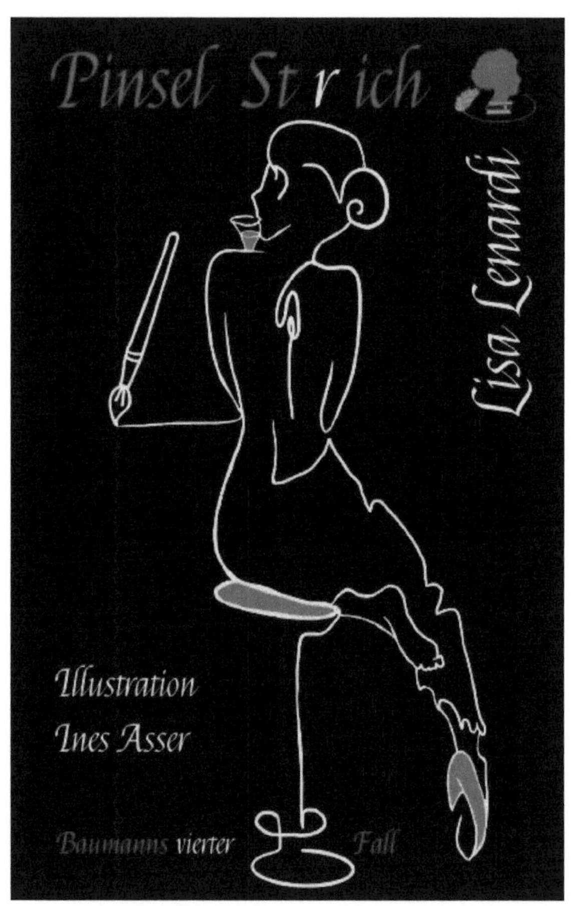